LES DIAMS L'EMPORTENT !

par STANLEY ABBOTT

Nous étions, Dick Rathbone, George Massinger et moi-même, assis autour d'un feu ronflant dans le salon du club Marlborough à Pall Mall. C'était une nuit glaciale de janvier et le sifflement du vent d'est dans les rues désertes accentuait le confort de la pièce haute de plafond, avec ses lumières tamisées, ses profonds fauteuils de cuir et ses murs ornés d'immenses tableaux. La conversation avait pris un tour particulier comme cela arrive parfois et nous nous surprîmes à parler rançons et kidnappings.

— Je connais une affaire, dit George Massinger en reposant le journal du soir. Une affaire qui me paraît imbattable dans le domaine du pur culot, et je serais assez tenté d'avancer que la rançon demandée fut la plus grosse jamais payée.

Il sirota son cognac en prenant son temps. Non pas, pour soigner ses effets, mais parce que c'était ainsi que George Massinger agissait en toute occasion. C'était un quinquagénaire de haute stature, au visage rond et joufflu ; ses yeux aux paupières épaisses lui donnaient un faux air endormi.

— De combien était-elle ? demanda Dick Rathbone qui venait d'allumer une cigarette, ses longues jambes allongées, les pieds sur le garde-feu.

— Un demi-million, répondit George de sa voix profonde et sonore.

Les sourcils de Dick se soulevèrent et j'émis un sifflement bas.

— Mon Dieu — un demi-million de livres !

— C'est, dit George, ce qu'a payé Van Dorn pour récupérer le vieux Sir Henry quelques années avant la guerre.

Nous nous retournâmes tous les deux et regardâmes George avec incrédulité. Nous connaissions les Van Dorn. A vrai dire, qui ne les connaissait pas ? Leur nom était sur toutes les bouches. La Société Van Dorn fournissait le monde entier en diamants. Il était incroyable que Sir Henry Van Dorn eût été kidnappé et que personne n'en eût entendu parler.

— Mais comment diable a-t-on tenu les journaux à l'écart de cette histoire ? demanda Dick. Je ne me souviens pas avoir lu la moindre chose là-dessus.

Il me regarda. Je ne me rappelais pas non plus avoir vu cela dans les journaux.

— Le plus bizarre, dit George Massinger, c'est que ce ne fut pas tellement difficile.

Il nous fit resservir à boire et commença.

***

Le plan avait été habilement conçu. A l'époque, Sir Henry séjournait à Paris, lorsque Lord Van Dorn, son frère, reçut du directeur du Crillon un coup de téléphone qui lui annonçait que l'on n'avait pas revu Sir Henry depuis deux jours. Le directeur expliqua qu'il n'avait pas téléphoné plus tôt parce qu'il n'était pas rare qu'un de ses clients s'absentât pendant un jour ou deux sans avoir averti, mais Sir Henry n'avait rien emporté avec lui. Tom demanda au directeur de le rappeler dès qu'il aurait des nouvelles et le pria, dans l'intervalle, de ne parler de cette affaire à personne. A cette époque-là, la Société Van Dorn était une société privée. Henry en était le président, son frère Tom et Sam Harrison faisaient partie du Conseil d'Administration. Si vous vous en souvenez, on les connaissait sous le nom des « trois boucaniers ». Dans les débuts, ils s'étaient rendus ensemble en Afrique du Sud et avaient fondé la société. Je venais d'être élu membre du Conseil d'Administration lorsque j'avais épousé la fille de Tom Van Dorn.

Nous étions assis tous les trois dans le bureau de Tom en train de discuter de la disparition de Sir Henry et nous n'étions pas particulièrement inquiets. C'était un joyeux luron et il n'était pas du tout exclu qu'il fût allé rendre visite à l'une de ses amies. Nous décidâmes de patienter un jour ou deux avant d'agir. Puis entra la secrétaire de Tom. Elle nous dit qu'un certain M. André Cordon attendait. L'objet de sa visite concernait le séjour de Sir Henry à Paris. Nous échangeâmes des regards et Tom lui dit de le faire entrer. Cordon était grand pour un Français et très bien habillé. En fait, s'il n'avait pas porté des chaussures vernies pointues et des gants gris tourterelle, on l'aurait pris pour un courtier anglais prospère. Il avait un visage plein d'humour, des cheveux noirs et des paupières tombantes comme celles d'un bon épagneul.

— Pour en venir aux affaires, Messieurs, fit-il après les préambules habituels, je suis obligé de vous dire que Sir Henry Van Dorn est dans l'impossibilité de rentrer en Angleterre.

Il parlait presque sans accent ; seule la façon dont ses mots étaient groupés donnait une certaine raideur à ce qu'il disait.

— Je crains bien de ne pas vous comprendre, Monsieur, dit Tom. Connaissez-vous Sir Henry ?

— Oh... certainement. Pour être précis, mes amis et moi tenons Sir Henry en notre possession.

Il nous regarda avec un sourire suave, comme s'il venait de nous inviter à déjeuner. Sam Harrison avait un cigare entre les dents ; il n'avait pas quitté le Français du regard depuis qu'il était entré dans la pièce.

— Si vous voulez dire que vous l'avez kidnappé, pourquoi ne le dites-vous pas carrément ? demanda-t-il d'une voix métallique.

Cordon haussa légèrement les épaules :

— C'est un mot enfantin, mais si vous désirez l'employer...

Avant qu'il n'eût fini sa phrase, Sam avait bondi :

— Qu'attendez-vous, Tom ? Pourquoi ne téléphonez-vous pas à Scotland Yard ?

— C'est une très bonne idée, monsieur Van Dorn, dit Cordon à Tom. Une très bonne idée, répéta-t-il calmement, en s'adossant à son fauteuil et en joignant le bout de ses doigts. C'est-à-dire, si vous ne désirez pas revoir Sir Henry.

Personne ne dit rien. Sam se tenait debout devant le fauteuil de Cordon, et Tom semblait être en train de griffonner, mais il observait le Français de près.

— Par ailleurs, poursuivit calmement Cordon, vous n'avez qu'un mot à dire pour que Sir Henry soit immédiatement relâché.

— Et quel est ce mot ? dit sèchement Sam sans retirer le cigare de sa bouche.

Cordon leva les yeux vers lui :

— Cinq cent mille livres, répondit-il imperturbable.

Tom se leva, ses cheveux blancs hérissés, et le visage virant progressivement au pourpre. Je décidai de me tenir à l'écart étant de beaucoup le plus jeune.

— Vous n'êtes qu'un stupide bluffeur, hurla Tom, et un vulgaire escroc par-dessus le marché.

Cordon se pencha en avant et plaça l'extrémité des doigts sur le bord du bureau de Tom. Il y avait une lueur dans ses yeux. Il n'avait plus rien du bon épagneul, mais il ne se mit pas en colère.

— Il est préférable de ne pas s'insulter, fit-il tranquillement. Sinon je pourrais vous rappeler des choses que vous préféreriez oublier. Quand Sir Henry et vous deux, Messieurs, étiez prospecteurs au Transvaal, par exemple. Vous n'étiez pas tellement scrupuleux à cette époque-là, n'est-ce pas ? Vous étiez prêts à faire n'importe quoi pour obtenir ce que vous vouliez. (Il parlait rapidement et quand Sam fit mine de l'interrompre, il balaya sa réplique d'un geste.) Joli petit tableau, poursuivit-il, des tentes auxquelles on mettait le feu la nuit, des chutes accidentelles dans des puits de mines, des biens transférés à la pointe d'un couteau ou d'un pistolet. Et au fur et à mesure que vous preniez de l'importance, vous en payiez d'autres pour faire la besogne que vous ne vouliez ou que vous ne pouviez plus faire. C'est comme ça qu'a été édifiée la Société Van Dorn, et vous aimeriez l'oublier. Aujourd'hui vous êtes un pilier de la société avec vos mines, vos millions, et le titre de Sir Henry. Mais ne faisons pas les hypocrites, Messieurs, vous êtes des requins et moi aussi. La seule différence entre nous, c'est que vous êtes de gros requins alors que je n'en suis qu'un petit, mais aujourd'hui, c'est moi qui ai barre sur vous.

Cordon se laissa aller dans son fauteuil et alluma un cigare :

— Il n'est jamais souhaitable de désigner quelqu'un du doigt, fit-il d'un ton réprobateur. Ce qui est souhaitable maintenant, Messieurs, c'est que nous nous comprenions.

La plus grande part de ce qu'avait dit Cordon était vrai, mais ni Sam ni Tom n'avait envie qu'on le leur rappelât. Comme beaucoup d'hommes dont les affaires s'étaient développées de la sorte à cette époque-là, ils attachaient beaucoup d'importance aux relations publiques. Aucun d'eux ne parla, et je pensais qu'ils s'interrogeaient sur ce que savait Cordon. Quant à moi, j'étais dans le coup et j'étais mal placé pour faire la morale.

— Quelle preuve pouvez-vous nous donner que vous détenez Sir Henry ?

— Si par preuve, monsieur Massinger, vous entendez des choses telles que des demandes de rançon ou un appel signé de Sir Henry, je puis vous assurer que je n'ai pas la moindre intention de vous donner prise sur moi de cette façon. Si vous décidez de jouer la vie de Sir Henry en téléphonant à Scotland Yard, dit-il en regardant Sam, on n'aura rien de plus contre moi que ce que je vous ai dit ce matin. Tout au plus, ajouta-t-il d'un ton dégagé, serais-je accusé de tentative d'escroquerie ou de quelque chose d'approchant. Mais je puis vous assurer que mes amis, pour se protéger, feraient en sorte que vous ne revoyiez jamais Sir Henry.

— Vous imaginez-vous que nous allons vous remettre de la main à la main un demi-million de livres sur votre simple parole ? demanda Tom.

— C'est à vous d'en décider, monsieur Van Dorn.

Cordon nous étonna tous en se levant.

— Je vois que je vous ai suffisamment dérangés pour aujourd'hui. Je viendrai vous revoir dans deux jours à la même heure, si cela vous convient. Je pense, dit-il encore en enfilant ses gants, qu'à ce moment-là se seront évanouis les espoirs que vous pouvez entretenir selon lesquels Sir Henry aurait tout bonnement rendu visite à une amie.

Un sourire effleura ses lèvres. Il ne manquait certainement pas de toupet. Il prit son chapeau et se trouvait à mi-chemin de la porte lorsqu'il se retourna et revint sur ses pas.

— J'ai failli oublier de vous laisser ceci, dit-il en

jetant sur le bureau de Tom un portefeuille bordé d'or et portant des initiales dorées, celui de Sir Henry. Au revoir, Messieurs, lança-t-il avec un sourire aimable.

Bien entendu, vous pouvez concevoir la situation difficile dans laquelle nous nous trouvions. Le portefeuille ne prouvait rien. Cordon avait pu se le faire remettre par un pick-pocket. Ou encore, il se pouvait que Sir Henry l'eût perdu et qu'un garçon, une femme de chambre ou n'importe qui l'eût ramassé. Mais Cordon avait fait preuve d'une astuce qui n'avait pas été sans effet sur nous. Le portefeuille contenait une bonne somme d'argent.

Or s'il l'avait obtenu de quelqu'un d'autre, les chances étaient grandes pour que l'argent en eût été retiré avant que le portefeuille ne lui tombât entre les mains. Donc il était plus que probable qu'il l'avait pris lui-même sur Sir Henry et qu'il s'était dit que nous parviendrions à cette conclusion s'il ne touchait pas à l'argent. Il se pouvait aussi que son geste fît partie d'un bluff gigantesque. Cependant, ce qui nous impressionna le plus, c'est le fait qu'il n'avait pas essayé de nous bousculer. En outre, il était difficile d'imaginer qu'un homme de l'intelligence de Cordon eût pu se placer dans une situation aussi dangereuse sans savoir où était Sir Henry. Donc nous devions supposer qu'il ne bluffait pas.

Sam était d'avis d'appeler Scotland Yard, mais nous discutâmes de la question et décidâmes que le risque était trop grand. Si certains des amis de Cordon étaient en Angleterre avec lui et s'apercevaient qu'il était suivi, il y avait de fortes chances pour qu'ils prennent peur et filent immédiatement. Ce serait la fin de Sir Henry.

Le lendemain de la visite de Cordon, je me trouvais dans le bureau de Tom lorsqu'il téléphona au Crillon à Paris. On n'avait toujours aucune nouvelle de Sir Henry et cela faisait trois jours qu'il avait disparu. Sam arpentait son bureau comme un animal en cage.

— Cet escroc va revenir demain et nous ne pouvons absolument rien faire. Absolument rien, ne cessait-il de répéter.

J'imaginais qu'il était désespéré à l'idée de débourser un demi-million, et lorsque je le lui dis, il me rembarra.

— Je me fiche éperdument de l'argent, rugit-il en agitant son cigare. Cela ne fera même pas une éraflure dans la fortune des Van Dorn. Mais ce qui m'irrite, c'est de me faire avoir dans une histoire comme celle-là. Ce bonhomme a tous les atouts dans son jeu.

Son vieux visage ridé était comme un pruneau cramoisi surmonté de chaume blanc.

Tom suggéra que nous fassions appel à Édouard Barton, un détective privé que la maison Van Dorn utilisait depuis des années. L'idée de Tom était de le présenter à la rencontre suivante comme le trésorier de la maison. Il prétendit que cela paraîtrait en tout point naturel et que Barton pourrait peut-être nous donner quelques conseils lorsque Cordon révélerait les détails de son plan pour recevoir la rançon et libérer Sir Henry.

A onze heures pile le lendemain matin, André Cordon fut introduit. Il marqua quelque surprise en trouvant là Barton, mais lorsqu'il apprit que c'était le trésorier, son visage s'éclaira. Je pense qu'il vit dans cette présence le signe que nous étions prêts à payer.

Il prit un siège et adressa à la ronde un sourire aimable en retirant ses gants :

— Je suppose, Messieurs, que vous êtes maintenant convaincus que nous ne bluffons pas.

— Pas si vite, Cordon, grommela Tom. Il y a un certain nombre de choses que nous aimerions savoir d'abord. Après tout, ce portefeuille de Sir Henry ne signifie rien. Vous auriez pu mettre la main dessus de plusieurs façons.

L'expression de Cordon se modifia tandis qu'il regardait Tom.

— Monsieur Van Dorn, si ce portefeuille n'a aucune signification pour vous, il n'y a rien à ajouter, n'est-ce pas ?

Le silence régna pendant un petit moment.

— Écoutez, Cordon, dit Sam, le cigare entre les dents, un demi-million c'est une grosse somme à jeter, comme ça, par-dessus le comptoir. Nous sommes habitués à traiter des affaires. Donnez-nous un signe — une preuve quelconque que vous détenez Sir Henry — et nous traiterons avec vous.

— Il est temps que nous parlions franchement, monsieur Harrison, à propos de cette preuve que vous voulez. Souhaitez-vous que nous nous conduisions comme des barbares et que nous vous envoyions une des oreilles de Sir Henry ou quelque chose comme ça ?

Cordon tendit les mains en un geste typiquement galois et nous regarda la tête penchée de côté, comme pour dire : « Je vous en prie, conduisons-nous comme des gens civilisés. »

— Bien entendu, ajouta-t-il, maintenant que j'y pense, l'oreille gauche de Sir Henry ferait admirablement l'affaire, n'est-il pas vrai ? N'est-ce pas celle qui a un énorme grain de beauté sur le lobe ?

Un petit sourire apparut sur ses lèvres comme si une pensée soudaine l'amusait. Il me fit penser à un acteur qui avait préparé son rôle de façon méticuleuse et après un petit silence, pour laisser à ses paroles le temps de faire leur effet, il reprit :

— Pour ma part, je ne souhaite pas de mal à Sir Henry, mais bien entendu, je ne suis pas responsable de ce que feront mes amis lorsqu'ils se rendront compte que vous ne nous prenez pas au sérieux.

Tom qui, jusque-là, avait arpenté la pièce, s'immobilisa brusquement devant Cordon.

— Voilà comment nous voyons les choses. Le portefeuille de Sir Henry ne prouve rien, pas plus que votre connaissance de ses caractéristiques faciales. Le seul fait réel, dont nous disposions, c'est que Sir Henry a disparu — depuis quatre jours — mais cela ne signifie pas qu'il soit entre vos mains.

— Il pourrait être n'importe où, renchérit Sam.

— Si je bluffais et si je savais que Sir Henry pouvait vous téléphoner ou franchir cette porte à n'importe quel moment, pensez-vous que je serais assis ici ? dit Cordon en nous regardant les uns les autres. Si vous le pensez, alors c'est que vous devez me prendre pour un beau crétin, mais je ne pense pas que vous soyez bêtes au point de commettre une telle erreur de jugement à mon sujet.

C'était l'argument le plus fort en sa faveur et il le savait.

Personne ne dit rien pendant un moment, puis Tom se tourna vers Sam :

— Qu'en pensez-vous ?

— Je pense que nous devrions attendre un jour ou deux. De toute façon, il va falloir du temps pour arranger un paiement de cette importance.

Cordon dit que c'était d'accord à condition qu'il fût entendu que la rançon lui serait payée à la réunion suivante.

Barton lui demanda s'il voulait l'argent sous une forme particulière.

— Nous ne voulons pas d'argent liquide, répondit Cordon. Nous voudrions que le paiement soit effectué en diamants bruts.

La raison de cette requête était évidente. Un demi-million en pierres est beaucoup plus facile à manipuler qu'en argent liquide. Et il y a maints endroits où les pierres peuvent être taillées, de sorte qu'il ne serait pas question de les identifier.

— Comment allez-vous arranger la libération de Sir Henry ? lui demanda Tom.

— Il sera nécessaire que vous veniez en France, dit Cordon. Là, nous vous le remettrons.

— Comment et où ? interrompit sèchement Sam. Qu'est-ce qui nous prouve que vous le ferez ?

— Le fait que je me propose de vous accompagner, monsieur Harrison. La transaction ne sera pas complète avant que j'aie exécuté ma part du marché, dit-il avec une grande dignité en remettant ses gants gris et son chapeau Homburg.

La bouche de Sam s'ouvrit toute grande :

— Ça alors, je veux bien être... être...

Mais ce fut tout ce qu'il parvint à proférer.

— Si cela vous convient, dit Cordon, je suggère que nous partions le lendemain de notre réunion.

Il s'inclina légèrement et partit. Pendant un moment aucun d'entre nous ne dit mot. Nous restâmes assis à nous regarder les uns les autres.

— Bon Dieu... Quel sang-froid, ce type ! dit Barton d'un ton admiratif.

— Je n'y crois pas, hurla Sam en faisant les cent pas.

— Qu'est-ce que vous ne croyez pas ? demanda Tom.

— Je n'y crois pas, répéta Sam en transperçant l'air de son cigare. Quand ce type sortira d'ici avec un demi-million de pierres, nous ne le reverrons jamais — jamais.

Deux jours plus tard, avant que n'arrive Cordon, Tom téléphona au Crillon en espérant qu'on aurait eu des nouvelles de Sir Henry au dernier moment, mais il raccrocha bredouille.

A onze heures, Cordon fut introduit, suivi d'un homme trapu au crâne chauve.

— Je pense que vous connaissez tous M. Schlesinger, dit-il.

Bien entendu, nous le connaissions. C'était un des meilleurs experts de la ville.

Sam suggéra que nous descendions au coffre et je remarquai l'assurance qu'affectait Schlesinger. Il ne nous avait jamais vus faire cela parce que normalement nous n'emmenions jamais personne au coffre. Mais c'était l'idée de Sam. Il ne renonce pas facilement. La première porte qui mène à la salle des coffres est brillamment éclairée et toute personne passant par là est photographiée automatiquement par un appareil photo dissimulé.

Cordon franchit les portes, et quand deux plateaux de pierres eurent été sélectionnées, nous retournâmes au bureau de Tom. Sam s'était arrangé pour que plusieurs centaines de photos de Cordon fussent prises ; au cas où il prendrait la poudre d'escampette, elles devaient être transmises à tous les ports, aéroports et à la police. Il était extrêmement improbable qu'il parvînt à quitter le pays.

Schlesinger se mit au travail en évaluant et en pesant chaque pierre. Bien entendu, il ne savait pas ce qui se passait. Il pensait simplement qu'il agissait pour un client au nom d'une autre société pour une affaire d'importance. Cordon le surveillait ; de temps en temps, il refusait une pierre s'il pensait qu'elle était trop grosse. Je jetai par hasard un coup d'œil à Barton et je le vis fixer les diamants des yeux comme s'il était hypnotisé. C'est curieux, mais les diamants font souvent cet effet aux gens qui ne sont pas habitués à voir une énorme fortune étalée de la sorte. Lorsque Schlesinger en eût terminé et que tout le monde se déclara satisfait, il dit :

— Alors Tom, qu'attendons-nous ?

Il savait que c'était notre habitude de sortir les verres lorsqu'une affaire était conclue et ne voyait pas de raison pour que nous agissions différemment pour celle-ci. Tom lui jeta un sale regard en se dirigeant vers le panneau du mur où était dissimulé le bar. C'était pour le moins bizarre d'être là, debout, à boire avec quelqu'un qui venait de nous souffler un demi-million.

Schlesinger était parti quand Cordon se tourna vers Tom.

— Une chose encore, monsieur Van Dorn, j'aimerais une facture, s'il vous plaît, signée par les responsables de la société.

Je me demandai un moment si Tom n'allait pas lui abattre une bouteille sur le crâne. Mais il respira profondément et dit qu'il allait s'en occuper. Pendant qu'on établissait la facture, Sam demanda à Cordon à quelle heure il avait l'intention de partir le lendemain. Cordon suggéra le train paquebot partant de la gare Victoria à midi et nous fûmes d'accord. Il s'apprêtait à glisser les deux plateaux de pierres dans un porte-document noir qu'il avait apporté avec lui quand Sam dit :

— Une minute, Cordon. Pourquoi ne pas vous apporter les pierres et vous les donner demain lorsque nous nous retrouverons ?

Les yeux de Cordon se firent plus étroits :

— Je ne vois pas de raison à cela, monsieur Harrison. Ce serait...

— Moi si, coupa Sam. Comment saurons-nous que vous serez au rendez-vous si nous vous laissons emporter les pierres maintenant ?

— Si vous avez l'intention de tenir parole et de nous retrouver à la gare, dit Tom, il n'y a aucune raison pour que les pierres ne restent pas ce soir dans la chambre forte pour vous être remises lorsque nous vous retrouverons.

Cordon chercha à gagner du temps. Il sortit sa boîte à cigares, en tendit à tout le monde, mais personne n'en accepta. Il se servit lui-même et prit tout son temps pour le couper et l'allumer.

— Mais les pierres ont été triées et évaluées, dit-il enfin.

— Ce n'est pas un problème ; nous pouvons sceller les plateaux ou plutôt vous pouvez le faire vous-même, suggéra Tom.

Cordon ne pouvait qu'être d'accord. On lui apporta la cire à cacheter, les plateaux furent scellés et Cordon imprima sur la cire sa propre chevalière.

Le lendemain matin, nous étions sur le quai de la gare Victoria à attendre l'arrivée de Cordon. Barton voyageait séparément. Il nous avait assuré que personne ne le reconnaîtrait et que si, par hasard, Cordon nous glissait entre les doigts, il le suivrait et nous contacterait au Crillon. Environ cinq minutes plus tard, le train allait partir, quand je remarquai quelqu'un en train d'allumer une vieille pipe de bruyère bien culottée, qui nous observait du coin de l'œil. Il portait des bottines montant jusqu'à la cheville sur des chaussettes de laine grise qui apparaissaient sous un imperméable à large ceinture. Il portait un chapeau de tweed au bord avachi et il tenait à la main une vieille canne noueuse. Je le fixais depuis un moment avant de me rendre compte qu'il s'agissait de Barton. Dès qu'il me vit faire signe à Sam et à Tom, il se tourna et s'éloigna. Il avait vraiment l'air d'un curé de campagne sans le sou qui allait faire un voyage à pied sur le continent. Au bout d'un moment, Cordon arriva à grands pas, portant sa sacoche en cuir et nous montâmes dans le compartiment. La boîte noire lui fut remise et après qu'il eût vérifié les cachets, nous nous installâmes pour un trajet silencieux.

Lorsque nous arrivâmes à Paris, il faisait nuit et il pleuvait fort. Le train était bondé, de sorte qu'il y eut un rush terrible sur les taxis, mais Cordon se débrouilla pour en trouver un et pendant qu'il donnait l'adresse au chauffeur, nous nous empilâmes tous dedans, mais brusquement, avant que nous nous rendions compte de ce qui se passait, Cordon avait claqué la portière et notre chauffeur était parti. Nous poussâmes de grands cris, mais il était déjà bien engagé dans la circulation avant que nous puissions lui faire comprendre que nous voulions nous arrêter. Bien entendu, à ce moment-là, cela ne servait plus à rien — Cordon avait disparu dans la nuit et tout ce que nous pouvions espérer c'est qu'il n'avait pas semé Barton aussi. Tom demanda au chauffeur où il allait et le chauffeur lui donna une adresse dans le faubourg ouest. Aucun de nous ne s'était vraiment attendu à ce que Cordon nous emmène à l'endroit où Sir Henry était détenu ; c'était trop demander.

Il devait y avoir une demi-heure que nous roulions quand nous ralentîmes pour nous arrêter dans une rue étroite bordée de hauts immeubles qui semblaient être des demeures privées. Certains d'entre eux avaient des vitrines, mais aucune d'elles n'était éclairée. Le chauffeur nous désigna du doigt une porte et nous y frappâmes. Un homme d'un certain âge, aux cheveux blancs, vint nous ouvrir et nous pria d'entrer dès qu'il sût qui nous étions.

— Sir Henry Van Dorn est ici ? demanda Tom.

— Oui, oui, répondit le vieil homme en fixant Tom à travers ses lunettes sans monture retenues par un ruban noir. Monsieur est-il le frère de Sir Henry ?

Tom, ayant répondu affirmativement, le vieil homme fit demi-tour et nous précéda le long d'un couloir, au bout duquel il déverrouilla une porte, puis il s'effaça pour nous laisser entrer.

Nous nous étions déplacés dans l'obscurité et lorsqu'il alluma nous nous trouvâmes dans une longue pièce garnie de boiseries, vide, exception faite d'une estrade centrale où reposait un cercueil.

Nous le regardâmes tous les trois bouche bée.

Le vieil homme murmura quelque chose à Tom

à propos de l'identification tout en se dirigeant vers le cercueil dont il souleva le couvercle. Nous nous rapprochâmes pour voir. C'était bien Sir Henry, l'air paisible et charmant.

— Mon Dieu ! dit Tom, il est mort.

Les sourcils du vieil homme se soulevèrent vivement, sa bouche s'ouvrit toute grande, et ses verres tombèrent à l'extrémité du ruban.

— Mais bien entendu, s'exclama-t-il avec vigueur, à quoi s'attendait Monsieur ?

Il referma le couvercle et se tourna vers la porte comme pour dire : « Assez de bêtises. » Nous nous mîmes à poser des questions tous en même temps tandis que nous regagnions un bureau en façade. Il s'agissait manifestement d'une entreprise privée de pompes funèbres.

— Voilà qui va répondre à toutes vos questions, Messieurs. C'est un certificat de décès signé par le docteur Pierre Villon. Sir Henry Van Dorn est mort à 11 h 45 du soir, le 11 octobre, dans l'appartement C du numéro 27 de la rue de Passy. La cause de la mort est un arrêt du cœur.

Il nous regarda et tendit le certificat à Tom.

Sam lui demanda s'il connaissait un M. André Cordon et le vieil homme lui répondit qu'il ne l'avait rencontré qu'une fois, lorsqu'il avait amené le défunt dans une ambulance privée et qu'il avait demandé que le corps fût préparé pour être emmené en Angleterre.

Lorsque nous partîmes, Tom aurait voulu que nous nous rendions immédiatement à l'appartement de la rue de Passy, mais il se faisait tard et nous le persuadâmes d'attendre jusqu'au lendemain matin. Au Crillon, aucun message de Barton ne nous attendait et quand nous nous mîmes en route, le lendemain matin pour la rue de Passy, nous n'avions toujours pas entendu parler de lui. Nous trouvâmes rapidement l'appartement et une femme d'aspect sympathique nous pria d'entrer. Elle était jolie sans ostentation, et je lui donnai dans les quarante ans, bien qu'elle parût plus jeune. Elle paraissait mal à l'aise et de temps en temps, elle s'essuyait les yeux à l'aide d'un petit mouchoir de dentelle. Tom s'en tira avec beaucoup d'élégance et, sans trop de gêne, elle nous raconta qu'elle avait rencontré Sir Henry à une partie et que le soir en question ils avaient dîné dans son appartement. Il avait bu du vin à table et pris quelques cognacs après. Puis, brusquement, il s'était effondré et, ne sachant que faire, elle avait téléphoné à son ami, M. Cordon. Lorsqu'il était arrivé avec un docteur, Sir Henry était encore conscient mais il avait eu une autre attaque en présence du médecin et il était mort immédiatement.

— Bien entendu, vous comprendrez qu'une situation de ce genre peut-être embarrassante pour une dame qui vit seule : M. Cordon a été extrêmement gentil et s'est occupé de tout.

Elle nous regarda d'un air suppliant et nous lui affirmâmes que nous comprenions la situation.

Donc nous n'allions rien pouvoir faire d'autre. Il était évident que Cordon avait mené toute cette affaire en cavalier seul. Il avait saisi l'occasion lorsqu'elle s'était présentée. Nous avions bel et bien été roulés.

En partant, Sam lui demanda si elle savait où habitait Cordon. A notre étonnement, elle éclata en sanglots. C'était très embarrassant et aucun de nous ne savait quoi faire. Au bout d'un moment, elle se contrôla et ramassa un journal qu'elle nous tendît. C'était le journal du matin et, en première page, il y avait une photo de Cordon. On l'avait trouvé mort un couteau dans le dos à l'hôtel Gironde, près de la Gare de Lyon. Apparemment, aucun objet de valeur ne lui avait été dérobé. Le portefeuille de la victime était intact et la police n'avait découvert aucun mobile à ce meurtre.

Naturellement nos pensées volèrent vers Barton. Il était le seul à savoir quand on remettrait les pierres et il filait la victime. Puis je me souvins de l'expression de Barton lorsqu'il nous avait vus donner les diamants à Cordon. Peut-être la tentation avait-elle été trop forte. Il s'était dit que puisque Cordon pouvait s'en tirer, pourquoi pas lui ?

Nous allions nous rendre à l'hôtel Gironde, lorsque nous nous avisâmes que cela ne servirait à rien. Qui plus est, si nous nous laissions embringuer par la police française, Dieu sait où cela nous mènerait. Il faudrait raconter toute l'histoire et vous vous imaginez ce que les journaux en auraient fait. Cela, aucun de nous ne le voulait. Nous quittâmes donc Paris et retournâmes à Londres.

Une semaine s'écoula avant que Tom ne me téléphone pour me demander de venir le rejoindre au bureau. Sam était là et, assis dans le fauteuil, en face du bureau de Tom, se trouvait Edouard Barton. Il était bien mis d'un costume sombre, mais il semblait nerveux et ne cessait de tripoter sa fine chevelure noire. Il commença par prétendre qu'il avait été malade pour s'excuser de n'avoir pu rentrer plus tôt, mais Sam l'interrompit et lui demanda de nous parler de Cordon.

Après avoir allumé une cigarette, Barton raconta comment il avait suivi Cordon à l'hôtel Gironde et s'était fait donner une chambre à côté de la sienne, au même étage. Il avait laissé sa porte suffisamment entrouverte pour entendre ce qui se passait, et, juste avant minuit, il avait perçu un coup sourd. Il s'était rendu à la porte de Cordon et avait entendu quelqu'un ouvrir et refermer les tiroirs. Puis, alors qu'il ouvrait la porte silencieusement, il s'était fait renverser par un homme de grande taille qui sortait précipitamment de la pièce. Tandis que cet homme descendait l'escalier à toute allure, Barton avait remarqué qu'il ne portait rien. Il était entré dans la chambre et avait trouvé Cordon gisant par terre. Cordon avait été poignardé. Barton avait cherché partout le porte-document noir et n'avait pu le retrouver nulle part. Il était sur le point d'y renoncer lorsqu'il avait pensé à l'armoire. C'était une de ces armoires anciennes extrêmement hautes. En grimpant sur une chaise, il pouvait tout juste atteindre l'étagère du haut et c'est là qu'était la serviette. Il avait éteint les lumières et regagné sa propre chambre. Plutôt que de s'en aller sur-le-champ, il était resté à l'hôtel quelques jours pour éviter tout soupçon.

— Où sont les pierres ? lui demanda Sam.

— Si vous les voulez, dit Barton, il va falloir les payer.

— Qu'est-ce que vous racontez ? s'écria Sam en se levant d'un bond. Ces pierres sont à nous, et si vous pensez vraiment que nous croyons à cette histoire à dormir debout, vous êtes plus bête que je ne le pensais. Si vous n'y prenez garde, vous allez vous retrouver dans une prison française, et vous aurez bien du mal à prouver que ce n'est pas vous qui avez assassiné Cordon.

— Au lieu de proférer des menaces, dit Barton, vous devriez vous montrer satisfait de voir que j'ai récupéré les pierres. Il n'y a pas un atome de preuve contre moi. Si vous voulez appeler la police, allez-y — mais n'oubliez pas que vous seriez perdants d'un demi-million.

Barton s'installa dans son fauteuil et alluma une cigarette. Tom tendit la main vers le téléphone :

— Avez-vous l'intention de nous les remettre ou non ?

— Allez-y, répondit Barton. Qu'attendez-vous ? Mais n'oubliez pas que j'ai travaillé pour vous et si je dois avoir quelques difficultés à prouver ce que j'avance, vous en aurez également à prouver que vous ne m'avez pas payé pour agir de la sorte.

Tom ôta sa main du téléphone.

— De toute façon, ajouta le détective, de quelque façon que cela tourne, on en fera tout un plat dans les journaux.

Et il se rencogna dans son fauteuil, parfaitement à l'aise maintenant. Il savait que nous étions coincés.

Bien entendu, ce qui s'était passé était évident. Il n'ignorait pas qu'après avoir assassiné Cordon, il risquait à tout moment de se faire mettre la main au collet. Aussi se décidait-il à faire affaire avec nous.

Pendant un moment personne ne parla. Enfin, Sam rompit le silence.

— Résumons-nous, Tom. Cordon était un escroc et il n'a eu que ce qu'il méritait. Nous sommes perdants d'un demi-million et Barton a la marchandise.

Tom ne dit rien, il se contenta de hocher la tête.

— Quel est votre chiffre ? demanda Sam à Barton.

— Cent mille, répondit Barton.

Sam feignit d'avoir l'air choqué et ils discutèrent pour finalement s'entendre à cinquante mille livres.

Si j'avais eu mon mot à dire, nous aurions pris le risque de remettre Barton à la police. Mais je savais que ni Sam ni Tom ne verraient les choses de cette façon. Je suppose que ce sont des réalistes. Ils pouvaient récupérer un demi-million de pierres pour cinquante mille livres, et au diable la morale.

***

— Et qu'est devenu Barton ? demanda Dick Rathbone. Je ne pense pas que vous l'ayez jamais su.

— Oh ! si, fit George en riant. Ce n'était pas un imbécile. Il n'a pas gaspillé son argent. Il a épousé une femme riche qui a une importante propriété à la campagne près de Cilchester et il est devenu gentilhomme campagnard. Puis il s'est mis à faire de la politique.

— Mon Dieu ! Ça me revient ! s'écria Dick Rathbone. Il me semblait bien que ce nom m'était familier. Il est député de Cilchester, n'est-ce pas ? Je suis sûr...

— *Était*, fit George Massinger en ramassant le journal du soir. Laissez-moi vous lire quelque chose. C'est en voyant cet entrefilet que je me suis souvenu de toute cette histoire.

« M. Edouard Barton, député de Cilchester et vigoureux supporter de la peine capitale, s'est effondré, mort, à la Chambre des Communes cet après-midi alors qu'il parlait en faveur de la loi pour la peine capitale. La séance a immédiatement été ajournée en marque de respect. »

George repoussa le journal et pendant un moment nous nous regardâmes les uns les autres, incrédules. Puis, brusquement, un rugissement s'éleva et nous nous calâmes dans nos fauteuils pour rire tout notre soûl jusqu'à en être pantelants.

A killing in diamonds.
Traduction de Nicolète et Pierre Darcis.

UN ENFANT PRÉCOCE

par ALEX AUSTIN

A entendre la femme d'Henry Walsh, Susan, parler du jeune Tommy Demster, on aurait pu croire que celui-ci était le meilleur des élèves qu'elle avait dans sa classe. Susan ne perdait pas une occasion de montrer à son mari les dessins exécutés par le jeune garçon, de lui faire lire les poèmes qu'il écrivait pour elle, ou de citer les remarques intéressantes, et d'une maturité exceptionnelle chez un enfant de onze ans, que Tommy faisait en classe.

— Il m'effraie même un peu parfois, avait-elle avoué un jour. Il est tellement en avance sur tous ses camarades ! Mais c'est un charmant petit garçon.

La première rencontre d'Henry Walsh avec Tommy Demster eut lieu à l'improviste, un samedi après-midi, dans le garage. Henry était en train de clouer des bourrelets de feutre épais au bas des murs du garage, afin de ne laisser aucun espace entre ceux-ci et le plancher.

— Vous vous y prenez d'une façon bien maladroite ! déclara Tommy Demster.

Relevant la tête, Henry vit le jeune garçon qui lui souriait d'une façon étrangement condescendante.

— Ça crève les yeux, reprit Tommy. On va s'en apercevoir immédiatement.

— Mais de quoi parles-tu donc ? demanda Henry en reposant son marteau à terre à côté de lui.

— A propos, dit l'enfant, nous n'avons jamais été présentés l'un à l'autre. Je m'appelle Tommy Demster.

— Et moi, Henry Walsh...

Tommy lui tendit une main qu'Henry serra avant d'avoir pu se rendre compte de ce qu'il faisait, et affirma :

— Oh ! Je vous connais bien.

— Tu es dans la classe de ma femme, je crois ? demanda Henry.

Le jeune garçon fit un signe de tête affirmatif, mais ce sujet de conversation ne semblait pas l'intéresser le moins du monde. Il examinait la bande de feutre déjà clouée et, après un moment de réflexion, il reprit :

— Non, vraiment, ça ne va pas du tout.

— Le bourrelet ? questionna Henry qui se sentait singulièrement désemparé.

Tommy approuva de nouveau de la tête en déclarant :

— Il y a des méthodes beaucoup plus simples.

— Des méthodes plus simples pour quoi faire ? interrogea Henry.

Mais le jeune garçon ne répondit pas. Il se contenta d'adresser un sourire à son interlocuteur. Puis il dit :

— Je dois m'en aller, maintenant. Il y a une de ces stupides parties de base-ball en cours, sur la place, et j'ai promis de jouer. Mais je vous reparlerai de cela plus tard.

Et, avant qu'Henry ait pu placer un mot, il était

parti et descendait d'un pas vif l'allée menant à la route bordée d'arbres.

***

Henry demeura assis par terre un long moment, ruminant les paroles prononcées par ce garçon de onze ans et qui lui avaient causé, à lui, un homme fait, une étrange frayeur. Il cherchait à se persuader que ces paroles n'avaient pas le sens caché qu'il leur attribuait ; mais, au fond de lui-même, il était convaincu du contraire.

Au cours de la semaine qui suivit, Henry Walsh ne fit rien pour mener à bien la tâche qu'il s'était fixée : il savait que, tôt ou tard, Tommy Demster viendrait lui dire ce qu'il avait à faire. Il estimait lui-même cette idée et cette attente parfaitement insensées de sa part, mais Tommy Demster vint effectivement lui dire ce qu'il devait faire.

Le samedi après-midi, Henry se rendit au garage en disant à Susan qu'il avait un travail à terminer dans son atelier. Selon son habitude, Susan protesta, lui faisant valoir que le temps était magnifique et que tous deux devraient en profiter pour aller faire un tour en voiture ou une promenade à pied.

— Tu as vraiment besoin de travailler constamment dans cet atelier, où tu ne fabriques jamais rien d'utile ? demanda-t-elle. Ne pourrais-tu penser un peu à moi et faire, une fois dans ta vie, quelque chose qui me soit agréable ?

Mais Henry était habitué à ce langage : en douze ans de mariage il n'en avait guère entendu d'autre. Sa femme ne comprenait pas qu'il eut autre chose à faire que de contempler un coucher de soleil, écouter le stupide gazouillis des oiseaux ou flâner dans les musées pour « admirer » des tableaux qui n'avaient pour lui aucun intérêt.

Mais, cet après-midi-là, Henry ne se mit pas au

travail en arrivant dans son atelier. Il s'assit sur une caisse vide, les mains mollement repliées sur les genoux, et attendit. Comme il l'avait prévu, Tommy Demster arriva bientôt, un peu ébloui par le brillant soleil d'avril, en demandant :

— J'espère que vous n'avez pas eu trop longtemps à attendre, monsieur Walsh ?

— A attendre quoi ? demanda Henry.

Le jeune garçon sourit avec indulgence et Henry haussa les épaules.

— Vous savez nager, monsieur Walsh ? s'enquit Tommy.

— Euh... non, à vrai dire, je ne sais pas, répondit Henry. Pourquoi me demandes-tu cela ?

— Et votre femme, elle sait nager ?

— Elle est incapable de faire une brasse.

— Bien, opina le jeune garçon, très bien. Le fait que vous ne sachiez pas nager détournera de vous tout soupçon.

— Soupçon de quoi ? questionna Henry.

Tommy eut de nouveau son sourire protecteur et ne se donna pas la peine de répondre.

— Si nous allions faire un tour jusqu'au lac, monsieur Walsh, proposa-t-il un instant plus tard, je pourrais vous montrer ce que j'ai voulu dire.

— J'ai du travail en train, répondit Henry.

— Il fait si beau, pourtant, reprit Tommy. C'est dommage de passer une aussi belle journée dans un endroit sombre, triste, et qui sent l'essence.

— Il est normal que ça sente l'essence dans un garage, riposta Henry. Mais, ces mots à peine prononcés, il comprit combien son attitude et ses propos étaient insensés. Cet étrange enfant devait l'avoir ensorcelé.

— Avril..., ce doit être le bon moment, poursuivit Tommy qui semblait penser tout haut. Oui..., avant qu'il n'y ait trop de monde au bord du lac.

Il regarda Henry bien en face et questionna :

— Vous allez quelquefois faire des pique-niques avec votre femme, monsieur Walsh ?

— Oui, quelquefois.

— Votre femme aime les pique-niques, je suppose ?

— Oui..., mais...

— Bien sûr, reprit Tommy sans lui laisser achever sa phrase, c'est le genre de femme à aller dans un coin de campagne tranquille, la solitude au bord du lac, le chant des oiseaux dans les arbres, un recueil de poèmes peut-être. Elle aime la poésie, n'est-ce pas ?

— Tu en poses, des questions ! remarqua Henry.

— J'espère que cela ne vous ennuie pas, monsieur Walsh ? Mais je voudrais tellement me rendre utile ! Pouvons-nous descendre en voiture jusqu'au lac ? Juste pour un petit moment. Il y a là-bas quelque chose que je voudrais bien vous faire voir.

Ce fut sans nul doute le sourire de Tommy qui détermina Henry à le suivre — ce sourire formé par ses lèvres épaisses et qui semblait appartenir à quelqu'un de beaucoup plus âgé. Henry comprenait à présent ce que Susan avait voulu dire en décrivant Tommy comme un garçon beaucoup plus mûr que ses camarades ; il comprenait même la façon dont elle parlait de lui, parfois, comme s'il se fût agi d'un homme fait.

Henry monta en voiture et Tommy Demster alla s'asseoir à côté de lui.

— J'aime beaucoup le mois d'avril, dit-il tandis que l'auto sortait lentement du garage.

Henry espérait vivement que sa femme ne le verrait pas s'en aller en compagnie du jeune garçon. Il fut même, un instant, sur le point de s'arrêter au beau milieu de l'allée pour ordonner à l'enfant de descendre de voiture et décamper. Toute cette histoire était tellement absurde ! Mais il n'en fit rien.

Tous deux restèrent silencieux tandis que l'auto

roulait le long de l'avenue bordée d'ormes et de cèdres, puis s'engageait sur la route tortueuse et sale qui conduisait au lac Eastman.

— N'est-ce pas surprenant qu'il y ait si peu de gens au bord du lac, en avril ? remarqua enfin Tommy Damster. Tout le monde attend qu'il fasse très beau pour aller se baigner, et, alors, ça devient épouvantable ! Il y a foule... et on ne peut plus apprécier la silencieuse beauté de la Nature.

— Qu'est-ce que tu veux donc me montrer au bord du lac ? questionna Henry. Il s'efforçait d'adopter une attitude aussi désinvolte que possible, tout en étant certain que l'enfant ne s'y laissait pas prendre.

— Oh ! pas grand-chose, répondit Tommy. Il eut un rire silencieux, comme pour lui-même et ajouta :

— Excusez-moi, monsieur Walsh. J'ai l'impression de jouer aux devinettes avec vous, et je vois bien que cela vous trouble.

— Écoute-moi, dit Henry d'un ton ferme, je trouve que ces enfantillages ont assez duré et...

— Ce ne sont pas des enfantillages, le coupa le jeune garçon, et je suis sûr que vous le savez aussi bien que moi. Je veux seulement vous aider : vous vous y prenez d'une façon si maladroite !... Ah ! nous y voici.

La voiture s'arrêta dans une clairière en haut de la colline. Tommy descendit vivement et se mit à courir vers le sentier qui menait au lac.

Henry demeura quelques instants dans la voiture à le regarder. Dès qu'il s'était mis à courir, Tommy, en culotte courte et espadrilles, avait repris l'aspect d'un petit garçon au lieu de celui du démon qui — comme il l'avait fait remarquer lui-même — jouait aux devinettes avec un adulte.

De nouveau, Henry chercha à se persuader que seules son imagination et ses craintes — causées par un sentiment prématuré de culpabilité — l'avaient amené à croire que cet enfant savait vraiment ce que lui, Henry, avait en tête.

— Venez donc me rejoindre, monsieur Walsh ! cria une voix venant du lac. C'est si beau ici !

Henry quitta la voiture et descendit lentement vers l'endroit où se trouvait Tommy.

— Regardez, dit celui-ci d'une voix que l'émotion rendait haletante, comme l'eau est calme ! J'ai écrit de ridicules poèmes sur ce lac, autrefois, poursuivit-il avec un petit rire, en secouant la tête d'un air indulgent. Je viens souvent ici tout seul, même en hiver. J'adore m'asseoir là, quand il n'y a personne alentour, et regarder le lac en écoutant le chant des oiseaux. Mais cela doit paraître très étonnant à un homme tel que vous, monsieur Walsh ! Vous n'êtes certainement pas de ceux qui perdent leur temps à de semblables sottises — je veux dire, à rester assis au bord du lac ou écrire de ridicules petits poèmes.

Il se mit à rire de nouveau et tapota le bras d'Henry d'une façon qui fit frissonner celui-ci.

— Vous êtes un homme pratique, le genre d'homme dont le monde a besoin. De quelle utilité sommes-nous, moi et les rêveurs de mon espèce ?... Nous distrayons peut-être de pauvres femmes romantiques, avec nos poèmes ou nos peintures. Mais le monde n'a pas réellement besoin de nous. Tandis qu'un homme comme vous !... Ah ! monsieur Walsh, quelle différence ! Vous tenez entre vos mains les affaires du monde. Oui..., la nuit, sans doute, vous parlez à votre femme de tous les grands problèmes. Aux repas... Vous lui parlez de tout cela, n'est-ce pas, monsieur Walsh ?

— Nous causons, si c'est ce que tu veux dire.

— Oui. Oui, bien sûr, vous causez. Tommy hocha gravement la tête et répéta : Vous causez...

— Écoute, interrompit Henry, il faut que je rentre.

— Oh ! c'est vrai ! dit vivement le jeune garçon comme si les paroles prononcées par son compagnon venaient de le tirer d'un rêve. Je vous demande pardon : je vous fais perdre votre temps avec mon stupide bavardage. Mais ce n'est pas du tout pour ça que je vous ai demandé de venir ici, monsieur Walsh. Grand Dieu, non ! Mon intention n'était pas de vous faire perdre votre temps. Venez donc, je vous prie... suivez-moi.

Il s'éloigna en longeant le lac et Henry lui emboîta le pas. Les oiseaux gazouillaient dans les branches au-dessus de leurs têtes et le vent faisait bruire les jeunes feuilles.

Tommy s'arrêta auprès d'un vieux bateau à rames retourné et qui avait été abandonné le long de la rive. En s'approchant Henry aperçut un écureuil assis à l'avant de l'embarcation et humant avec satisfaction l'air chaud et parfumé. Mais, dès qu'il le vit, l'animal s'enfuit pour chercher refuge dans les bois.

— Cette fois, nous y sommes, dit Tommy. Si vous voulez bien me donner un coup de main...

— Pour quoi faire ? questionna Henry.

— Pour remettre ce bateau à l'endroit, évidemment ! répondit le jeune garçon, surpris que son compagnon ne l'eût pas compris immédiatement. Il faut bien que nous le retournions.

— Je n'ai vraiment pas le temps de faire une promenade en bateau, déclara Henry.

— Voyons, monsieur Walsh, protesta Tommy, je ne cherche qu'à vous rendre service. Vous devez me croire : je veux seulement vous empêcher de commettre une grosse erreur.

Henry soutint un moment le regard étrange du jeune garçon, mais baissa bien vite les yeux vers le sol. Puis, sans réfléchir davantage, il retourna le bateau et lui donna une poussée pour le remettre à flot.

L'enfant se dirigea vers un bouquet d'arbustes et en revint portant une paire de rames.

— J'ai pensé que nous pourrions aller faire un petit tour, dit-il en souriant, devant l'air intrigué d'Henry. Ce serait si amusant, monsieur Walsh ! Et je pourrais ainsi vous expliquer mon plan.

Henry se dit qu'après être allé aussi loin, autant valait accorder à ce garçon les dix minutes supplémentaires qu'il lui demandait.

Tommy grimpa dans le bateau, auquel Henry donna une forte poussée avant d'y sauter à son tour.

— Vous faites cela très bien, remarqua l'enfant.

Henry posa les avirons sur les tolets rouillés et se mit à ramer lentement vers le milieu du lac.

— Maintenant, vous comprenez sûrement que ce sera beaucoup plus simple de cette façon, dit Tommy au bout d'un long moment.

Henry ne répondit pas, et le jeune garçon, souriant et haussant les épaules, reprit :

— Même si vous aviez arraché ensuite ces stupides bourrelets que vous aviez placés dans le garage, on aurait découvert les marques des clous. Tandis qu'ici... Tenez, regardez autour de vous. Il est impossible que même un homme aussi pratique que vous l'êtes, une personne aussi versée dans les affaires, ne sente pas la poésie de ce lieu. Si on doit commettre un crime, mieux vaut le faire d'une façon poétique...

Henry pâlit et le jeune garçon sourit en constatant cette réaction.

— Oh ! j'ai compris depuis longtemps, poursuivit-il. Je vous en prie, n'ayez pas l'air aussi stupéfait ! J'ai lu cela dans les yeux de votre femme dès le jour où je l'ai vue pour la première fois. Et puis, bien sûr, il y a eu tout ce qu'elle m'a raconté à votre sujet...

— *A mon sujet ?...* répéta Henry, qui avait la sensation de vivre un cauchemar.

Le jeune garçon approuva de la tête. Il avait laisse

tomber sous son siège un caillou qu'il tenait à la main, et mit un moment à le retrouver.

— Eh oui ! répondit-il. Votre femme et moi avons de fréquentes conversations. Nous parlons de mes poèmes, des tableaux que je peins. Elle s'intéresse tellement aux belles choses ! Elle possède une âme exquise, monsieur Walsh, le saviez-vous ?

— Je suis très heureux que sa classe te plaise, dit Henry.

Tommy partit d'un éclat de rire strident.

— Ah ! mon Dieu, mon Dieu, oui ! s'écria-t-il en se frappant la cuisse. Sa classe me plaît beaucoup ! Vraiment !

Puis le rire s'arrêta net et une expression terriblement grave apparut sur ce visage rond d'enfant.

— Monsieur Walsh, croyez-vous que j'ai écrit des poèmes pour votre femme parce que sa classe me plaisait ? Le croyez-vous vraiment ? Allons donc ! Même un grand brasseur d'affaires ne peut être stupide à ce point !

— Dis donc, interrompit sévèrement Henry, je commence à en avoir assez...

— Et votre femme, monsieur Walsh, vous ne croyez pas qu'elle en a assez, elle aussi ? Toutes ces années passées à soupirer après ce qu'il y a de beau dans l'existence... à tenter d'adapter son âme exquise à l'odeur d'essence... à vivre aux côtés d'un homme dont la seule vue a fini par devenir révoltante à ses yeux... oui, absolument *révoltante !*

— Tu es un petit bonhomme très intelligent, remarqua Henry avec un sourire, bien qu'il sentît ses lèvres trembler légèrement.

— Que le diable vous emporte, monsieur Walsh ! Êtes-vous donc trop bête pour comprendre que j'aime votre femme ?

Henry Walsh demeura un moment abasourdi, puis le mystère s'éclaircit à ses yeux, l'horreur fit place à l'hilarité.

— Toi, murmura-t-il d'une voix que le rire faisait chevroter, *toi...*, tu aimes ma femme !

— Oui, parfaitement, *j'aime votre femme !* s'écria le jeune garçon avec colère, en se mettant debout dans le bateau. Et vous, poursuivit-il sur le même ton, vous vous imaginez pouvoir l'assassiner.... vous débarrasser d'elle ! Avec de l'oxyde de carbone... Elle se serait endormie dans l'auto, après une soirée peut-être... quelques verres... Vous voyez trop de mauvais films, monsieur Walsh !... Mais ici... Voyons, qui pourrait douter qu'il s'agisse d'un tragique accident ? On va faire une promenade en bateau... quoi de plus naturel par un si beau temps ?... C'est dommage, bien sûr, que ce bateau prenne l'eau et que ni elle... *ni vous*, monsieur Walsh, ne sachiez nager !

Tommy Demster était debout à l'extrémité du bateau, riant d'un rire sardonique. A cet instant seulement Henry s'aperçut qu'il avait les pieds trempés. Le jeune garçon avait ôté du plancher de la barque un morceau de bois dissimulant une large ouverture par laquelle l'eau pénétrait maintenant à flots. Henry voulut s'agripper à Tommy, mais celui-ci plongea dans le lac et se mit à nager avec aisance vers la rive.

Henry luttait désespérément pour empêcher l'eau de pénétrer dans le bateau, mais tous ses efforts restèrent vains.

— Quel dommage, monsieur Walsh, lui cria le jeune garçon. Oui, quel dommage... que le mari... d'une femme aussi charmante... soit victime d'un aussi tragique accident !

Henry sentait la barque s'enfoncer rapidement, tandis que Tommy, un sourire condescendant sur son visage rond, aussi à l'aise dans l'eau qu'un poisson, demeurait à proximité. Il voulait surprendre l'expression de sa victime au moment où celle-ci disparaîtrait dans l'eau calme de ce lac qui

— il l'avait insinué lui-même — aurait fait un magnifique tombeau pour cette femme à l'âme exquise, éprise du Beau et qui, par ces qualités mêmes, avait complètement gâché l'existence du pauvre Henry Walsh.

Tommy the terrible.
Traduction de Denise Hersant.

DEUX FIANCÉES, UN SOUPIRANT

par DONALD CAMPBELL

Neil Admire était chef du rayon des vêtements féminins chez Martell's. Il appréciait cette situation parce qu'elle lui permettait de parader toute la journée devant quinze vendeuses qui étaient sous ses ordres. Ces « vendeuses » étaient d'âges divers et plus ou moins belles mais elles avaient en commun une qualité importante : elles étaient toutes ses esclaves dévouées et ses admiratrices.

Car, selon le mot d'une de ses fans les plus âgées, Neil Admire était « un beau diable d'homme ». Il avait trente et un ans, et ses cheveux noirs ondulés commençaient à grisonner aux tempes de façon très distinguée. Ses yeux étaient sombres ; sa peau lisse luisait de santé, et il portait une petite moustache taillée au-dessus d'une lèvre supérieure aux courbes sensuelles et généreuses. Qui plus est, il était grand, droit et large d'épaules. Pas trop intelligent — il ne serait jamais directeur général chez Martell's — mais les dames n'avaient pas conscience de cette lacune.

Un certain jour de printemps, M. Admire ne se montra donc pas étonné d'éveiller l'attention de deux clientes. Il s'agissait d'un phénomène assez courant. En fait, la bonne mine de M. Admire aurait pu être considérée comme un appât commercial de choix.

Mais ce jour-là, les deux clientes impressionnées n'étaient pas du type habituel. Ni pour M. Admire, ni pour Martell's. Lorsque, pour la première fois M. Admire les remarqua de loin, une chose le frappa immédiatement : elles avaient l'apparence de deux dames venues de la campagne ou d'un petit bourg pour faire quelques emplettes à la ville. On aurait pu dire, en les détaillant minutieusement, que leurs vêtements n'avaient « pas un atome d'élégance ».

Pour commencer, elles portaient toutes les deux des bas de coton, M. Admire commençait toujours par regarder les jambes des femmes, et les bas de coton étaient pour lui un sujet particulier d'horreur. Leurs robes étaient de soie, une verte, l'autre marron, et leurs chapeaux perchés tous deux de façon précaire sur le sommet de leurs têtes, étaient des couvre-chefs de confection garnis de velours et de fleurs. Démodés, décida M. Admire. Elles n'avaient pas encore découvert le nylon, ni aucune des nouveautés qui étaient devenues à la mode au cours des dernières décennies.

Mais lorsque les dames s'approchèrent, il découvrit qu'elles ne semblaient pas, et de loin, aussi antiques que le laissait croire leur accoutrement. Elles frisaient sans doute la quarantaine. M. Admire conclut avec sagesse que, si on leur donnait davantage, cela tenait au fait qu'elles n'étaient pas fardées et que leurs cheveux brun souris étaient épinglés en chignon derrière leur tête.

Et c'est tandis qu'elles s'approchaient très près de lui qu'il prit conscience de ce qui, chez elles, était le plus surprenant. A moins que son regard aiguisé ne le trompât du tout au tout, elles étaient de vraies jumelles. Il venait à peine de se remettre de sa légère surprise quand il se rendit compte que les dames étaient aussi totalement intriguées par lui qu'il l'était par elles. Après quelques secondes d'hésitation, au cours desquelles elles montèrent et redescendirent sans but le couloir central, elles parurent finalement trouver le courage de s'adresser directement à lui. La femme en vert lui demanda.

— Pourriez-vous nous dire, Monsieur, où sont les sacs à main ?

Sa voix était aussi sèche que le craquement de feuilles mortes sous les pas d'un promeneur.

En fait, le rayon des sacs à main se trouvait à proximité de M. Admire. Il le leur désigna d'un geste noble et adressa aux dames son sourire le plus photogénique. Passant devant lui, elles se dirigèrent prestement vers le comptoir voulu et affectèrent de se pencher sur les objets exposés.

M. Admire s'éloigna. Il était très satisfait de lui. Bien que ces deux étranges clientes fussent manifestement campagnardes, elles n'en demeuraient pas moins femmes et elles avaient eu le bon esprit de l'apprécier, n'est-ce pas ? Il était intimement convaincu qu'elles profiteraient de ce qu'il s'éloignait pour se retourner et évaluant ses larges épaules d'un air appréciateur.

Quelque dix minutes s'écoulèrent avant qu'il se rendît compte que Marilyn, la vendeuse des sacs, le tirait par la manche :

— Ces béotiennes, lui dit-elle à voix basse, veulent acheter deux de nos sacs les plus coûteux et ont la prétention de me payer par chèque. Voulez-vous donner votre accord ?

D'un pas rapide, mais non dépourvu de dignité, M. Admire s'en retourna vers le comptoir des sacs. Les deux dames attendaient son arrivée avec excitation. Il remarqua qu'elles avaient les yeux noirs et qu'ils brillaient de satisfaction tandis qu'il s'avançait vers elles.

Il examina professionnellement les fiches de vente que sa vendeuse avait déjà préparées. L'achat, qui s'élevait à 750 dollars, était libellé au nom de Mlle Regina Dunbar. L'adresse était tout simplement : Court Street, à Tanbury.

— Tanbury, dit-il. Où est-ce, mademoiselle Dunbar ?

— C'est à soixante kilomètres au nord, lui répondit la dame en vert. Nous ne sommes pas exactement d'ici.

— Pourriez-vous me montrer une pièce d'identité, s'il vous plaît, mademoiselle Dunbar ?

Il cherchait à gagner du temps et le savait. Toute cette procédure était hautement irrégulière. Accepter un chèque de 750 dollars émanant de deux personnes qui lui étaient totalement inconnues et dont l'aspect était des plus bizarres — c'était vraiment chercher les ennuis. Mais sa curiosité était piquée au vif. Ces deux femmes quoi qu'elles pussent être, n'étaient pas des escrocs. Pourquoi désiraient-elles acquérir deux sacs à main coûteux ?

Mlle Regina Dunbar avait ouvert son propre sac à main — un objet en cuir démodé, usagé — et en avait extirpé une carte qu'elle lui tendait. Ce n'était rien de plus qu'un simple : « En cas d'accident veuillez prévenir... » sans aucune valeur pour obtenir un crédit. La personne à prévenir était Mlle Rosalie Dunbar, de toute évidence la jumelle en robe marron.

— Je crois bien que c'est tout ce que j'ai comme papier d'identité, dit Mlle Regina. Mais vous n'avez pas besoin de vous faire de souci pour notre chèque. Nous avons plein d'argent en banque.

Elle n'aurait rien pu choisir de plus approprié pour susciter davantage l'intérêt de M. Admire : « Plein d'argent en banque » était une phrase qui éveillait la curiosité. Et, apparemment, Mlle Regina l'avait prononcée avec autorité.

M. Admire hésita. Si le chèque n'était pas honoré, M. Martell en déduirait le montant sur son salaire en lui faisant un sermon sur la crédulité. Et finalement, cet incident serait une tache dans son dossier. Il s'agissait là d'un pari, mais M. Admire avait l'impression que l'enjeu dépassait de beaucoup ces 750 malheureux dollars. En d'autres termes, il flairait quelque chose et il mordait à l'appât.

— Rédigez le chèque, mademoiselle Dunbar, dit-il d'un ton suffisant, et j'y apposerai ma griffe.

Un vieux stylo noir et le carnet de chèques sortirent du vieux sac de cuir. Mlle Regina rédigea le chèque à l'aide d'une plume qui accrochait de façon agaçante. M. Admire ne daigna pas jeter un coup d'œil à Marilyn : il n'ignorait pas que, bien qu'elle eût une vente assurée, elle n'était pas d'accord avec lui. Mais lorsque le chèque fut libellé, il griffonna dans un de ses angles, un magnifique : « N. A. » illisible.

Marilyn enveloppa les achats comme elle se devait de le faire et les tendit aux jumelles. Mlle Rosalie prit le paquet. Les deux dames remercièrent Neil Admire avec effusion, tout en battant de leurs cils pâles presque inexistants, et en s'attardant manifestement pour jouir du simple plaisir de sa présence. En fait, elles étaient extrêmement petites — pas plus d'un mètre cinquante — et elles levaient les yeux, en complète adoration, vers sa splendeur d'un mètre quatre-vingts. C'est vraiment à regret qu'elles se résolurent à partir, se dirigeant d'un pas raide vers l'ascenseur comme deux petits oiseaux repus de graines délectables.

— Vous avez commis une grosse erreur, monsieur Admire, dit Marilyn.

Mais M. Admire n'en était pas certain...

C'est une semaine plus tard qu'une des employées de la comptabilité dit à M. Admire que le chèque Dunbar avait été honoré. Il jubilait. Ainsi donc se voyait-il amplement confirmé en qualité de juge de la nature humaine. Il savait certainement reconnaître un visage honnête quand il en voyait un. Mais un détail était encore plus important : les mots « plein d'argent en banque » s'étaient révélés exacts. Après tout, combien de dames pouvaient-elles se permettre de s'offrir un sac de 375 dollars ?

« Plein d'argent en banque. » Ces paroles refusaient de quitter sa mémoire. Mlle Regina Dunbar. Et Mlle Rosalie Dunbar. La combinaison était fascinante. Le champ d'opération de M. Admire n'était limité que par cette considération : à combien exactement pouvait-on évaluer « plein d'argent » ?

Le problème se ramenait à ces données : deux dames célibataires possédant une certaine quantité d'argent liquide s'étaient révélées sensibles à son charme. Cela valait tout au moins la peine qu'il se renseignât. Il avait déjà pris un risque sur 750 dollars et il avait gagné. Pourquoi s'arrêter en si bon chemin ?

Il possédait une petite voiture de sport étrangère, des lunettes de soleil et une veste écossaise éblouissante. Le dimanche après-midi suivant, il se para de ces objets et — avec l'aide d'une carte routière — se rendit à Tanbury.

Le panneau, à l'entrée de l'agglomération, l'informa que la population était de dix mille personnes environ. Un bourg. Mais un bourg d'aspect prospère. Une communauté de gens manifestement retirés sur eux-mêmes et vivant de revenus indépendants, dont un petit nombre peut-être allait travailler en ville. Le tableau d'ensemble était très prometteur.

La situation lui parut encore plus encourageante quand, suivant les indications d'un employé de station-service, il trouva l'adresse de Court Street. La maison des Dunbar était plutôt vieille, mais extrêmement bien entretenue. Une maison à un étage, de taille respectable, fraîchement repeinte, entourée d'un demi-hectare environ d'herbe d'un vert printanier soigneusement tondue. Sans hésiter davantage, M. Admire gara sa petite voiture devant la maison, en descendit, remonta l'allée, alla jusqu'au porche et sonna.

Immédiatement, une des deux dames vint lui ouvrir — bien entendu il n'aurait su dire laquelle des deux — et l'inspecta. Elle ne parut pas le reconnaître, mais il devina qu'elle jouait la comédie. Elle savait parfaitement bien qui il était.

Quoi qu'il en soit, il joua le jeu avec empressement :

— Mademoiselle Dunbar, je suis Neil Admire. Chef du rayon des vêtements féminins chez Martell's. Vous y avez fait un petit achat il y a une semaine.

La dame continua de feindre de ne pas le reconnaître :

— Ah ! oui, oui, dit-elle d'un ton hésitant en ouvrant la porte pour lui permettre d'entrer. Entrez, monsieur Admire. (Elle l'introduisit dans un salon d'aspect pimpant encombré de mobilier démodé.) Il n'y a certainement pas eu d'ennuis pour notre chèque ?

— Oh ! non, aucun ennui. Mais ce n'est pas à propos du chèque que je suis venu.

Avant qu'il n'eût pu s'expliquer davantage, son hôtesse tourna la tête vers le fond de la maison, et s'écria :

— Regina, viens au salon !

Il s'agissait donc manifestement de Rosalie.

Peu de temps après, Regina entra. Répétition de la petite comédie : « Je ne vous remets pas », puis explication de Rosalie sur l'identité du visiteur, et enfin préoccupation de Regina quant à l'objet de sa visite.

— Il se trouve que je me promenais en voiture

finit-il par leur dire. Je suis célibataire, sans famille, vous comprenez, et le dimanche je me sens toujours seul. Aussi chaque fois qu'il fait beau, je fais une promenade en voiture le dimanche après-midi. Aujourd'hui, ma promenade m'a mené dans votre jolie petite cité et je me suis souvenu du nom de Tanbury et de vous, mesdames. Aussi je me suis permis de venir vous voir pour vous remercier.

— Nous remercier ? fit Rosalie — ou Regina ; il n'aurait su dire : leur parfaite ressemblance l'avait déjà embrouillé.

— Oui. Voyez-vous j'ai pris un risque en acceptant votre chèque, étant donné que vous étiez tout à fait inconnues dans notre magasin. Or, le chèque était absolument valable ; je voulais vous en remercier de la part de Martell's, et j'espère sincèrement que vous continuerez à nous honorer de votre clientèle. Vous avez fait preuve, mesdames, d'un goût excellent dans votre choix de sacs. Nous espérons que vous avez été satisfaites de vos achats et nous voulons croire que notre établissement est celui qu'il vous faut pour vous servir à l'avenir.

Ce discours maladroit n'aurait pas abusé beaucoup de femmes, mais les demoiselles Dunbar furent considérablement impressionnées — si impressionnées même qu'elles lui demandèrent de s'asseoir et de rester un moment. M. Admire ne fut que trop satisfait d'accéder à leur requête.

Il se chargea de la plus grande partie de la conversation. Il parla de tout et de rien. Il était de ces hommes heureux qui n'ont pas besoin de compter l'art de la conversation parmi les talents qu'ils déploient pour le sexe opposé. Les demoiselles Dunbar n'écoutèrent pas attentivement ce qu'il disait, mais parurent satisfaites de rester assises à le contempler, en admirant l'éclair blanc de ses dents, ses gestes vigoureux et masculins. Pour elles le fait qu'il fût homme était une distraction suffisante.

Incidemment, tandis que l'après-midi s'écoulait, il amena la conversation sur le sujet qui l'intéressait le plus :

— Vous savez, leur dit-il, je crois que j'ai véritablement fait preuve d'un excellent jugement au sujet de ce chèque. La chose n'avait rien de sûr. 375 dollars, c'est beaucoup d'argent pour un sac à main, et vous n'êtes pas, mesdames, du genre ostentatoire, de sorte que vous n'aviez pas l'air tellement prospères. Il aurait fort bien pu s'agir d'une escroquerie. Vous auriez pu être en train de les voler, ces sacs.

Les sœurs sourirent d'un air modeste :

— Nous n'avons jamais rien volé, fit l'une d'elles.

— Bien sûr que non. Je ne vous prenais pas pour des voleuses.

— Nous n'avons jamais été obligées d'en venir à de telles extrémités, monsieur Admire. Nous n'avons même jamais eu besoin de travailler.

— Vraiment ? Comment cela se fait-il ?

— Nous avons toujours eu de l'argent. Plus que nous n'en pouvions dépenser. Nous ne savons même pas combien. Nous nous sommes même toujours épargné les tracas de nous en occuper. C'est notre homme de loi qui s'en charge. Oui, nous sommes terriblement gâtées.

Cette déclaration, ajoutée à la maison elle-même, à la cuisinière et à la bonne qui servit le dîner — car M. Admire était resté pour le dîner — voilà qui lui suffisait. Il passa un après-midi et une soirée extrêmement agréables et lorsqu'il se décida à partir, il promit de revenir.

Ce qu'il ne manqua pas de faire. De nombreuses fois. Il fit assidûment la cour aux demoiselles Dunbar, parfaitement conscient qu'il en voulait à leur argent, qu'il s'adonnait à l'hypocrisie, au mensonge, à la flagornerie, à la pire espèce de tromperie, la tromperie par laquelle le chasseur de dot peu scrupuleux amène une femme convenable — ou, dans le cas présent, deux femmes convenables — à s'éprendre de lui alors qu'il se moque éperdument d'elle.

Et lui se moquait de l'une comme de l'autre. Là, était véritablement son problème. Les sœurs étaient des jumelles absolument semblables. Jamais il n'arrivait à les distinguer. Quand il était avec l'une, il devait toujours attendre que l'autre l'appelât par son nom pour savoir à laquelle des deux il faisait la cour.

Il ne s'en souciait pas vraiment. Il supposait qu'elles partageaient « l'argent » en parts égales et qu'en possédant l'une ou l'autre, il mettrait la main sur au moins la moitié de leur fortune. Étant donné qu'elles étaient tellement identiques, qu'elles manquaient pareillement de charme, il lui importait peu de savoir laquelle des deux il devrait supporter comme femme.

Et pourtant il n'osait pas se déclarer. Une scène le hantait, celle au cours de laquelle il dirait : « Mademoiselle Regina, voulez-vous me faire l'honneur de m'épouser ? » pour s'entendre répondre : « Monsieur Admire, vous faites erreur, je suis Rosalie. » Ou vice-versa.

Pendant qu'il réfléchissait à ce dilemme, les demoiselles — qui s'impatientaient probablement de plus en plus de cette cour à objectif dispersé — tentèrent de le résoudre pour lui. Un dimanche après-midi, à la fin de l'été, l'une d'entre elles abandonna sa timidité naturelle et l'aborda ouvertement :

— Monsieur Admire, quelles sont vos intentions ?

Pris par surprise, il ne put que bafouiller.

— Ce que nous voulons dire, monsieur Admire, c'est ceci. Tanbury est une petite ville. Les gens ont remarqué votre petite automobile peu courante garée, tous les dimanches, devant notre maison et ils ont commencé à poser des questions embarrassantes. Aussi voulons-nous savoir ce que nous devons leur répondre. Vos intentions sont-elles honorables ?

Les yeux en boule de loto, il demanda :

— Voulez-vous parler de mariage ?

— Oui, de mariage, monsieur Admire. Trouvez-vous cette idée repoussante ?

— Oh ! non, non... (Lentement, il recouvrait ses esprits et une partie de son éloquence.) En aucune façon. Quelle autre raison aurais-je pu avoir de venir vous voir ici toutes les semaines depuis combien ? trois ou quatre mois maintenant. Comme je vous l'ai dit, je suis célibataire, un célibataire très seul et j'ai trouvé ici, dans cette maison, non seulement de la camaraderie, mais une attirance, une attirance romantique, ce sentiment qu'un homme éprouve toujours quand il rencontre la femme de ses rêves...

Il débita tout cela sans le moindre remords de conscience. Il se tenait assis, parfaitement conscient de sa fourberie, et il contemplait ses hôtesses, qui se ressemblaient autant que deux petits pois dans leur cosse, toutes les deux aussi totalement dépourvues de beauté, toutes les deux avec leurs abominables bas de coton, et il leur déclarait à la face qu'il était victime de leur charme.

— Laquelle ? fut la question suivante.

— Je vous demande pardon ?

— Laquelle de nous deux est la femme de vos rêves ?

Les paroles ne lui vinrent pas immédiatement aux lèvres. Comment pouvait-il admettre qu'il était incapable de les reconnaître l'une de l'autre ? Mais il était rusé. Il parvint à éviter le piège.

— Mesdames, répondit-il, je dois avouer que c'est la raison pour laquelle j'ai attendu si longtemps avant d'aborder moi-même ce sujet. Vous êtes toutes les deux si charmantes...

— Est-ce là la seule raison, monsieur Admire ?

Il prit immédiatement conscience du danger. Il y avait un élément nouveau, quelque chose de malicieux, de méfiant dans la voix qui posa cette question. Il se rendit compte maintenant, que pour la première fois, depuis tous ces dimanches, c'étaient elles et non pas lui qui imposaient le cours de la conversation. L'avaient-elles percé à jour ?

— Je ne comprends pas très bien ce que vous voulez dire, bredouilla-t-il pour gagner du temps.

— Ma sœur Rosalie et moi-même nous ressemblons étrangement. (Donc c'était bien Regina qui parlait.) Nous nous ressemblons de caractère, également. Nous avons le même goût en tout. Nous attendions toutes les deux, haletantes, que vous vous déclariez.

Neil Admire s'était mis à transpirer légèrement.

— C'est que... commença-t-il.

— Avez-vous hésité, monsieur Admire, en vous rendant compte que nous vous étions toutes deux très attachées, et que l'une de nous serait terriblement blessée et déçue si vous demandiez l'autre en mariage ?

— Cela pourrait être une façon de présenter les choses, répliqua-t-il prudemment bien convaincu qu'il n'était pas encore tiré d'affaire.

— Eh bien, nous allons vous rassurer tout de suite, monsieur Admire. Voyez-vous, le problème de notre extrême ressemblance n'est pas nouveau pour nous. Nous avons dû l'affronter dans tant de circonstances, pour tant de choses ! Par exemple, nous avons découvert lorsque nous avions seize ans, que notre goût en ce qui concerne les hommes était toujours identique. Que si l'une de nous avait les faveurs d'un représentant du sexe opposé, l'autre était horriblement jalouse et terriblement malheureuse. Jamais l'heureuse élue n'a voulu blesser l'autre ; en conséquence, elle a toujours fait le sacrifice nécessaire en renonçant au mariage. Nous avons toujours pensé qu'il valait mieux nous passer totalement des choses l'une et l'autre plutôt que de voir une seule de nous deux obtenir ce que nous voulions toutes deux. Cela explique — vous l'avez peut-être deviné, monsieur Admire — que nous ayons atteint l'âge que nous avons sans nous marier.

L'esprit d'Admire tourbillonnait, ses capacités de penser déjà limitées étaient paralysées. Il ne fit même pas de commentaire. C'était à elle de poursuivre.

— Voilà donc dans quelle situation nous sommes, monsieur Admire. Vos intentions sont honnêtes et nous sommes toutes deux également éprises de vous. Mais il y a longtemps que nous avons imaginé une solution à ce problème. Et je crois qu'il est temps maintenant que notre plan se réalise. Vous sentez-vous libre d'aller de l'avant et de faire votre demande en mariage, monsieur Admire ? Celle de nous que vous aurez distinguée acceptera de vous épouser. L'autre se suicidera.

Avec son vocabulaire limité, M. Admire avait souvent remarqué qu'il était « soufflé » d'une chose ou d'une autre. Bien qu'il ne l'exprimât pas maintenant, il l'était certainement — soufflé. Il y avait longtemps qu'il avait pris conscience de son charme et de la fascination qu'il exerçait invariablement sur toutes sortes de femmes. Mais jamais auparavant il ne s'était trouvé devant ce genre de proposition ! Un suicide !

L'autre sœur lui fournit les détails qui manquaient. Elle lui fit signe de venir la rejoindre et lorsqu'il se fut rapproché avec soumission du petit secrétaire près duquel elle se tenait, elle en ouvrit le battant et lui désigna deux petites feuilles de papier blanc qui se trouvaient côte à côte.

— Nos lettres de suicide sont toutes prêtes, lui expliqua-t-elle. Chacune de nous a écrit et signé la sienne. L'une d'entre elles sera utilisée au moment voulu et l'autre sera détruite.

Cette explication ne contribua guère à calmer la sarabande infernale que dansaient les pensées de M. Admire.

Mais cette demoiselle Dunbar n'en avait pas encore terminé. Elle lui désigna une carafe de vin rouge, ainsi que les quelques verres qui l'accompagnaient, placés sur un plateau d'argent, qui reposait lui-même sur le secrétaire. Ce service lui était assez familier. Les sœurs Dunbar étaient assez amateurs de vin et elles avaient l'habitude, chaque dimanche soir, d'en boire un verre en sa compagnie.

— Le vin est toujours ici, lui dit-elle ; cela sera donc commode.

Il hocha la tête stupidement. Ensuite elle ouvrit un petit tiroir à l'intérieur du secrétaire. Dans ce tiroir il n'y avait qu'un seul objet, un petit papier plié.

— Le poison est là-dedans, dit Mlle Dunbar. C'est une poudre qui pourra se dissoudre très facilement dans le vin. Nous avons choisi quelque chose de rapide et qui n'est pas trop douloureux.

Il les contempla l'une et l'autre, Rosalie et Regina, toujours incrédule. Et pourtant, très lentement, il commençait à appréhender la signification profonde et totale de cette révélation, une signification dont les sœurs n'avaient peut-être pas tellement conscience. Car si M. Admire épousait l'une d'elles, et que l'autre, de façon fort pratique, s'éliminait elle-même, alors M. Admire ne deviendrait plus le maître de la moitié, mais de la totalité de leur fortune !

— Est-ce que cette solution vous convient ? demanda l'une d'elles.

Il était trop avisé pour exprimer une approbation sans réserve :

— Je détestais voir l'une de vous, jolies comme vous êtes... faire un tel sacrifice... mais d'autre part, si vous le voulez ainsi... si vous le voulez ainsi toutes les deux... alors je suppose que ce n'est pas à moi de...

— Oui, c'est bien ce que nous voulons, monsieur Admire. Lorsque vous reviendrez la prochaine fois nous espérons que vous serez à même de faire votre choix.

***

Lorsqu'il revint la semaine suivante, il avait son plan tout prêt. Il n'avait pas véritablement de choix à faire, bien entendu. Ce serait comme jeter les dés. Ou peut-être comme un jeu de roulette russe. Il avait un contrat de mariage à proposer, mais le nom du preneur restait en blanc ; le hasard le lui dicterait.

Les demoiselles Dunbar se tenaient assises, côte à côte sur le divan et attendaient avec leur réserve habituelle qu'il voulût bien parler. Pour cette occasion elles avaient revêtu leurs plus jolies robes, l'une marron et l'autre bleue. Il fallait qu'il s'en souvînt. Marron et bleu. Et qu'il les identifiât le plus rapidement possible.

— Puis-je parler à chacune de vous en privé ? commença-t-il. La question est tellement importante.

— A laquelle de nous en premier ?

— Rosalie, si vous voulez bien.

La sœur en bleu se tourna vers l'autre, en marron :

— Je vais sortir de la pièce, Rosalie, dit-elle. Bonne chance.

Ah ! Rosalie était en marron et Regina en bleu. Regina se leva et sortit de la pièce sans rechigner. Rosalie resta sur le divan sans savoir si elle allait au-devant d'une demande en mariage ou d'une condamnation à mort. Elle regardait droit devant elle, très pâle, et tordait ses mains grêles sur ses genoux.

Mais quand Neil Admire tomba à genoux devant elle, son pauvre visage sans beauté s'illumina positivement. De pâles, ses joues devinrent rouges, et elle porta les mains à sa gorge en un geste pudique et virginal.

— Rosalie, commença-t-il en bafouillant volontairement, voulez-vous me faire l'honneur de devenir ma femme ?

Et c'est sans crainte de se tromper sur son identité qu'il parla.

Mais au lieu d'un « oui » immédiat, prononcé d'une voix à demi-défaillante, il reçut en réponse une autre question :

— Il faut d'abord que je vous demande, monsieur Admire, pourquoi vous m'avez choisie.

C'est sans le vouloir cette fois qu'il se mit à bafouiller et à bégayer. Vacillant sur ses genoux, il cherchait désespérément une réponse convenable.

— Vous êtes... la plus charmante... parvint-il finalement à dire.

— En quoi suis-je plus charmante que ma sœur ?

— En quoi ?

— Oui, monsieur Admire, en quoi suis-je plus charmante que ma sœur ?

Il perçut le gouffre qui s'ouvrait, prêt à l'engloutir, et chercha désespérément un terrain sûr :

— C'est si... personnel... si subjectif... une chose tellement particulière... comment pourrait-on la décrire ?...

Mlle Rosalie se leva brusquement et s'éloigna,

laissant sans plus de cérémonie l'infortuné M. Admire se remettre debout :

— Regina ! s'écria Mlle Rosalie.

Regina rentra immédiatement. Au premier coup d'œil lancé sur les deux seuls occupants de la pièce, elle parut comprendre ce qui s'était passé. Néanmoins, Rosalie s'expliqua :

— C'est bien ce que nous craignions, chère sœur, absolument le pire. M. Admire ne s'intéresse qu'à notre argent. Il est impossible qu'il soit amoureux d'aucune de nous. Parce que je suis sûre, à la façon dont il vient de se conduire, qu'il n'est pas capable de nous distinguer l'une de l'autre.

Les deux hôtesses foudroyaient leur invité d'un regard qui ne trompait pas. M. Admire comprit qu'il était renvoyé à jamais. Il sortit furtivement de la maison, en vaincu.

***

Au cours de la semaine suivante chez Martell's M. Admire récupéra jusqu'à un certain point. Premièrement il se blâma de sa propre stupidité et de la simplicité avec laquelle les sœurs l'avaient démasqué. Puis, douloureusement blessé dans son orgueil, il décida de faire jaillir des cendres de la défaite, un phénix triomphant.

C'est vers le mercredi que les engrenages de son cerveau recommencèrent à comploter. Il se rendit compte alors que tout n'était peut-être pas encore perdu. Les Dunbar étaient toujours amoureuses de lui ; du moins, pourraient-elles être amenées à se rappeler qu'elles l'étaient. Il possédait toujours les armes de son charme, de sa bonne mine. Et le prix n'avait toujours pas été réclamé, l'argent était toujours là. Il décida de tenter un nouvel assaut sur la forteresse. Qu'avait-il à perdre ? Il revêtit ce qu'il avait de mieux, fit laver et lustrer la voiture de sport et, le dimanche suivant, il partit pour Tanbury à l'heure habituelle.

Mais les sœurs ne l'attendaient pas. La bonne vint lui ouvrir la porte ; comme elle n'avait apparemment reçu aucune instruction pour ne pas le faire entrer, elle le conduisit au salon et l'informa que les maîtresses de maison étaient dehors en train de travailler dans le jardin du fond. M. Admire lui demanda qu'elles fussent informées de sa présence.

La bonne partit s'exécuter, laissant M. Admire absolument seul dans le salon. La chance lui était plus favorable qu'il ne l'avait espéré, et il augura bien du succès éventuel. Il avait envisagé plusieurs stratagèmes pour parvenir à se trouver seul dans le salon pendant un moment et voilà maintenant qu'il n'avait besoin de se servir d'aucun d'entre eux. Les dieux étaient avec lui. Il se dirigea sans hésiter vers le secrétaire et constata alors que la chance le favorisait de façon fantastique. Les deux lettres de suicide étaient toujours là, ainsi que le petit papier dans le tiroir, le petit papier plié qui contenait le poison. Il sourit. S'agissait-il d'un oubli ou bien les sœurs Dunbar avait-elles espéré le voir revenir et pouvoir se servir encore des lettres et du poison ? M. Admire préférait cette dernière explication.

Il se mit rapidement au travail. Il versa trois verres de porto. Il déplia le papier, et vida la poudre blanche dans l'un des verres, en veillant à bien localiser ce verre. Puis il froissa le papier, le jeta dans la corbeille et referma le secrétaire.

Il lui resta du temps. Il se passa encore trois ou quatre minutes avant que les sœurs ne fissent irruption dans la pièce. Elles s'étaient manifestement arrêtées en chemin pour remettre de l'ordre dans leur toilette, mais avaient fait aussi vite qu'elles avaient pu car elles étaient légèrement essoufflées.

— Monsieur Admire ! s'écria l'une d'elles.

Au ton de sa voix, il comprit où les choses en étaient. Elles avaient attendu impatiemment son retour, et, somme toute, il était le bienvenu. Elles avaient espéré autant que lui qu'il serait à même de trouver une solution.

Mais il n'allait pas tenter l'impossible. Il n'allait pas essayer de les distinguer l'une de l'autre. Il était aussi capable qu'elles de préparer des petites surprises.

— Mes chères amies, commença-t-il, c'est tellement merveilleux de vous revoir toutes les deux. J'ai passé une semaine épouvantable. Et il fallait que je revienne vous voir... encore une fois.

Mystérieux. C'est ainsi qu'il avait voulu paraître. Qu'elles l'écoutent, qu'elles se posent des questions. Il pouvait se rendre compte qu'il avait déjà réussi. Elles attendaient avec avidité les paroles suivantes.

— Je suis venu vous présenter mes excuses et reconnaître mon erreur. Vous aviez le droit de me chasser de chez vous dimanche dernier. Vous avez eu l'impression que je vous avais trahi, que je n'étais qu'un chasseur de dot. Je vous supplie de me croire. Ma faute n'était pas d'aimer trop peu... mais de trop aimer.

Ah ! voilà qui les faisait mordre. Les sœurs échangèrent des regards ahuris. Et elles écoutèrent de nouveau, en retenant leur respiration.

— Je reconnais franchement, continua-t-il, que je ne suis pas capable de vous différencier. Vous êtes absolument identiques. Oui, hélas ! identiques jusqu'au moindre détail charmant et adorable. Vos yeux percent mon cœur des mêmes flèches acérées. Votre présence à l'une et à l'autre me fait frissonner avec la même excitation. Donc je ne peux pas choisir. Je ne peux pas honnêtement, réellement, choisir. Je dois l'admettre. Mais est-ce à ce point une faute ? Je vous aime toutes les deux. Et je me rends compte que c'est cela qui rend le choix impossible. Mais croyez-moi, chères amies, s'il n'y avait pas de loi contre la bigamie dans notre société stupide, je tomberais à genoux ici, immédiatement, et je vous supplierais l'une et l'autre de m'épouser. Et si vous deviez consentir, je serais en vérité le plus heureux des hommes sur terre. Parce que je posséderais, non pas une, mais deux des femmes les plus admirables jamais créées.

C'était un discours magnifique, appris par cœur, répété et prononcé avec une élocution à fendre l'âme. Neil Admire était né plusieurs décennies trop tard. S'il avait été dans la force de l'âge au commencement du siècle il aurait fait un merveilleux tragédien.

Mais les demoiselles Dunbar étaient peut-être nées trop tard. Si elles avaient pu faire partie des spectateurs lors des exploits de M. Admire, elles auraient été enchantées. Elles l'étaient maintenant. En observant leurs yeux grands ouverts, leur bouche frémissante, leurs poings serrés sur leurs seins, il sut qu'il pourrait désormais les faire manger dans sa main.

Bien entendu, il préférait les faire boire. S'emparant du plateau d'argent, il s'approcha d'elles, tenant le plateau de façon qu'une des sœurs dût inévitablement prendre le verre empoisonné.

— Buvons un dernier verre ensemble, mes chères amies, mes bien-aimées d'autrefois. Nous vivons dans un monde cruel. Mais buvons un verre à ce peu de bonheur que nous avons eu.

Hypnotisées, elles acceptèrent chacune un verre. La sœur qui se tenait à droite prit le verre empoisonné, mais il calma sa conscience en se rappelant à lui-même qu'il ne savait pas qui elle était. Lui-même prit le troisième verre et replaça le plateau sur le secrétaire.

Puis il se retourna vers elles, levant son verre

dans un dernier salut. Non pas au passé mais au présent. Quand la sœur de droite serait étendue raide et froide sur le plancher, il saisirait la survivante avec une ardeur passionnée et lui sussurerait sa requête à l'oreille. « Regina — ou Rosalie — il fallait que j'agisse ainsi. C'était notre seule chance de bonheur. Rosalie — ou Regina — est partie maintenant, au-delà de toutes déceptions et de toutes douleurs. Tout l'amour que j'avais pour vous deux, je peux maintenant vous le donner à vous seule Regina — ou Rosalie. » Il y aurait la lettre de suicide, bien entendu, pour répondre aux préoccupations de la police, puis un mariage. Et une vie facile.

— Buvez, belles dames, s'écria-t-il, et il vida son propre verre pour donner l'exemple. Mais ni Rosalie ni Regina ne l'imitèrent.

D'abord il fut seulement agacé, et tant soit peu mal à l'aise. Pourquoi se montraient-elles si obstinées ? Son plan s'était déroulé magnifiquement jusque-là, et voilà qu'elles refusaient maintenant de coopérer.

— Je vous en prie, buvez, insista-t-il. Faites-moi cette dernière petite faveur, puis je sortirai de votre vie à jamais.

Mais elles refusaient toujours. Au lieu de vider leurs verres, elles échangèrent un regard, et il eut l'impression qu'un message silencieux était passé entre elles.

— Vous nous décevez, monsieur Admire, dit finalement l'une d'elles.

— Qu'ai-je fait ? demanda-t-il.

— Vous êtes exactement comme les autres. Nous avons appris maintenant à deviner ce qui allait se passer avec une assez grande exactitude.

— De quoi parlez-vous ?

— Nous étions parfaitement disposées — l'une comme l'autre — à nous suicider pour vous, monsieur Admire. Mais aucune de nous n'a envie d'être assassinée.

Tandis qu'il bafouillait, une des demoiselles Dunbar se dirigea vers le secrétaire, l'ouvrit et fouilla le petit tiroir :

— C'est bien ça, dit-elle, il a disparu. Cet homme a tenté d'empoisonner l'une de nous.

Il s'en remit à leur clémence :

— Je vous aime toutes les deux. Je suis prêt à vous épouser l'une ou l'autre. Si j'ai agi ainsi, c'est afin de pouvoir épouser l'une de vous.

— Pour mettre la main sur notre argent.

— Non !

— Oh ! si, monsieur Admire. Se suicider par amour est très logique. Mais tuer quelqu'un qu'on aime n'est pas logique du tout, malgré tout ce qu'a pu dire M. Wilde. Il est impossible que vous nous aimiez l'une ou l'autre si vous désirez nous assassiner. Une de nous deux mourrait très volontiers pour un amour véritable. Mais aucune de nous n'a envie de mourir pour faire plaisir à un glouton chasseur de dot.

Comment discuter avec des femmes comme celles-là ? La fureur le saisit. Sauvagement, il chercha une arme quelconque autour de lui. Un couteau, n'importe quoi, qui lui permît de commettre un meurtre, un meurtre qui par la suite pût avoir l'air d'un suicide. Quand il se serait débarrassé d'une des deux sœurs, il saurait comment amadouer l'autre. Ce n'était qu'en équipe qu'elles étaient redoutables.

Un couteau... Un couteau... oui, voilà ce qu'il lui fallait. Il courut comme un fou en direction de la cuisine. Là encore la chance le servit. La bonne n'était pas là. Il repéra un porte-couteaux accroché au mur, se saisit de l'un des instruments et retourna à toute allure vers le salon. Il y trouva les demoiselles Dunbar qui l'attendaient, mais toutes deux s'étaient réfugiées derrière le divan, comme si elles s'étaient attendues à un acte de violence. Il plongea vers elles, contournant une des extrémités du meuble qui s'interposait entre elles et lui, mais avec un calme et une rapidité remarquables, les demoiselles se réfugièrent de l'autre côté.

M. Admire s'arrêta, respirant lourdement et par saccades. Puis il fonça de nouveau. Si seulement il pouvait mettre la main sur l'une d'elles... n'importe laquelle. Mais tout aussi rapidement et sans rien perdre de leur dignité, les dames décrivirent un autre demi-cercle et de nouveau la longueur du divan sépara le meurtrier en puissance de ses victimes.

Il eut presque l'impression qu'elles souriaient. En tout cas, elles paraissaient diablement sûres d'elles-mêmes. M. Admire qui n'avait jamais eu beaucoup le sens de l'humour, ne leur rendit pas leur sourire. Par contre, il renouvela sa tentative. Mais ses genoux ayant brusquement paru se dérober sous lui, il se retrouva ignominieusement étalé au beau milieu du divan. Tandis qu'il restait allongé là, dans le fol espoir de se relever, une sensation curieusement légère d'étourdissement l'envahit et ses doigts sans nerfs parurent ne plus avoir prise sur le couteau.

— Je crois qu'il n'est plus dangereux maintenant, entendit-il dire une des demoiselles.

Dans son champ visuel qui se rétrécissait rapidement, elles apparurent toutes les deux, se rapprochant en sautillant comme deux oiseaux curieux s'approchent d'un serpent blessé.

— Oui, je crois que tu as raison, acquiesça l'autre.

— Tu vois, Rosalie, je t'avais dit qu'il deviendrait comme ça. Je t'avais dit que cet homme était violent et vicieux.

— Tu avais raison, Regina. Il est aussi mauvais à cet égard que l'était M. Fitzmason.

— Ou M. Penwell.

— Et M. Spindle également. Ils sont tous de la même bouteille.

— Sauf ce pauvre M. Winckerly, naturellement.

— Oui, je reconnais qu'avec lui nous avons fait une erreur. Il n'aurait pas fait de mal à une mouche. Mais comment pouvions-nous le savoir ?

— Nous ne le pouvions pas. Nous devions nous protéger.

— Et M. Hesperson, tu t'en souviens, c'était un cas limite. Il était si déconcertant.

— Mais charmant.

— Ah ! oui, charmant. Pauvre M. Hesperson.

M. Admire ne pouvait en supporter davantage :

— De quoi parlez-vous ? essaya-t-il de hurler, mais sa question ne fut qu'un murmure, un simple murmure.

Une des sœurs se tourna vers lui :

— Une amère expérience nous a appris, monsieur Admire, dit-elle, que dans la plupart des cas, les hommes avides ne peuvent tout simplement pas résister au désir, lorsque leur cour s'est révélée vaine, d'utiliser une de ces petites notes de suicide si pratiques. Voyons un peu, en vous comptant il y en a eu sept. Cinq incontestablement meurtriers, parmi lesquels trois ont essayé le vin, un autre l'auto, et le dernier un tisonnier. Vous êtes le seul toutefois qui ait tenté de nous assassiner de deux façons, avec le vin et le couteau. Donc je suppose que vous étiez le pire.

La tête de M. Admire lui tournait. Il ne parvenait pas à comprendre.

— Comme je vous l'ai dit, jamais nous n'avons été certaines en ce qui concerne M. Hesperson. Peut-être avons-nous manqué de charité dans son cas. Quant à M. Winckerly c'était incontestablement une erreur. Mais vous comprenez, au moins cinq et peut-être six hommes sur sept sont prêts à tuer pour de l'argent. Quelquefois, je pense que c'est presque sans espoir. Jamais nous ne trouverons l'homme qu'il nous faut.

M. Admire secoua la tête désespérément. Le brouillard se refermait sur lui :

— Qu'est-ce qui m'arrive ? gémit-il.

— Oh ! nous ne l'avons pas expliqué ? Après notre première expérience, nous avons appris à nous protéger. Il n'y avait que du sucre dans ce petit papier, monsieur Admire, mais le vin était déjà empoisonné.

Il n'avait plus la force d'éprouver aucune colère.

— Sept hommes, murmura-t-il. (Il s'en allait à la dérive. Comme il l'avait dit une fois, le poison n'était pas douloureux.) Sept... Sept... et aucun d'entre eux capable de... vous différencier...

Avec un petit sourire timide une des demoiselles se pencha sur lui, et repoussant en arrière une mèche de cheveux bruns, elle lui révéla une toute petite cicatrice incolore qu'elle portait au front.

— Mais il y a une différence, dit-elle. M. Ballou m'a fait ça avec le tisonnier. C'était le premier. Il a essayé de me tuer et de faire croire que j'étais tombée. Il m'a laissée pour morte, mais alors ma sœur est parvenue à lui faire prendre un verre de vin. Et depuis nous avons toujours utilisé le vin.

— C'est une belle cicatrice, murmura M. Admire, fidèle à lui-même jusqu'à la fin. Les cicatrices sont si distinguées... si poétiques... si... si...

Jamais il ne termina.

*
* *

Le lundi matin, une voiture de sport étrangère qui appartenait à Neil Admire fut découverte devant le magasin Martell's. La police estima que son propriétaire était arrivé à son lieu de travail en voiture, puis qu'il avait changé d'avis pour une raison quelconque et décidé de s'en aller vivre sa vie sous d'autres cieux. Cette version des faits parut d'autant plus vraisemblable que le corps d'Admire ne fut jamais découvert.

Two brides : one groom.
Traduction de Nicolète et Pierre Darcis.

MORTS SUR COMMANDE

par C.B. GILFORD

Julian Krebs attendait un visiteur qui avait promis de venir à onze heures. Bien que l'heure du rendez-vous n'eût pas encore sonné, il commençait déjà à se sentir nerveux et marchait de long en large dans la bibliothèque, s'arrêtant chaque fois qu'il arrivait à l'extrémité de la pièce, pour jeter un coup d'œil à la somptueuse pendule de Leipzig. Pas de doute possible : la pendule marchait bien. Il n'était pas encore onze heures.

Il n'y avait rien d'autre à faire qu'attendre. La porte d'entrée n'était pas fermée à clef : l'inconnu, lorsqu'il arriverait, n'aurait qu'à pénétrer dans la maison et à tourner à gauche pour trouver la bibliothèque, selon les instructions qu'il avait reçues. Il avait promis d'être exact.

A onze heures moins une, Julian Krebs s'assit dans son fauteuil de cuir, s'efforçant de demeurer calme. Il ne fallait pas donner une mauvaise impression à l'inconnu en laissant paraître son inquiétude. Le visiteur était pour lui un employé, rien de plus.

Au moment précis où la pendule commençait à sonner, Krebs entendit également la porte d'entrée qui s'ouvrait. Ce n'était qu'un bruit léger, presque imperceptible, et il ne l'aurait pas entendu s'il n'avait prêté l'oreille. Puis il y eut un silence — l'entrée était recouverte d'un épais tapis — et, enfin, Krebs qui continuait à guetter, vit tourner la poignée de la porte de la bibliothèque. Le battant s'ouvrit, livrant passage à un homme qui referma soigneusement la porte derrière lui.

L'homme était, bien entendu, un inconnu pour Julian Krebs : celui-ci ne l'avait jamais vu, ne lui avait même pas parlé au téléphone, et, pour le convoquer, il lui avait fallu user de prudents détours. Maintenant qu'il était là, Krebs ne pouvait s'empêcher d'éprouver à sa vue un léger frisson de crainte.

C'était un homme grand et mince, aux vêtements noirs, bleu marine peut-être, en tout cas d'une couleur foncée, tout à fait appropriée à la profession de l'inconnu. Ce dernier s'avança vers Krebs d'une allure assurée et son visage se détacha plus nettement sous le bord du chapeau. C'était un faciès maigre, anguleux, osseux, avec les yeux enfoncés, et les joues creuses. Si Krebs s'était trouvé face à face avec lui à l'improviste, cette figure l'aurait certainement effrayé.

Mais, en l'occurrence, il parvint à faire bonne contenance. Sans même se lever pour accueillir son visiteur, il se borna à lui désigner de la main le fauteuil placé en face du sien. Au moment même où l'homme s'asseyait, la pendule sonna le dernier coup de onze heures.

— Me voici, monsieur Krebs, dit l'inconnu d'une voix basse, sourde, curieusement monocorde, sans la moindre inflexion ni la moindre trace d'une émotion quelconque.

Julian avait soigneusement étudié la conduite qu'il aurait à tenir au cours de cette entrevue. Il fallait se montrer hautain, autoritaire, ne pas donner l'impression de demander une faveur. Il payait les services de cet homme, comme il avait l'habitude de payer tout ce qu'il désirait obtenir.

— Comment vous appelez-vous, monsieur ? commença-t-il.

— Il n'est pas nécessaire que vous connaissiez mon nom, monsieur Krebs, répondit le visiteur. Vous n'aurez pas à l'inscrire sur un chèque : vous me paierez en espèces.

Julian demeura un peu déconcerté : il n'était pas habitué à entendre des mercenaires lui parler sur ce ton. Il hésita à exiger une réponse plus polie, mais s'en abstint finalement. Après tout, l'homme devait être préoccupé de sa propre sécurité.

— Très bien, fit-il. Mais je présume que vous êtes bien la personne que j'attends : vous êtes un assassin.

L'inconnu fit un drôle de petit geste avec ses mains qui étaient longues et maigres, comme toute sa personne.

— Je n'aime guère qu'on me définisse ainsi, dit-il.

— Mais vous savez à quoi je fais allusion : vous êtes l'homme que j'ai fait appeler.

— Oui.

— Alors, venons-en directement au fait.

A dire vrai, Krebs était impatient d'en finir. Il l'aurait été de toute façon, mais, de plus, son visiteur le mettait étrangement mal à l'aise. Il fouilla dans une poche intérieure de son veston et en tira une petite photographie qu'il tendit à l'inconnu. Leurs mains ne se touchèrent pas tandis que l'objet passait de l'une dans l'autre ; cependant Krebs retira précipitamment la sienne et, ce faisant, faillit laisser échapper la photographie. Mais l'inconnu s'en saisit d'un geste vif évoquant un peu celui de la griffe d'un oiseau de proie.

Il y eut un bref silence tandis que l'homme examinait soigneusement la photographie.

— Une jeune fille ? demanda-t-il enfin.

— Oui. Son nom est Sally Viston.

— Elle est jeune et jolie. Et vous voulez la faire mourir ?

— Oui.

— C'est malheureux. Je déteste voir mourir de jolies jeunes filles.

— Vous voulez dire que vous ne voulez pas vous charger de ce travail ? questionna vivement Krebs.

L'inconnu détourna ses yeux de la photographie pour les reporter sur son hôte. Mais ils étaient si enfoncés dans leurs orbites que Krebs les distinguait à peine. Cependant il sentait leur regard poser sur lui et son malaise s'accentua.

— Je me charge de n'importe quelle besogne, répondit l'inconnu. Il se trouve seulement que je n'aime pas ce genre de travail autant qu'un autre, voilà tout. — Il regarda de nouveau la photographie et sa voix se fit plus morne encore. — Mais pourquoi voulez-vous que je la tue ? demanda-t-il. Qu'est-ce qu'elle peut bien vous avoir fait ?

Julian avait repris un air hautain.

— Je ne vois pas en quoi cela vous concerne, monsieur.

— Je préfère le savoir.

— Je vous paie pour ce travail. Vous m'avez dit que vous étiez prêt à faire n'importe quoi, cela devrait suffire.

— C'est une petite originalité de ma part. D'ailleurs je travaille mieux quand je connais tous les détails d'une affaire. Voyez-vous, les méthodes peuvent changer suivant les cas.

Julian haussa les épaules. Il aurait préféré ne pas avoir à traiter cet aspect de la question, mais sans doute l'inconnu avait-il raison de demander des détails. Après tout, il était expert en la matière.

— Eh bien, voilà, dit-il, la situation est la suivante : Ma fille Paula, qui dort en ce moment à l'étage au-dessus, était fiancée jusqu'à ces dernières semaines avec un jeune homme sympathique et très présentable nommé Mark Banning. Elle était très amoureuse de lui. Elle l'est toujours d'ailleurs. Mais, tout à coup, Mark a rompu leurs fiançailles et la raison qu'il a donnée de cette rupture est Sally Viston. C'est une petite rien du tout qui travaille depuis peu dans le même bureau que lui. Je ne prétends pas qu'elle ait usé de moyens de persuasion immoraux pour séduire Mark et l'enlever à ma fille, mais le fait est qu'elle le lui a enlevé. Il affirme avoir l'intention de l'épouser. Étant donné que ma fille aime toujours ce jeune homme, elle a évidemment le cœur brisé.

L'inconnu s'enfonça plus confortablement dans son fauteuil. Il n'avait pas cessé d'examiner la photographie. Il répondit sur un ton dépourvu de toute émotion :

— Et vous pensez, monsieur Krebs, qu'une fois cette jeune fille éliminée, le jeune homme retournera automatiquement à votre fille ?

— Au bout d'un certain temps, oui, répondit Krebs avec conviction. Bien entendu, c'est mon affaire, pas la vôtre.

L'inconnu secoua tristement la tête.

— Ce serait dommage, dit-il lentement, de tuer cette jolie fille, de sacrifier cette jeune existence pour qu'en fin de compte votre but ne soit pas atteint.

— Je ne m'attendais pas, grommela Krebs, à trouver un tueur à gages qui fasse du sentiment.

Le visiteur ne s'offensa pas de cette remarque.

— Excusez-moi, monsieur Krebs, dit-il. Comme je vous l'ai déjà dit, j'ai mes petits travers.

Julian se leva, se dirigea vers la cheminée et, tournant le dos au feu, se laissa réchauffer un moment par les flammes. La chaleur lui fit du bien car il lui semblait — mais peut-être était-ce là pure imagination de sa part — que la pièce était devenue plus froide depuis l'entrée de l'inconnu.

— J'ai une suggestion à faire, dit-il à la forme sombre et silencieuse assise dans le fauteuil. Une suggestion quant à la méthode que vous devrez employer. J'espère, grâce à cette méthode, résoudre plus aisément ma part du problème et sans doute devrait-elle aussi contribuer à soulager votre conscience.

L'inconnu ne leva pas les yeux.

— J'écoute, monsieur Krebs, continuez.

— Voici. Je ne veux pas que la jeune Viston soit tuée d'une façon grossière, trop voyante. Car cela risquerait d'aller à l'encontre du but que je poursuis. En effet, Mark Banning serait tellement frappé et affligé par la mort violente de la jeune fille que sa réaction ne serait peut-être pas de retourner vers Paula. C'est d'ailleurs un garçon plutôt émotif. Je propose donc que nous nous débarrassions de Sally Viston d'une façon qui la discrédite en même temps aux yeux de Mark.

L'inconnu approuva de la tête.

— Continuez, monsieur Krebs, dit-il.

— Il faut la tuer, bien entendu, et je vous laisse le choix des moyens. Mais je voudrais que vous vous débarrassiez du corps de telle façon que le meurtre ne soit pas découvert. Et que Sally Viston laisse pour Mark un message, disant qu'elle est partie. Avec un autre homme, par exemple. Je suis sûr que vous trouverez un moyen de la convaincre d'écrire ce message.

— Ce sera très facile, répondit simplement l'inconnu.

— Alors, la question est réglée. La jeune fille vit seule dans un appartement de Wellington Arms. Je tiens à préciser que plus tôt ce sera fait, mieux cela vaudra bien entendu. Il ne faut pas qu'elle ait le temps d'épouser effectivement le jeune Banning.

Julian fouilla de nouveau dans une de ses poches intérieures et en tira une enveloppe assez épaisse. Il traversa la pièce pour aller la tendre à son visiteur.

L'homme se leva pour prendre l'enveloppe, mais il ne l'ouvrit pas et se contenta de la mettre dans la poche de son pardessus.

— Vous pouvez compter sur moi, monsieur Krebs, dit-il.

— Très bien, répondit Julian qui avait hâte de voir partir l'individu.

— Mais je me demande...

— Quoi ? interrompit Julian avec impatience.

— Vous cherchez à acheter votre bonheur et celui de votre fille... Il y a un vieux dicton qui...

— Je ne vous paie pas pour me donner des conseils !

L'inconnu haussa les épaules d'une façon bizarre, le visage toujours impassible.

— Vous avez raison, monsieur Krebs, dit-il. Cela ne me regarde pas.

Il se retourna et sortit. Julian ne l'accompagna pas ; il resta debout à la même place, tendant l'oreille jusqu'à ce qu'il eût entendu se fermer la porte d'entrée.

*
* *

Un dimanche après-midi de la fin de mai, Julian Krebs était absorbé dans la lecture d'un journal financier quand Paula fit brusquement irruption dans la bibliothèque.

— Papa ! cria-t-elle du seuil de la porte.

Julian remit ses lunettes d'aplomb pour mieux la regarder et un frémissement de joie le parcourut à la vue du visage de la jeune fille. Jamais elle n'avait paru aussi heureuse. C'était d'ordinaire une jolie fille, avec des cheveux noirs, un teint clair et des yeux noisette comme ceux de sa pauvre mère ; mais, en ce moment, elle était radieusement belle. Elle alla se jeter à genoux devant son père.

— Papa, devine !

Il feignit l'ignorance :

— Quoi, ma chérie ?

— Je suis de nouveau fiancée avec Mark ! proclama-t-elle fièrement.

— C'est vrai ?

— Et nous allons nous marier le mois prochain. C'est décidé. Je serai une mariée de juin !

— Bien, bien !

— Papa, n'es-tu pas heureux pour moi ?

Il lui tapota affectueusement les cheveux.

— Mais si. Je suis très heureux pour toi, assura-t-il.

***

Julian avait suggéré qu'au retour de leur longue lune de miel à l'étranger, les jeunes mariés vinssent vivre dans sa grande maison presque vide jusqu'à ce qu'ils eussent trouvé un logis à leur convenance. Mark n'avait pas paru apprécier beaucoup cet arrangement, mais c'était celui que préférait Paula, de sorte qu'il l'avait accepté. Julian n'avait fait aucune pression sur eux et n'avait nullement cherché à retenir sa fille : il avait simplement voulu leur rendre service. Et son intention n'était aucunement de les épier ni d'écouter aux portes. Mais, lorsque le bruit de leurs conversations devenait trop fort, n'était-il pas naturel qu'un père soucieux du bonheur de sa fille les entendît, cherchât même à les entendre, à prêter l'oreille ?

Krebs descendait à la bibliothèque parce qu'en ces fraîches soirées d'octobre il aimait la chaleur et le réconfort d'un bon feu. Mais pour descendre, il devait passer devant la chambre du jeune ménage. Il entendait parler et s'arrêta pour écouter.

Ce fut d'abord la voix de Paula, disant :

— Mark, tu ne m'aimes pas.

— Je n'ai pas dit cela, Paula. Je ne l'ai jamais dit !

— Mais je le sais : ce sont des choses qu'une femme ressent.

— C'est ridicule ! N'ai-je pas essayé de...

— Oh ! si, tu as essayé. Je ne prétends pas que tu sois cruel, Mark. Sans doute as-tu fait tout ce que tu as pu. Mais essayer ne suffit pas : ce n'est pas ça qui compte.

— Que veux-tu donc que je fasse ? Qu'attends-tu de moi ?

— Mark, une femme attend de son mari qu'il lui fasse la cour.

— Mais je te l'ai faite...

— Il y a bien longtemps que tu ne me la fais plus. J'ai compté les jours, vois-tu, alors je le sais bien. Je sais exactement depuis quand tu ne m'as même pas touchée...

Julian aurait voulu poursuivre son chemin et descendre se blottir dans son fauteuil près du feu. Mais il ne pouvait se résoudre à partir. D'ailleurs, il y avait en lui un tel froid. Nulle flamme n'aurait pu le réchauffer.

— Paula, il y a des moments où...

— Quels moments ? Des moments où un homme est las de sa femme ? Oui, je veux bien l'admettre. Mais combien de temps ces moments-là doivent-ils durer ? Se peut-il qu'un de ces moments dure toute la vie ?...

— Voyons, Paula, tu es en train d'imaginer des choses !

— Crois-tu que ce soit seulement de l'imagination ? Tu n'es pas las de moi, Mark ?

— Non, ce n'est pas ça du tout.

Il y eut un long silence dont Julian, toujours derrière la porte, ressentit toute l'horreur aussi vivement que sa fille dut la ressentir.

— Alors, c'est quelque chose de pire encore, n'est-ce pas, Mark ?

— Paula, écoute...

— Tu n'as jamais oublié Sally Viston, avoue-le.

Nouveau silence, prolongé, accablant. Aucune protestation, pas de plaidoyer, même fait au nom de la simple politesse, pour ménager la susceptibilité d'une épouse. Un silence qui, mieux que des mots, criait l'affreuse vérité.

Julian ne put en entendre davantage. Quittant son poste d'écoute, il descendit à tâtons l'escalier pour gagner le havre de la bibliothèque. Il s'assit lourdement dans son fauteuil de cuir et ferma les yeux, s'efforçant de ne pas penser.

Il était là depuis un bon moment quand il entendit la porte s'ouvrir et, levant la tête, il découvrit Paula debout sur le seuil. A la vue de sa chevelure en désordre, de ses yeux encore pleins de larmes, il se leva vivement et, allant à elle, la conduisit vers son propre fauteuil où il la fit asseoir. Lui-même s'installa sur le bras du siège et pressa la tête de sa fille contre sa poitrine.

— Qu'est-ce qu'il y a, mon petit ? demanda-t-il doucement.

— Mark ne m'aime pas.

— Mais pourquoi ? Pourquoi ?

Il n'arrivait pas à comprendre qu'on n'aimât pas son enfant.

— Il aime toujours Sally Viston.

— Mais Sally est... partie ! Il avait été sur le point de dire que Sally était morte.

— Cela ne change rien, Papa. Il ne l'a pas oubliée.

— Mais il l'oubliera un jour ou l'autre. C'est dans l'ordre des choses.

— Non. Je suis sûre qu'il ne l'oubliera jamais.

— Eh bien, dans ce cas, si Mark te rend malheureuse et ne peut jamais que te rendre malheureuse, il faut lui dire de s'en aller.

Elle se libéra de son étreinte pour le regarder avec une sorte de terreur.

— Papa, comment peux-tu suggérer une chose pareille ? demanda-t-elle, incrédule.

Il la considéra avec pitié. Dans les yeux de la jeune femme se lisait la détresse, une longue expérience de la détresse. Elle n'était même plus jolie.

— Il te rend malheureuse, répéta Julian.

— Mais jamais je ne pourrai renoncer à lui, Papa. Jamais.

— Tu veux te cramponner à lui ? Continuer à être malheureuse ? Mais pourquoi, mon petit ? — Cela non plus, il ne pouvait le comprendre, quelque effort qu'il fît. — Quel serait pour toi le but d'une telle vie ma chérie ? Combien de temps pourras-tu supporter d'être aussi malheureuse.

— Je ne sais pas, Papa.

— Tu en deviendras folle... ou bien il arrivera quelque chose de tout aussi horrible... — Lâchant la jeune femme, il se mit à arpenter la pièce avec fureur.

— Paula, reprit-il, écoute-moi. Suis les conseils de quelqu'un de plus vieux et de plus avisé que toi. Ton malheur ne fera qu'empirer avec le temps, c'est pourquoi, plus tôt tu te sépareras de Mark, mieux tu t'en trouveras.

Toujours agenouillée à terre, elle enfouit son visage dans ses mains, si bien qu'il entendit à peine les mots assourdis qu'elle prononçait :

— Papa, quand je l'ai épousé, j'ai dit : “Jusqu'à ce que la mort nous sépare. » Je pensais ce que je disais.

***

L'inconnu s'assit de nouveau dans le fauteuil où il s'était assis un an plus tôt. Il écouta calmement et respectueusement Julian Krebs lui exposer ce qu'il attendait de lui.

— La mort de Mark Banning doit être combinée de façon à apparaître comme un accident. Et pas un accident sanglant. La mort ne doit pas être pénible non plus. Il faudrait un accident tel que la victime meure sur le coup. C'est le genre d'accident qui inspire aux survivants le moins de pitié et leur laisse le moins de regrets. Qu'en pensez-vous ?

L'inconnu semblait, ce soir-là, sur la réserve, presque morose.

— C'est à vous d'en décider, monsieur Krebs, répondit-il.

— Eh bien, mon avis est qu'évidemment cette mort va causer un grand chagrin à Paula. Elle sera très malheureuse pendant un certain temps. Mais elle ne peut guère être plus malheureuse qu'elle l'est actuellement et, une fois Mark Banning mort, donc absolument inaccessible pour elle, je crois qu'elle se remettra peu à peu de sa perte. Ce qui l'anéantit, c'est de se trouver, comme aujourd'hui, à la fois si près et si loin du bonheur. Il vaut parfois mieux tailler dans le vif que chercher à guérir une plaie.

— Ainsi donc, vous voulez à présent que je vous débarrasse de votre gendre ?

— Oui, et je vous paierai le même prix que la dernière fois. J'ai l'habitude de payer pour obtenir ce que je veux. — Il tendit une épaisse enveloppe à son visiteur qui s'en empara. — Je pense que vous pouvez régler la question exactement selon mes instructions ?

— Certainement.

Julian aurait vivement souhaité percer à jour l'inconnu, dont l'expression demeurait impassible.

— J'ai l'impression qu'intérieurement, vous vous moquez de moi, dit-il.

— Vous vous trompez, répondit l'homme. Je n'ai pas le sens de l'humour.

— Ne pensez-vous pas en vous-même que je suis un vieil imbécile, qui doit payer maintenant pour un autre crime destiné à réparer l'erreur du premier ? Eh bien, mon ami, moi, je ne vois pas du tout les choses de cette façon. Si Mark avait épousé Sally Viston, ma fille serait tout aussi désespérée qu'elle l'est aujourd'hui. Si bien que je considère les deux tâches que je vous ai confiées comme aussi nécessaires l'une que l'autre.

L'inconnu se leva avec raideur.

— Je suis heureux de constater que vous n'éprouvez pas de remords, monsieur Krebs, dit-il. Je suis même en partie d'accord avec vous. Les dés sont jetés : dès lors que vous aviez décrété la mort de Sally Viston, la mort de Mark Banning devenait nécessaire, inévitable. Mais la conduite de tout ceci vous incombe, monsieur Krebs ; je ne fais qu'exécuter vos ordres.

Ils demeurèrent face à face un long moment. Comme lors de leur dernière rencontre, Julian se sentait extrêmement mal à l'aise en présence de cet homme qui le toisait sans que lui-même pût lui rendre son regard. Et malgré le feu qui pétillait dans la cheminée, une température glaciale régnait dans la pièce, comme si l'inconnu avait eu le pouvoir de faire entrer avec lui le froid du dehors. Mais en tout cas, l'affaire était réglée maintenant : elle s'était conclue plus vite et plus efficacement que la fois précédente, comme si les deux interlocuteurs avaient eu une meilleure connaissance l'un de l'autre.

— Alors, bonsoir, monsieur, dit Julian.

L'inconnu inclina la tête pour prendre congé et sortit.

***

Julian Krebs regardait fixement Paula, assise par terre devant le feu, comme fascinée par les flammes. Le feu exerçait toujours sur elle une grande attirance et la maintenait dans un état de calme et d'apaisement, aussi, le laissait-il allumé même en ces chaudes journées de la fin du printemps.

— Où est Mark en ce moment ? demanda soudain la jeune femme.

Il hésita avant de répondre. Parmi toutes les excentricités de Paula, les questions qu'elle posait ainsi à brûle-pourpoint — surtout ce genre de questions-là — étaient celles qui le troublaient le plus.

— Où est Mark maintenant ? demanda-t-elle de nouveau sur un ton plus pressant.

Il fut obligé de répondre.

— Je crois qu'il est simplement sorti faire un tour, dit-il vivement. Il va revenir tout de suite.

Elle avança la lèvre inférieure en une moue enfantine et fronça les sourcils.

— Pourquoi ne m'emmène-t-il jamais avec lui ? questionna-t-elle.

— A cause du mauvais temps, ma chérie. — Bien entendu, le soleil brillait, mais les rideaux de la bibliothèque étaient tirés, cachant le jour. — Tu es beaucoup mieux ici, au coin du feu, n'est-ce pas ?

Elle fit un signe de tête affirmatif et sourit tout à coup.

— Oh, oui ! J'aime le feu !

— Alors, assieds-toi et admire les flammes, ma chérie. Regarde ce joli feu.

Elle ramena ses genoux à la hauteur de son menton, entoura ses jarrets de ses bras et se mit à se balancer d'un air satisfait pendant un moment. Mais, malgré son calme apparent, Julian continuait à la surveiller attentivement, guettant le changement qui ne manquerait pas de s'opérer bientôt en elle. Pour l'instant, elle paraissait heureuse. Mais il n'avait pas confiance dans la petite lueur toujours présente et toujours inquiétante, qu'il voyait briller dans ses yeux, dansant à présent avec le reflet des flammes.

— Où est Mark ? demanda-t-elle encore une fois, calmement.

— Il est allé se promener. Il va revenir bientôt.

— Tu mens, Papa. Je sais que tu es en train de mentir.

L'accusation fit tressaillir Julian. Ces moments de lucidité aiguë de la jeune femme l'inquiétaient toujours.

— Mais non, je ne te mens pas, commença-t-il faiblement.

— Oh ! si. Tu mens, Papa. Mark n'est pas allé se promener : Mark est mort.

Le plus difficile pour lui, en de semblables moments, était de se maîtriser, d'éviter toute manifestation de sa propre émotion qui risquerait d'affecter la jeune femme.

— Paula, qu'est-ce qui a bien pu te donner une idée pareille ? demanda-t-il.

Elle cessa de se balancer et pivota sur elle-même pour faire face à son père.

— Je l'ai vu enterrer. Je me rappelle, maintenant : j'ai vu son cercueil qu'on descendait en terre.

— Tu ne te rappelles rien de tel. Tu te fais des idées.

— Papa, pourquoi dire des mensonges ?

Il tenta, faiblement, de protester.

— Mark est mort parce qu'il a voulu mourir, poursuivit-elle ; il ne m'aimait pas.

— Mais si, il t'aimait. Bien sûr que si... Je veux dire, bien sûr qu'il t'aime... Il t'aime toujours.

— Non ! Il m'a aimée autrefois, il y a bien longtemps. Je ne me rappelle pas au juste combien de temps, mais je sais qu'il m'a aimée. Puis est arrivée une autre jeune fille, qui s'appelait Sally. Alors, il a cessé de m'aimer pour se mettre à l'aimer, elle. Et il l'aime toujours.

— Non, Paula ! Comment pourrait-il l'aimer ?...

Il s'arrêta court, épouvanté de ce qu'il avait failli laisser échapper : Mark ne pouvait plus aimer personne puisqu'il est mort.

Mais, au moment même, Paula sauta sur ses pieds et, les yeux brillants d'excitation, regarda son père bien en face :

— Je sais comment il peut l'aimer ! s'écria-t-elle. Il est mort : il est parti pour un autre monde. Et Sally est dans ce monde-là parce qu'elle est morte, elle aussi !

— Non, Paula ! protesta-t-il.

Mais elle ne l'écoutait pas. Elle s'était mise à marcher de long en large.

— Je sais bien que Sally est morte, reprit-elle. Je n'ai jamais cru qu'elle avait quitté Mark pour un autre homme. C'est impossible, car Mark était l'homme le plus merveilleux du monde. Aucune femme n'aurait pu le quitter. C'est pourquoi elle doit être morte...

Elle s'arrêta un moment et regarda de nouveau Julian, le visage convulsé d'horreur.

— Ils sont de nouveau réunis, à présent, Mark et Sally ! Ils sont morts tous les deux, et ils sont ensemble dans un autre monde. Elle est dans ses bras en ce moment !

Krebs ne sut que répondre. Avec son étrange intuition de l'exacte vérité, Paula n'accepterait rien de ce qu'il pourrait lui dire. Il demeura donc silencieux, l'esprit et le corps comme paralysés.

Alors, debout devant lui, les poings serrés, fermant les yeux, elle poussa un cri aigu :

— Au secours, Papa ! Aide-moi à retrouver Mark ! Je t'en prie !

Elle vacilla un moment et, sur son visage se creusaient des rides d'angoisse et de souffrance. Quand, enfin, elle rouvrit les yeux, Julian y vit briller un éclat farouche sous les paupières rougies. D'un brusque mouvement elle se retourna et, en deux enjambées, se trouva devant la cheminée. Avant que Julian ait pu se rendre compte de ce qu'elle faisait, elle s'était jetée dans les flammes.

Il réussit enfin à réagir avec l'énergie démoniaque du désespoir. Il la tira du foyer bien qu'elle luttât de toutes ses forces pour l'en empêcher, donnant des coups de pied, griffant, hurlant. Il réussit à l'en sortir, sans prêter attention à la morsure du feu sur sa propre chair. Il commença d'étouffer les flammes sur les vêtements de Paula, d'abord de ses mains nues, puis à l'aide de son veston. Il y parvint enfin et s'étendit à terre auprès d'elle, à bout de forces.

Paula était épuisée, elle aussi. Elle n'était pas grièvement brûlée, mais elle ne tentait pas de bouger. Elle se contentait de grogner sourdement et il put l'entendre marmonner ces mots :

— Aide-moi, Papa...

* * *

— Vous êtes bien sûr que c'est là ce que vous désirez ? questionna l'inconnu.

— J'en suis tout à fait sûr, répondit Julian.

— Mais vous m'avez dit qu'il n'y avait pas eu d'autre tentative de suicide. Elle n'a même pas cherché à se faire mal, ces derniers temps.

Julian secoua la tête d'un air obstiné.

— Mais elle souffre intérieurement. Moi-même je ne me rends pas compte à quel point elle souffre.

— Il existe des institutions, monsieur Krebs... des médecins, spécialistes des désordres mentaux. Ne pourriez-vous au moins essayer ?

— Ils ne pourraient pas lui donner l'amour dont elle a besoin... pas plus que je ne le puis moi-même. Et comme elle souffrirait de leurs traitements ! Non, je ne peux pas permettre cela ? Je vous ai dit ce que je voulais. Je vous paie pour cela : pourquoi ne puis-je l'obtenir ?

— Vous pouvez obtenir de moi tout ce que vous désirez, monsieur Krebs, du moment que vous êtes disposé à payer.

— Alors, plus de conseils, je vous prie, dit Julian.

— Comment et quand, désirez-vous que ce soit fait ?

— Sans douleur, et rapidement... C'est tout ce que je souhaite. Aujourd'hui... tout de suite...

***

Debout devant la grande fenêtre de la bibliothèque, Julian Krebs regardait à l'extérieur. La lune froide et blanche qui luisait à travers les branches baignait la terre d'une lumière spectrale. En regardant la terre, Julian pensa à Paula.

L'évocation de sa fille le fit frissonner. D'ailleurs, il faisait froid dans la pièce. Instinctivement, comme autrefois, il se dirigea vers la cheminée ; mais il s'arrêta avant d'y arriver et ne se baissa pas pour prendre l'une des bûches qu'un domestique avait empilées près de l'âtre. Non, il ne pouvait pas allumer de feu ; jamais plus il ne pourrait en allumer. Il fallait supporter le froid.

Il fit un pas en arrière, dans l'obscurité — la bibliothèque avait toujours été une pièce sombre quand il n'y avait pas de feu — pour retourner à la fenêtre. Les ténèbres extérieures le fascinaient. Il avait pris l'habitude de regarder la terre. Dehors, il avait vu les arbres bourgeonner, puis fleurir, la vie s'épanouir. Il avait même senti le parfum de cette vie pénétrer jusque chez lui. Puis, arbres et fleurs avaient commencé à dépérir, à se flétrir, à se faner, à mourir...

Dans la terre se trouvait le germe d'une nouvelle vie : le printemps reviendrait. Mais, en lui, nulle espérance ne subsistait. La terre, songeait-il tristement, est le but final de l'être humain et Paula — tout ce qui restait de lui-même — était dans la terre.

La vie s'écoulait... Le temps passait... Le temps... Il se demanda soudain pourquoi la pendule ne sonnait pas l'heure ? Puis il comprit : il ne l'avait pas remontée depuis des mois. La pendule, elle aussi, était morte.

Comme Paula...

Un bruit se faisait entendre, un bruit léger, comme celui d'une porte qui s'ouvre. Il allait appeler un des domestiques pour lui demander qui donc ouvrait la porte d'entrée, laissant ainsi le froid pénétrer dans la maison. Mais il ne le fit pas, parce qu'au fond, cela n'avait plus d'importance. Le froid entrait tout seul : il avait déjà envahi la maison ; il était en Julian lui-même, lui étreignant le cœur.

Cependant, quand la porte de la bibliothèque s'ouvrit, il se retourna pour regarder et ne fut pas surpris de voir l'inconnu sur le seuil. En fait, ce n'était plus un inconnu pour lui — pas un ami non plus : jamais ce ne pourrait être un ami. Mais c'était devenu un personnage familier, oh ! trop familier

L'homme, emmitouflé dans son vêtement noir, restait presque invisible dans la pénombre, mais son identité ne faisait aucun doute car, comme toujours, un froid humide l'accompagnait.

— J'espère que vous excuserez mon intrusion, dit le visiteur. Je sais bien que vous ne m'avez pas prié de venir. Mais voici l'hiver revenu et je me demandais...

— Vous vous demandiez ?...

— Si vous auriez du travail pour moi. Je pensais que nous avions peut-être oublié quelqu'un... négligé quelque chose.

Julian se sentait très fatigué. Il n'eut pas besoin de réfléchir bien longtemps :

— Oui, j'ai du travail pour vous, répondit-il.

The man who commanded death.
Traduction de Denise Hersant.

LA VOIX DE SA CONSCIENCE

par RICHARD HARDWICK

Ce ne pouvait être une voiture, qu'on entendait de là-haut, du sommet de Hooker Ridge, à plus d'un kilomètre de toute route. Billy Joe, haussant les épaules en signe d'indifférence, reprit la bouteille qu'il inclina pour laisser glisser le long de son gosier une bonne gorgée du fortifiant liquide. Puis il remit le bouchon en place et prêta l'oreille. Il était difficile de distinguer un son au milieu de l'incessant murmure des feuilles ; mais le bruit qu'il avait perçu semblait bien être celui d'une automobile.

Voilà qu'il se faisait de nouveau entendre, sans doute possible cette fois : c'était bien une voiture qui arrivait, et elle semblait rouler à grand-peine le long du sentier jalonné qui menait au sommet de la colline. Le ronflement du moteur se fit plus fort et devint pareil au gémissement d'un animal blessé, tandis que le conducteur changeait de vitesse. Billy Joe plongea le regard en bas de la pente rocailleuse sur laquelle le sentier se déroulait en une bande plus claire.

Il prit une nouvelle lampée de whisky, posa son

fusil de chasse sur ses genoux et s'appuya contre le tronc d'un arbre. Un moment plus tard il vit apparaître une longue automobile noire qui avançait pouce par pouce, ballottant et cahotant, le long du sentier creusé d'ornières et envahi par l'herbe. La voiture fit encore, cahin-caha, une dizaine de mètres puis s'arrêta près d'un bosquet de pins. La portière s'ouvrit brusquement pour laisser descendre un homme de haute taille aux épaules voûtées, vêtu d'un complet de couleur sombre. L'inconnu ôta son chapeau, qu'il jeta sur le siège avant, puis, tirant un mouchoir de sa poche, il se mit à s'épousseter tout en promenant autour de lui un regard prudent.

Tiens, j'ai déjà vu ce zig-là quelque part, se dit Billy Joe.

Les yeux de l'homme se portèrent tour à tour sur tout ce qui l'entourait et Billy Joe mit un moment à comprendre que lui-même portait des vêtements de chasse dont la couleur se confondait avec celle des arbres et de la végétation : il était invisible pour le nouveau venu.

Ce dernier, apparemment satisfait de son examen des lieux, se dirigea vers l'arrière de la voiture et, parmi toutes les clefs de son trousseau, en choisit une qu'il introduisit dans la serrure du coffre.

P't'être bien qu'il est venu ici pour chasser, comme moi, se dit Billy Joe. Mais cette supposition semblait démentie par la tenue élégante de l'homme, et n'expliquait pas pourquoi il avait conduit sa luxueuse voiture aussi loin de la grand-route.

L'inconnu tourna la clef dans la serrure et le couvercle du coffre se souleva sous l'effet du ressort. L'homme scruta de nouveau les alentours, longuement, méticuleusement puis il se pencha pour prendre dans le coffre une pelle et une pioche. Il appuya les outils contre le pare-chocs et, cherchant plus avant dans le coffre, en tira une caisse d'assez grande dimension qu'il souleva avec effort pour la mettre sur ses épaules. Puis il reprit les outils, de sa main libre, et s'éloigna à travers bois à longues enjambées comme quelqu'un qui sait où il va.

Peu après, un bruit de métal frappant, à un rythme régulier, le sol rocailleux parvint aux oreilles attentives de Billy Joe. Celui-ci fronça les sourcils d'un air pensif, avala une nouvelle lampée de whisky pour se donner des forces, s'essuya la bouche du revers de la main et regarda la voiture arrêtée à quelques mètres au-dessous de lui. Une voiture de ce genre, avec une telle apparence de puissance et de rapidité, pourrait bien appartenir à un gangster... Peut-être était-ce pour cette raison que Billy Joe avait le sentiment d'avoir déjà vu cet homme quelque part : sa photo avait peut-être paru dans les journaux à propos d'un important cambriolage. Peut-être l'homme était-il là pour enterrer son butin...

Ou encore, pensa Billy Joe, la voiture pourrait appartenir à un homme très riche qui aurait des ennuis avec le gouvernement au sujet de ses impôts et qui serait venu là pour cacher sa fortune afin de la soustraire aux griffes du percepteur...

Un sentiment d'exaltation s'empara peu à peu de Billy Joe. La grande occasion, la chance, qu'il avait attendues toute sa vie, étaient peut-être arrivées. Après tout, il était en droit d'espérer un heureux changement dans son existence : on ne peut pas être éternellement poursuivi par la déveine.

Au bout d'un moment le bruit du métal frappant le roc cessa et l'homme reparut. Il avait relevé les manches de sa chemise et jeté négligemment le veston sur son épaule, bien qu'il fît frais et que la température allât encore en diminuant. Il tenait à la main la pelle et la pioche mais, ainsi que Billy Joe s'y attendait, il ne portait plus la caisse.

Sous le regard intéressé de Billy Joe, l'inconnu remit les outils dans le coffre, remonta en voiture et, au prix d'un effort considérable étant donné l'exiguïté de l'espace dont il disposait, fit demi-tour et redescendit la colline en suivant le chemin par lequel il était venu. Le ronflement du moteur et le grincement du changement de vitesses se perdirent peu à peu, se confondant avec le bruissement des feuilles au vent.

Billy Joe leva les yeux vers le ciel où s'amassaient de sombres nuages annonciateurs de neige. Il se redressa, mit son fusil en bandoulière et se dirigea rapidement, le long du sentier jalonné puis à travers le bosquet de pins, vers le lieu où il avait vu disparaître l'inconnu.

Celui-ci avait pris soin de dissimuler son travail en aplanissant et en ratissant la terre là où il l'avait remuée et en éparpillant tout autour des feuilles mortes et des aiguilles de pins. Cependant, Billy Joe n'eut pas grand-peine à repérer l'endroit et, stimulé par l'intuition qu'il allait faire une importante découverte, il se hâta de déblayer le terrain à l'aide d'un long bâton, puis, de ses mains gantées, se mit à creuser le sol.

Il avait atteint une profondeur de près d'un mètre vingt et il commençait à se sentir très las, quand ses doigts touchèrent le bois de la caisse. Il s'arrêta, haletant après cet effort soutenu et inhabituel, pour regarder fixement le carré sombre découpé dans la terre rougeâtre. Puis il but un grand coup pour se donner du courage avant de se remettre à l'ouvrage.

Mais il releva bientôt la tête, saisi d'une crainte subite : si, pour une raison ou pour une autre, l'homme revenait et le trouvait là, en train de creuser ?...

Billy Joe jeta autour de lui un coup d'œil plein d'appréhension et fut surpris de voir combien il faisait sombre. Des nuages déchiquetés galopaient dans le ciel, juste au-dessus des arbres, et le vent gémissait dans les branches. Mais il n'y avait personne en vue. Billy Joe s'essuya les mains sur son pantalon et se courba de nouveau sur sa besogne. Il enleva la terre humide qui recouvrait la caisse et chercha à tâtons la serrure. Celle-ci s'ouvrit sous la pression de son doigt et Billy Joe, prenant une profonde aspiration, souleva le couvercle d'une main qui tremblait.

La blonde dont le corps était plié à l'intérieur de la caisse devait avoir été jolie autrefois. Mais elle ne l'était plus.

***

Bien qu'il eût travaillé en toute hâte, l'obscurité était tombée depuis longtemps lorsque Billy Joe acheva de recouvrir la caisse de terre. Ce travail terminé, il dévala la colline à toute vitesse, impatient de se retrouver chez lui et maudissant, tout le long du chemin, la mauvaise étoile sous laquelle il était né. Si tout autre que lui avait creusé la terre pour découvrir une caisse enfouie là par un inconnu à la mine prospère, cette caisse n'aurait pas manqué d'être pleine d'argent jusqu'au bord. Mais si lui, Billy Joe, faisait des fouilles, c'était pour trouver quoi ? Un cadavre !

Lorsqu'il rentra, Eula Mae était occupée à laver les tasses à café et à débarrasser la table des miettes de gâteau qui y étaient tombées. C'était samedi, jour où les amies d'Eula Mae se rassemblaient chez elle pour coudre et pour goûter.

— Ça a dû jacasser pas mal, ici, aujourd'hui ! remarqua Billy Joe. Elles sont toutes parties, tes vieilles pies ?

Sa femme lui jeta un regard furibond en répondant :

— C'est moi qui me tape tout le boulot : j' viens juste de finir la vaisselle et de r'mettre de l'ordre. Et mes amies ne sont pas des vieilles pies ! (Elle s'approcha de lui pour sentir son haleine). Bon

Dieu ! Y a d' quoi vous dessécher les narines ! Et pas le moindre écureuil pour compenser, j' parie ! Qu'est-ce que t'as donc bien pu fiche toute la journée, Billy Joe ? On dirait qu' tu t'es traîné par terre !

En effet, des traces de glaise maculaient les vêtements de Billy Joe. Celui-ci marmonna une vague explication et quitta la pièce pour aller se nettoyer.

Pendant tout le dîner il écouta, dans le plus profond silence, les récriminations d'Eula Mae. Un instant il avait eu l'idée de lui raconter ce qui s'était passé, mais il s'en était abstenu parce que l'humeur de sa femme ne lui semblait pas favorable à une conversation intéressante. Son repas terminé, il se levait de table quand Eula Mae remarqua :

— T'as pas dit deux mots d' puis qu't'es rentré, Billy Joe. T'es malade ?

— On n'a pas beaucoup l'occasion d'en placer un, d' mot, quand t'es là, Eula Mae, répondit-il. D'ailleurs, j' réfléchis.

— Oh ! grand Dieu, il réfléchit ! s'exclama Eula Mae en se levant à son tour pour empiler les assiettes dans l'évier. La dernière fois qu' ça t'est arrivé, d' réfléchir, la vache à lait s'est échappée et elle s'est fait écraser sur la route !

— C'était pas d' ma faute, grommela Billy Joe.

— Et la fois d'avant, t'avais pensé si fort qu' t'avais oublié d' mettre le frein à la camionnette : elle a dévalé la pente et s'est r'tournée en arrivant en bas !

— C'est pac' que les freins étaient usés.

— J' cesserais d' réfléchir, si j'étais toi, Billy Joe ! railla Eula Mae. Laisse tomber, mon vieux ! Te mêle pas d' ça !

— Tout ça, c'était pas aut' chose que d' la guigne, comme j'en ai eu l'jour où j' t'ai demandé d' m'épouser !

— T'as pas eu plus d'guigne que j'en ai eu, moi, quand j'ai accepté, répliqua vertement Eula Mae.

Billy Joe renifla de mépris et alla s'installer dans la pièce du devant pour fumer sa pipe, en marmonant des imprécations contre les femmes qui voulaient toujours avoir le dernier mot. Par association d'idées, il se mit à penser à la blonde enterrée au sommet de la colline. Était-elle la femme de l'inconnu à la voiture noire et celui-ci avait-il eu à supporter d'elle ce que lui, Billy Joe, devait supporter d'Eula Mae. Si tel était le cas, il n'y avait rien d'étonnant à ce que, las et dégoûté de cet état de choses, il eût décidé d'y mettre un terme.

Billy Joe sourit intérieurement : ce serait bien agréable si c'était Eula Mae qui se trouvait dans cette caisse, à quatre pieds sous terre. Mais quelle explication pourrait-il donner lorsqu'on s'apercevrait que sa compagne avait disparu ?

Il était à prévoir que les gens viendraient s'informer, poser des questions. Billy Joe tira une bouffée de sa pipe tout en lorgnant du coin de l'œil, par la porte de la cuisine, Eula Mae debout près de l'évier.

Qu'est-ce que le conducteur de la grande voiture noire pourrait bien répondre quand on l'interrogerait sur la blonde — à supposer, naturellement, que celle-ci fût sa femme ? Enfin, il l'avait enterrée et c'était tant mieux pour lui. Billy Joe n'avait aucune envie d'aller fourrer son nez plus loin qu'il l'avait déjà mis. Mais c'était bien dommage qu'il n'y ait pas eu d'objets de valeur dans cette caisse ! Ce n'est pas tous les jours qu'on surprend un homme en train d'enterrer une caisse dans les bois et, quand cela arrive, on devrait au moins pouvoir en tirer profit !

***

Le lendemain, Billy Joe découvrit une nouvelle

matière à réflexion sous la forme d'une photo de journal représentant un homme de haute taille aux épaules courbées. Et son impression d'avoir déjà vu cet homme se trouva confirmée. Plus exactement, il avait vu quelqu'un qui ressemblait beaucoup à cet homme-là. Le nom inscrit sous la photo était celui de Leonard Cramer, fils de Thompson Cramer, le grand ponte du plus puissant parti politique, qui faisait la pluie et le beau temps dans son État. Le fils, Leonard, ressemblait à son père en tous points sauf sur un seul : le caractère.

Le journal relatait la mystérieuse disparition de la femme de Cramer Junior, en sous-entendant qu'une vengeance politique était à l'origine de cette disparition. Il publiait également un éloquent appel de Cramer Senior aux personnes inconnues responsables de cette disparition, les implorant de lui rendre sa bien aimée belle-fille. La photo de la blonde, souriante cette fois, était jointe à cet appel. Tout cela aurait bouleversé Billy Joe s'il n'avait pas été témoin, la veille de la scène de Hooker Ridge.

Selon le journal, le F.B.I. avait été chargé de mener une enquête et avait procédé déjà à l'interrogatoire de divers suspects.

Sa lecture achevée, Billy Joe laissa tomber le journal sur ses genoux. Voilà donc comment les choses s'étaient passées. Bien entendu, le cadavre ne serait jamais découvert ; l'affaire s'étoufferait d'elle-même et tout le monde plaindrait le malheureux Leonard Cramer. C'était simple.

Les pensées de Billy Joe revinrent à Eula Mae. L'ennui, dans le cas de celle-ci, était qu'il n'y avait pas la moindre raison au monde pour que qui que ce fût eût l'idée de l'enlever... Billy Joe ramassa le journal pour observer la physionomie empreinte de douleur de Cramer. Il revoyait en esprit la grosse voiture noire avancer en cahotant le long du sentier escarpé, le costume sombre et d'excellente coupe du conducteur, la pelle et la pioche appuyées contre le pare-chocs tandis que l'homme tirait à grand-peine la caisse du coffre.

Des idées se pressaient dans l'esprit de Billy Joe : d'étranges idées. Il comprenait peu à peu qu'il avait sans doute découvert, en haut de la colline, quelque chose d'aussi intéressant qu'un trésor. Il releva son visage qu'éclairait un sourire, regarda par la porte de la cuisine le large dos d'Eula Mae debout devant l'évier, et une des fameuses idées qui lui étaient venues à l'esprit se mit à prendre corps.

Deux idées, plus exactement.

***

La réalisation de la première n'offrit pas de difficulté, tout au moins au début. Le lendemain matin, quand Eula Mae fut partie pour la filature de coton où elle était employée, Billy Joe, muni d'une pelle et d'une pioche, retourna à Hooker Ridge. Il avait pris soin d'emporter un demi-litre de whisky pour lutter contre le froid et s'attela aussitôt à la tâche qu'il s'était fixée : creuser pour Mme Cramer une nouvelle tombe à une centaine de mètres de l'ancienne. Quand ce fut fait, Billy Joe déterra la dame pour la transférer dans son nouveau lieu de repos. Il recouvrit soigneusement l'étroite caisse qui lui servait de bière et nota soigneusement l'emplacement où il l'avait enfouie en prenant des arbres pour points de repère. Puis il rentra chez lui.

Après s'être lavé et changé, il se rendit en ville dans sa camionnette délabrée, qu'il arrêta devant la boutique du barbier, et pénétra dans une cabine téléphonique voisine. Un moment, tout en décrochant l'appareil pour appeler l'interurbain, il hésita, tenté de renoncer à son projet. Mais la voix de la téléphoniste retentit à son oreille.

— Je voudrais parler à M. Leonard Cramer, à

Washington, mademoiselle, dit-il alors. Il y eut un intervalle (qui lui parut fort long, tant il était nerveux), au cours duquel la téléphoniste demanda les renseignements, obtint le numéro, l'appela et dit à Billy Joe quelle somme il aurait à payer ; puis une voix basse se fit entendre à l'autre bout du fil.

— C'est vous, monsieur Cramer ? questionna Billy Joe avec effort. Non, peu importe qui j' suis, pour le moment. Tout c' que j' vous d'mande, c'est d' faire attention à c' que j'vous dis. Et si j'étais vous, j'aimerais mieux qu'y ait personne pour écouter not' conversation, parce que ça pourrait bien vous attirer des p'tits ennuis.

Et, tout en prononçant ces mots, Billy Joe se sentit envahi d'une onde de satisfaction à la pensée qu'il pouvait s'adresser sur ce ton au fils d'une personnalité comme Cramer Senior.

— Laissez-moi vous expliquer, monsieur Cramer, poursuivit-il. Je m' trouvais par hasard en train d' chasser un peu là-haut, à Hooker Ridge, y a deux jours, quand voilà que j' vois arriver une grosse voiture noire qui roulait à travers bois. Vous pouvez imaginer c' que ça m'a paru drôle de voir c' te belle voiture là-haut en plein' nature ! Mais c'est pas ça l' plus intéressant. Devinez c' que j'ai vu quand la voiture s'est arrêtée devant un bosquet de pins.

— *Mais qui... qui est à l'appareil ?* demanda Cramer d'une voix brisée.

— Eh bien, à dire vrai, monsieur Cramer, ça pourrait bien être la voix d' votre conscience qui vous parle... (Ça sonne bien, c' que je viens de dire là ! pensa Billy Joe.) Oui, m'sieu, ajouta-t-il tout haut, ça pourrait bien être vot' conscience qui vous appelle pour vous dire que quelqu'un d'aut' sait que c' joli p'tit article, dans le journal, n'est pas aut' chose qu'un tas de bobards ! D'ailleurs, j' vous r'téléphonerai dans quelque temps : p' t'être ben qu'nous pourrons faire des affaires ensemble, vous et moi.

— *Attendez...*

Billy Joe reposa doucement le récepteur et resta debout quelques instants dans la cabine, riant sous cape. Puis il entra chez le barbier, accrocha son imperméable au porte-manteaux et s'affala sur un siège.

— Fais-moi la barbe, Luke. Et prends ton temps. Qu' ce soit du beau travail !

Le barbier grimaça un sourire et, adressant un clin d'œil malicieux à deux hommes qui attendaient leur tour en lisant le journal, il remarqua :

— Je m' rappelle pas t'avoir jamais vu payer pour t' faire faire la barbe. Billy Joe ! Qu'est-ce qui t'arrive ? Eula Mae s'est dégotté une plus belle situation ?

Tous se mirent à rire, à l'exception de Billy Joe qui, se renversant contre le dossier de son siège, déclara :

— Riez tant qu' vous voudrez. Quand la chance d'un gars doit tourner, c'est pas d' rire qui l'en empêchera. Oui, oui, les amis, continuez à vous marrer !

Il demeura appuyé, les yeux clos, le visage réchauffé par la serviette humide, et se laissa aller à une agréable langueur en pensant à toutes les possibilités qui s'offraient à lui. Il attendrait que la colère de Cramer se soit calmée. Il le laisserait se poser des questions, se tourmenter, se mettre martel en tête et, quand le moment lui semblerait propice, il exigerait... Combien exigerait-il, au fait ? Un homme qui a pour père un important politicien doit pouvoir disposer de beaucoup d'argent. Peut-être pouvait-on en obtenir dix mille dollars ou même davantage.

Mais il avait quelque chose à faire au préalable afin de pouvoir réellement profiter de sa fabuleuse chance : il lui fallait se débarrasser d'Eula Mae.

Cela, bien entendu, demandait réflexion. Peut-être faudrait-il simuler un accident, mais c'était risqué : quelque chose pouvait aller de travers. Ou bien, comme Cramer l'avait fait pour sa femme, expliquer qu'Eula Mae avait disparu. Mais pourquoi disparaîtrait-elle ? Elle avait une situation stable et un bon mari, malgré ce que les mauvaises langues pouvaient raconter.

Il fallait donc, décidément, que ce fût un accident. Mais de quelle sorte d'accident pourrait-elle être victime sans susciter d'indiscrètes questions de la part des voisins ?

— De quoi donc que tu t' parles comme ça, tout seul, Billy Joe ?

Billy Joe rouvrit brusquement les yeux. Le barbier, penché sur lui, essuyait la lame du rasoir sur une assiette en souriant d'une oreille à l'autre.

— Voilà qu'il se met à parler tout seul ! On sait c' que ça veut dire, hein, les gars ? continua l'autre en s'adressant aux deux hommes.

Et tous trois de rire bien fort à cette remarque.

Billy Joe sourit doucement et referma les yeux. Leurs plaisanteries ne pouvaient l'atteindre : qu'ils rigolent donc si bon leur semblait ! Un jour, lui, Billy Joe, roulerait carrosse comme le fils Cramer et, alors, on verrait bien qui rirait !

***

Le lendemain, Billy Joe prit son fusil de chasse pour remonter à Hooker Ridge, et se dirigea avec beaucoup de précautions vers l'endroit où Cramer avait enterré la caisse. En reconnaissant cet endroit, il eut un sourire épanoui : le sol avait été creusé à la hâte, la terre fraîche répandue çà et là... Billy Joe se demanda quels avaient été les sentiments de Cramer en constatant que le cadavre avait été enlevé, que la proie s'était envolée !

Les jours suivants, il lut attentivement les journaux : la version d'un enlèvement était maintenue, la piste s'effaçait. On insinuait que Mme Cramer, aux mains de ses ravisseurs, avait pu connaître un sort funeste. Puis, au fur et à mesure que le temps passait sans qu'aucun fait nouveau se produisît, il fut de moins en moins fait allusion à l'affaire, et, finalement, on n'en parla plus du tout.

Billy Joe continuait à téléphoner secrètement à Leonard Cramer, parcourant de longues distances dans sa camionnette afin de disperser les appels pour qu'on ne pût pas en retrouver l'origine et, chaque fois qu'il avait Cramer à l'appareil, il lui disait : « C'est votre bonne vieille petite conscience qui vient s' manifester. Vous feriez bien d' commencer à amasser un peu d'argent, pour qu'on puisse avoir une petite conversation ensemble ! » Et il raccrochait, coupant court aux protestations terrorisées de la voix qui lui répondait, à l'autre bout du fil.

Cramer en était maintenant au point où Billy Joe avait voulu l'amener. Restait à régler l'autre question : se débarrasser d'Eula Mae. Billy Joe demeurait souvent éveillé, la nuit, pour y réfléchir. Comment procéder sans éveiller la curiosité des voisins ? Comment s'y prendre pour donner à ce meurtre l'apparence d'un accident ? Le moyen le plus simple serait le meilleur et celui qui entraînerait le moins de risques. Il pensa à son fusil : il arrive souvent que des gens soient tués accidentellement par quelqu'un qui nettoie un fusil... Mais, en fait, rien ne pressait et il avait encore le temps d'y réfléchir.

Ce samedi-là, il faisait un temps affreux. Billy Joe, qui était allé en ville avec la camionnette, roulait avec précaution sur la route balayée par la pluie et tournait dans le chemin embourbé qui conduisait chez lui, lorsqu'une idée lui vint à l'esprit. Pourquoi ne pas écraser Eula Mae avec la camionnette ? Les freins n'avaient jamais très bien marché et le terrain qui entourait sa maison était si boueux... Personne ne pourrait douter qu'il s'agît là d'un accident et, à supposer même que quelqu'un eût des soupçons, quelles preuves pourrait-il fournir à l'appui ?

Billy Joe chantonnait allégrement lorsqu'il arrêta la camionnette devant chez lui. Il baissa un peu la vitre de droite et klaxonna à plusieurs reprises. La porte d'entrée s'ouvrit et Eula Mae montra un visage maussade.

— Viens ! lui cria Billy Joe. Viens m'aider ! Dépêche-toi !

— Pourquoi donc que t'as besoin d'aide ? cria Eula Mae en réponse.

— Viens ici : j' vais t' faire voir.

Elle disparut et, un moment, Billy Joe crut qu'elle n'allait pas tenir compte de son ordre. Mais elle revint bientôt, un foulard sur la tête, et se mit à patauger vers lui sous la pluie battante. Billy Joe desserra le frein, mit la camionnette en marche et se dirigea droit sur elle en prenant peu à peu de la vitesse. Eula Mae était trop loin de tout abri lorsqu'elle réalisa ce qui se passait. Elle tenta un bond de côté, mais le sol était boueux : elle glissa et la roue avant la heurta violemment. Billy Joe sentit le choc de son corps contre le châssis quand il roula sur elle.

La camionnette dérapa avant de s'arrêter. Billy Joe poussa un soupir et demeura un instant les mains sur le volant. C'est alors qu'il vit, derrière la maison, une voiture arrêtée tout contre la porte à cause de la pluie. Regardant dans le rétroviseur il vit également le corps d'Eula Mae gisant dans la boue, et, sur le seuil de la porte d'entrée, les trois amies de sa femme qui faisaient partie de l'ouvroir du samedi.

*
* *

Comme il n'y avait pas d'autre affaire inscrite au rôle, Billy Joe passa en jugement immédiatement. Le verdict fut vite rendu et extrêmement bien accueilli par l'opinion publique. Billy Joe n'avait pas compris combien Eula Mae était estimée de ses concitoyens, jusqu'au moment où le juge, du haut de son siège, avait laissé tomber d'une voix glaciale ces mots lourds de sens : « ... pendu par le cou jusqu'à ce que mort s'ensuive ! »

Billy Joe venait à peine de goûter à la bonne fortune, mais la malchance ne l'avait pas abandonné pour autant ! Dans sa cellule de condamné à mort, il était l'image même du désespoir. Il avait cru mener à bien ses plans, tout devait marcher comme sur des roulettes, l'avenir s'annonçait plein de promesses... et voilà comment cela s'était terminé ! Cramer s'en était tiré sans dommage ; pourquoi lui, Billy Joe, avait-il été pris ?

A la pensée de Cramer, Billy Joe se redressa lentement. Il lui venait à l'esprit une idée, qu'il s'étonnait de ne pas avoir eue plus tôt : sans doute l'audition de la sentence lui avait-elle porté un coup trop violent. Mais il comprenait à présent que Cramer pouvait encore lui être utile. Le père de Cramer était un homme important, l'homme le plus important de l'État, en fait ; celui qui tirait les ficelles, qui donnait des ordres au Gouverneur. Et le Gouverneur, par le simple fait d'apposer sa signature au bas d'une feuille de papier, pouvait gracier Billy Joe. Ce serait un échange loyal : sa vie contre celle du fils Cramer.

Billy Joe fit appeler son avocat et, en l'attendant, se mit à arpenter nerveusement sa cellule. Enfin, l'avocat entra et Billy Joe l'attira vivement dans le coin le plus éloigné de la porte, après avoir jeté un coup d'œil à travers les barreaux pour s'assurer que le gardien était hors de portée de la voix.

— Eh bien, qu'est-ce qui se passe, Billy Joe ? questionna l'avocat. Je fais tout ce que je peux pour que votre affaire vienne en appel, vous le savez bien. Ce n'était pas la peine de me faire venir ici... Cette cellule me donne la chair de poule ! ajouta-t-il avec un frisson.

— Tout ça n'a aucune importance ! répondit allégrement Billy Joe. Laissez tomber l'appel. L'affaire est dans l' sac : c'est comme si j'étais déjà sorti d' taule !

L'avocat le regarda d'un air inquiet.

— Attention, Billy Joe, conseilla-t-il. La justice n'est pas tendre avec les prisonniers qui tentent de s'échapper.

— Écoutez-moi donc, reprit impatiemment Billy Joe, et faites exactement c' que j' vais vous dire. Vous allez téléphoner à Leonard Cramer, à Washington. C'est l' fils du vieux Thompson Cramer...

— Cramer... commença l'avocat.

Mais Billy Joe poursuivit sans l'entendre :

— Vous allez l'appeler, lui dire qui vous êtes, et lui dire aussi qu' vous avez un client qui a d' gros ennuis. (L'avocat voulut parler, mais il l'en empêcha du geste.) Vous allez lui dire, reprit-il avec un sourire rusé, que vous l'appelez au sujet d'un p'tit bout d' terrain qu'il possède à Hooker Ridge. Il comprendra et il accourra à toutes jambes !

Il se tut et regarda l'avocat qui secouait lentement la tête.

— Je ne comprends pas ce que tout cela signifie, Billy Joe, mais, de toute façon, vous feriez mieux de ne plus y penser...

— Ne plus y penser ! Mais son paternel va m' faire obtenir ma grâce !

— Je ne sais pas ce que vous avez en tête, mais, si cela concerne Leonard Cramer, oubliez-le. Il s'est fait sauter la cervelle ce matin. J'ai entendu la nouvelle à la radio il y a une heure à peine. On a trouvé une lettre par laquelle Cramer avouait avoir tué sa femme. Il semble que cette histoire d'enlèvement ait été montée par lui de toutes pièces.

Billy Joe demeura un instant bouche bée avant de balbutier :

— Il a... avoué ? Mais *pourquoi ? pourquoi ?* Il n'y avait qu' lui et moi à...

L'avocat se dirigea vers la porte pour reprendre sa serviette de cuir et poursuivit :

— Cramer disait aussi, dans sa lettre, que sa conscience l'avait tourmenté d'une façon terrible. On n'aurait pourtant pas cru qu'un type comme lui avait une conscience ! Cela dit sans vouloir offenser personne, bien entendu ! ajouta-t-il après un rapide regard à Billy Joe.

Il remit son chapeau sans se presser et dit encore :

— Je vais m'occuper de cet appel, Billy Joe. Mais, si j'ai un conseil à vous donner, c'est de ne pas conserver trop d'espoir.

Puis, se détournant, il appela le gardien.

The still small voice.
Traduction de Denise Hersant.

IMMORTALITÉ

par DONALD HONIG

Il y avait bien deux heures que Christopher Henry, assis au petit bureau de sa mansarde, essayait de trouver le distique qui terminerait harmonieusement son sonnet. La fatigue et le sommeil commençaient à le terrasser et la lumière dispensée par la lampe de bureau semblait de plus en plus faible, de plus en plus confuse à ses yeux alourdis. A la fin, il reposa son crayon à côté de la page manuscrite et contempla un instant, l'un et l'autre, comme s'il s'était trouvé en présence de deux insurmontables pierres d'achoppement.

« Mais non, conclut-il en se prenant la tête dans les mains avec découragement, c'est là-dedans ! » Et il répéta, en serrant désespérément ses tempes comme pour en faire sortir les mots récalcitrants : « C'est là-dedans que ça ne va pas. C'est dans mon cerveau que les mots refusent de vivre, de bouillonner, de s'associer pour créer. » Ah ! il n'avait pas la chance de Gabriel dont les vers semblaient s'aligner tout seuls ! « Mes pensées sont pareilles à des étincelles et mes poèmes à du feu, » affirmait cet imbuvable fanfaron en vantant son génie à qui voulait l'entendre. Et Dieu sait s'il trouvait des oreilles complaisantes depuis que les augures l'avaient désigné comme l'un des plus grands noms à venir de la poésie moderne ! « Pourtant, se dit Christopher, je le vaux bien. Je vaux mieux que lui. Ma poésie est faite pour durer. Je suis certain que mon nom ne tombera jamais dans l'oubli. »

Il jeta un coup d'œil à la pendule. Presque minuit. Et Susan qui avait promis de venir à dix heures. Il se raidit brusquement. Pourquoi n'était-elle pas venue ? Habituellement, elle s'empressait d'accourir, toute heureuse de l'entendre lire ses poèmes. Dès qu'il s'arrêtait, elle applaudissait doucement et répétait quelques vers qui lui avait particulièrement plu et lui, la tête modestement baissée, se laissait embrasser, le cœur empli de joie et de fierté. Mais, ce soir, elle n'était pas venue. A y bien réfléchir, elle n'était pas venue depuis huit jours. Il se pinça la lèvre inférieure d'un air soucieux. Qu'avait-elle donc dit, la dernière fois, au sujet d'une de ses métaphores ? « Mais c'est délicieux, Christopher ! C'est presque digne de Gabriel. » Il avait cru, alors qu'elle voulait plaisanter. A présent, il se rendait compte qu'elle parlait sérieusement. Elle le pensait vraiment.

Il se leva, passa une écharpe autour de son cou et descendit hâtivement les trois étages de sa maison. Les bouts effilochés de son écharpe lui battaient dans le dos tandis qu'il avançait d'un pas rapide le long des ruelles, encore très animées. Il était dans un tel état d'agitation qu'il n'entendait même pas les saluts des amis qu'il croisait. Il savait où elle était mais il gardait encore l'espoir de ne pas la trouver là. Presque en courant, il traversa la rue, les yeux rivés sur la porte du *Chat Noir*.

La première chose qu'il vit, en ouvrant la porte du café, ce fut Gabriel assis sur le comptoir, l'air avantageux, au milieu d'une mer de fumée bleuâtre déroulant paresseusement ses volutes dans l'atmosphère chaude et confinée. En dépit du profond ressentiment qu'il vouait à Gabriel, Christopher subit la fascination de cette magnifique chevelure noire, de ce visage sombre à la mobilité expressive. D'une voix au timbre prenant, le jeune homme récitait ses vers (déjà parus dans les revues les plus cotées). Son grand corps dégageait une impression de force, celle, aussi, d'une usure indéfinissable. Tous les visages tournés vers lui semblaient frappés d'extase.

Christopher ferma doucement la porte et s'y adossa. Susan était assise à la première table, aux pieds du poète vers lequel elle levait des yeux hypnotisés. Ainsi, Gabriel ne se contentait pas d'avoir talent et notoriété. Maintenant, il avait aussi Susan. Christopher se sentit tenaillé par la haine et la jalousie.

A ce moment, Gabriel l'aperçut. Il s'arrêta au milieu de sa déclamation et leva la main pour marquer une interruption.

— Christopher ! cria-t-il avec une cordialité moqueuse.

Tout le monde se retourna dans un grincement de chaises pour regarder le nouveau venu.

« Mesdames et Messieurs, annonça Gabriel, permettez-moi de vous présenter M. Christopher Henry, le poète fou de notre folle époque. Bien entendu, il n'est pas réellement fou, pas plus qu'il n'est poète, bien qu'il se donne pour cela énormément de peine, n'est-ce pas, Christopher ? — Christopher, avait quitté la porte et se glissait entre les tables — Personne d'entre vous n'a entendu parler de Christopher Henry ? continua Gabriel sur un ton de reproche ironique. Eh bien, sachez que l'Amérique, un jour, sera fière de lui. Quand il sera devenu un poète immortel.

Sans s'occuper de Gabriel, Christopher se pencha vers Susan.

— Pourquoi n'es-tu pas venue ce soir ? demanda-t-il doucement.

— Va-t-en ! fit-elle sans le regarder.

— Bon ! Où en étions-nous ? dit Gabriel, affectant de revenir aux choses sérieuses.

Et il se redressa sur le bar, les mains sur les hanches, comme s'il dirigeait une classe de gymnastique.

— Susan ! implora Christopher.

— Va-t-en ! répéta-t-elle sèchement.

Il insista, rouge de honte et de colère :

— Il faut que je te parle.

— Bien ! fit-elle d'un air excédé. — Elle se leva et gagna la porte devant lui, louvoyant entre les tables et les chaises. Quand ils furent sur le trottoir, elle se retourna. — Alors ? Qu'est-ce que tu veux ? Tu ne vois pas que tu l'as interrompu ?

— Est-ce si terrible ? Aurais-je commis un péché mortel ?

— Tu ne sais donc pas ? Tu n'as pas lu les critiques du dernier recueil de Gabriel ?

— Non. Je...

— Eh bien, lis-les ! Tu verras ce qu'elles disent !

— Qu'est-ce qu'elles disent ?

— Elles disent que Gabriel est un génie. Qu'on n'a pas vu de talent comparable depuis Keats. Un des critiques affirme qu'avec ce livre il a conquis l'immortalité.

Christopher, abasourdi, fixait la jeune fille.

— Je ne le crois pas, murmura-t-il. — Mais, devant son expression irritée, il corrigea aussitôt — Si, si, bien sûr, je le crois. Ce qu'il y a, c'est que jamais je...

— Ce qu'il y a, c'est que ce n'est pas à toi que c'est arrivé, coupa-t-elle en lui tournant le dos pour retourner dans la salle du café.

Demeuré seul, Christopher regarda longuement Gabriel à travers la vitre. *Il a conquis l'immortalité.* Que n'aurait-il donné pour entendre les critiques s'exprimer ainsi à propos de *lui,* de son œuvre. Pour être l'auteur de vers impérissables. Pour pouvoir se dire que les générations futures se souviendraient de son nom, le conserveraient vivant dans leur mémoire ! Mais voilà que ce sort était dévolu à Gabriel... Immobile sur le trottoir, les yeux fixés sur son rival, Christopher se sentit horriblement seul, abandonné. Dire que lorsque tous ces gens, dans le café, seraient morts, celui-là serait le seul dont on continuerait à parler !

Il s'éloigna lentement, les poings serrés dans ses poches, le cœur étreint de souffrance et d'envie, comme si Gabriel s'était emparé de quelque chose qui lui revenait de droit à lui.

Il reprit le chemin de sa mansarde. Cette fois, l'ascension des vieilles marches gémissantes lui parut interminable. Arrivé près de l'unique fenêtre, il laissa tomber son regard dans les ruelles étroites où les globes électriques paraissaient diffuser moins de lumière que d'ombres et de tristesse. Il resta un long moment, regardant les rues se vider de passants, les lumières s'éteindre l'une après l'autre. Puis il retourna à son bureau et contempla son poème inachevé. Il voulut reprendre son crayon mais l'instrument lui parut aussi dérisoire qu'un fétu. Jetant un coup d'œil vers la fenêtre, il aperçut la nappe mouvante et sombre de la rivière et, plus loin, les étoiles criblant le ciel de leur scintillement éternel. C'était là qu'allait s'inscrire le nom de Gabriel. Non, la critique ne s'était pas trompée, il le reconnaissait maintenant avec accablement. Au fond, il le savait depuis toujours, depuis qu'il avait lu le premier livre de Gabriel. Quant à lui, Christopher, il avait travaillé dur, c'était tout. Trop dur pour pouvoir jamais espérer autre chose qu'une aimable médiocrité. Son œuvre en faisait foi, il était bien obligé de l'avouer.

Il laissa tomber son crayon et, les yeux pleins de larmes brûlantes, enfouit sa tête dans ses bras sur le bureau où il finit par s'endormir.

Le lendemain matin, Christopher frappa à la porte de Gabriel. Le grand poète manifesta sa surprise en le voyant.

— Christopher ! s'écria-t-il. Songeriez-vous par hasard à devenir un de mes disciples ? Entrez ! Entrez ! ajouta-t-il en riant. Je regrette d'avoir été un peu dur avec vous hier soir.

— Le regrettez-vous vraiment ? demanda Christopher, sceptique, tandis qu'il refermait la porte et s'avançait dans l'appartement délabré, encombré de livres.

— Eh bien, en toute franchise, non. Comprenez-moi bien ! Je n'ai rien contre vous en personne. Mais il se trouve que je suis allergique à la mauvaise poésie. Et la vôtre est tellement mauvaise que, lorsque je vous vois, je ne puis m'empêcher de penser à vos poèmes et à tous les rimailleurs du monde. Cela a le don de me hérisser le poil.

— Je ne trouve pas ma poésie si mauvaise que ça, remarqua doucement Christopher.

— Tant mieux pour vous ! Mais c'est ce que pensent tous les poètes, n'est-ce pas ? Les critiques, eux, se montrent plus difficiles.

— Les critiques ont été indiscutablement gentils pour vous, dit Christopher en mettant les mains dans les poches de son veston.

— C'est tout à leur honneur. Que voulez-vous, on a le don ou on ne l'a pas. Pardonnez-moi le cliché, mais ce n'est pas plus compliqué que ça.

— Et vous, vous avez le don ?

— A ce qu'il semble, sourit Gabriel.

Christopher hocha la tête.

— Vous ne pouvez pas savoir comme je m'en réjouis.

— Comme vous vous en réjouissez ? Vous ? Allons donc !

— Je parle sérieusement. Si le nom de Gabriel Mason est voué à l'immortalité, que dire du nom de l'homme qui...

La main droite de Christopher sortit lentement de sa poche. Elle tenait un revolver pointé vers Gabriel.

Celui-ci devint terriblement pâle.

— Vous allez m'emmener avec vous, Gabriel... vers les étoiles, articula Christopher, le visage soudain déformé par un rictus de folie.

La mort et l'immortalité tonnèrent simultanément, jaillies du petit revolver de Christopher Henry.

The immortals.
Traduction de Michel Beauquey.

ASSOCIATION DÉFINITIVE

par CLARK HOWARD

Martin Bask entra dans un bar tout de suite après Randolph Street et alla directement au fond de la salle où son ami Klepper l'attendait. En le voyant arriver, celui-ci se leva et l'accueillit en souriant.

— Bonjour, Martin. Comment allez-vous ?

— Très bien, Hans, très bien, répondit Bask en lui serrant chaleureusement la main. Et vous, cher ami ?

— A merveille, Martin. Je n'ai jamais été mieux.

Le garçon s'approcha. Bask commanda une boisson pour lui et une autre pour Klepper.

— Vous avez l'air d'un homme qui a réussi, dit Klepper qui lorgnait le complet de deux cents dollars, la cravate qui en valait bien trente et la pince en platine, de Bask.

— Les affaires ont bien marché, admit Bask en jetant un coup d'œil sur la bague au petit doigt de Klepper. Je vois que vous aimez toujours les diamants, Hans.

Klepper sourit gauchement.

— Mon seul point faible, confessa-t-il. Peut-être ne devrais-je pas me laisser aller à de telles fantaisies. J'en ai maintenant un coffre plein. Mais tant que je ferai de l'argent, pourquoi pas ? D'ailleurs, les diamants représentent une sécurité pour mes vieux jours.

Bask regarda son ami avec indulgence, c'était un homme entre deux âges ; les cheveux grisonnants restaient épais et le visage hâlé se ridait mais gardait un air de bonne santé. Il eut un petit rire :

— Vous ne vieillirez jamais, Hans. Je ne crois pas que vous ayez pris un seul jour en dix ans.

Cette fois, Klepper rit à son tour.

— Vous êtes trop bon, cher ami, répondit-il d'un air modeste.

Le garçon les servit. Bask leva son verre.

— A votre santé, Hans.

— A la vôtre, Martin.

Les deux hommes burent, puis Klepper se pencha légèrement au-dessus de la table.

— Et maintenant, mon cher, que puis-je faire pour vous ?

— Me rendre un service, répondit Bask sans hésiter. Je travaille demain soir et une lampe vient de sauter dans mon poste à transistors. Comme je ne pourrai pas la remplacer avant, je... Eh bien ! je me demandais si je ne pourrais pas vous emprunter le vôtre. Juste pour ce soir-là, vous savez.

— Mais bien sûr, se hâta de répondre Klepper. La radio rend le travail du soir tellement plus facile.

— Oui. Et c'est vous qui m'avez donné cette habitude, vous vous en souvenez sûrement.

Klepper sourit.

— Mais oui. Et je me souviens aussi que vous me preniez pour un vieux fou quand je vous suggérais d'ouvrir votre radio quand vous deviez travailler tard. Ah ! Martin, vous étiez un jeune bien indiscipliné.

— Je sais. Mais j'ai appris beaucoup avec vous, Hans. Et c'est en grande partie aux méthodes de travail que vous m'avez enseignées que je dois ma réussite actuelle.

— Mais non, dit Klepper, négligeant l'éloge d'un haussement d'épaules. Vous vous êtes toujours montré un brillant sujet, Martin. Vous auriez réussi, j'en suis sûr, quelle que soit la voie que vous eussiez choisie.

— Oui et non, fit Bask. Pourrai-je prendre le poste de radio demain ?

— Naturellement, répondit Klepper, mais venez de bonne heure. Moi aussi je travaillerai demain soir et je ne dînerai pas à la maison. De plus, Anna passera sa journée à l'orphelinat. Pouvez-vous venir chercher le poste vers dix heures ?

— Oui. Mais si vous devez travailler demain soir, peut-être aurez-vous besoin de la radio vous-même ?...

— Pas le moins du monde. Je travaille dehors demain soir. Je dois voir un client.

— Vous êtes sûr ? insista Bask. Je ne voudrais pas...

— Mais non, mais non, je vous assure, fit Klepper. Venez demain matin. Je tiendrai le poste à votre disposition.

— Très bien. Merci, Hans. — Bask regarda sa montre et vit qu'il était un peu plus de cinq heures. — Un autre verre ? demanda-t-il.

— Non, merci, Martin. Il vaut mieux que je rentre. Anna s'inquiète quand je rentre tard les soirs où je ne travaille pas.

Bask hocha la tête d'un air connaisseur.

— Une belle femme, votre Anna, dit-il sincèrement. Vous avez de la chance, Hans.

Klepper sourit de plaisir.

— Elle demande souvent de vos nouvelles, Martin. Nous n'avons jamais eu d'enfant, vous le savez, et Anna... Eh bien ! elle vous considère comme son fils. Moi aussi. Nous ne vous voyons vraiment pas assez, Martin. Il faudra venir dîner un de ces soirs.

— Entendu, répondit Bask. Quand le travail ne sera pas si pressé...

— Je comprends. Le travail avant tout, comme on dit. Mais vous êtes encore jeune, Martin. Ne travaillez pas sans arrêt. Amusez-vous un peu aussi. Il faut vous reposer, vous savez.

— J'essaierai, dit Bask.

Les deux hommes se levèrent pour partir et Bask chercha son portefeuille. Mais son compagnon qui portait des billets attachés ensemble par une pince, fut plus rapide, et en dépit des protestations de Bask, laissa tomber une coupure de cinq dollars sur la table. Ils sortirent ensemble et Bask héla un taxi pour Klepper.

— Alors, à demain, Hans.

— Bonsoir, mon ami, dit Klepper.

Bask attendit que le taxi eût disparu dans le flot des voitures, puis, se retournant, descendit tranquillement la rue jusqu'au drugstore du coin. Dans l'une des cabines téléphoniques du fond, il mit un jeton et composa un numéro qu'il connaissait depuis peu. Il n'y eut que trois sonneries avant qu'une voix d'homme répondît à l'autre bout du fil.

— M. Prindle ? dit Bask.

— Oui.

— Ici, Martin Bask. Je me suis arrangé pour un rendez-vous d'affaires avec votre associé. A quelle heure pensez-vous que nous pourrions le fixer ?

— Eh bien ! je quitte le bureau vers sept heures, mais il reste toujours, je crois, jusqu'à huit. Cela va-t-il ?

— Très bien, répondit Bask tranquillement. Je serai là-bas vers sept heures un quart. Je propose que nous nous retrouvions, vous et moi, dans le hall du Colonial Hôtel vers huit heures et demie.

— Si tôt ? fit Prindle d'une voix surprise.

— Ce que j'ai à faire avec votre associé ne sera

pas long, affirma Bask. Je suis sûr de pouvoir être là-bas à huit heures et demie.

— Bon, dit Prindle, puisque vous le dites.

— Et naturellement, rappela Bask, vous aurez le...

— Bien entendu, coupa vivement Prindle. Ce que vous avez demandé.

— Parfait. Alors, à demain soir. Au revoir, monsieur Prindle.

Bask raccrocha et quitta la cabine.

Le lendemain, vers cinq heures de l'après-midi, Martin Bask sortit de dessous sa douche dans son appartement du centre de la ville. Il se sécha rapidement avec une serviette, puis enfila une épaisse robe de chambre. Il traversa sa chambre et un petit vestibule pour aller à la cuisine. Lin, son domestique chinois, avait préparé un léger souper composé de bouillon et de bœuf froid comme l'avait commandé Martin.

— Vous travaillez ce soir, monsieur Bask ? demanda Lin tandis que Martin s'asseyait. Lin savait que son maître ne mangeait jamais beaucoup quand il devait travailler.

— Oui, répondit Martin. Tu pourras rentrer chez toi dès que tu le voudras. Je mettrai la vaisselle sur l'évier.

— Merci, monsieur Bask, dit Lin tout content.

Et il se mit à chantonner. Bask savait, par expérience, qu'avant une demi-heure, il serait parti.

Il mangea sans se presser jusqu'à près de six heures, puis retourna à sa chambre pour s'habiller. Il mit un costume de travail sombre et une coûteuse cravate anglaise imprimée. Dans une très grande boîte à bijoux posée sur son bureau, il choisit une montre-bracelet à cadran lumineux qu'il remonta et mit soigneusement à l'heure d'après une pendule électrique placée près de son lit. Et comme il passait cette montre à son poignet, Lin vint lui dire bonsoir.

Après le départ du domestique, Martin fit coulisser une des portes de son armoire et alluma la lumière intérieure. Il prit un porte-documents, l'ouvrit et le posa à côté de la porte. Puis il déplaça les vêtements pendus dans l'armoire de façon à pouvoir passer par derrière et atteindre dans le mur du fond, une cavité où se trouvait sa malle-cabine. Il fit jouer la serrure et rabattit de côté les deux parties de la malle. Puis à l'aide d'une autre clef il ouvrit les portes intérieures. S'agenouillant, il s'arrêta un instant pour réfléchir à ce dont il avait besoin pour le travail du soir.

Grande ouverte, la malle montrait d'un côté des rayons, de l'autre des tiroirs. Ces rayons, à gauche, se trouvaient entièrement garnis, en haut, en dessous et sur les côtés, de mousse de caoutchouc. Sur celui du haut, enveloppées dans du coton entouré de bandes collantes, il y avait un certain nombre de fioles de nitroglycérine ; en dessous, sur le rayon numéro 2, des bâtons de dynamite, empaquetés par cinq dans de la gaze. Sur le suivant, le troisième en partant du haut, des enveloppes cachetées contenaient de la poudre noire ; sur le quatrième, des capsules de détonateurs électriques, des piles, des grenades phosphorescentes, et enfin, un choix d'appareils de réglage, électriques ou à ressorts.

De l'autre côté, il y avait sept tiroirs identiques très larges, dépourvus d'étiquette. Bask, naturellement, en connaissait très bien le contenu. Dans les deux premiers se trouvaient ses revolvers, tous de marque étrangère, tous automatiques ; dans les deux suivants, des silencieux adaptables à tous les revolvers. En dessous, deux autres contenaient des balles pour chacune des armes, et, le dernier, les différentes choses dont il avait parfois l'usage : plusieurs paires de menottes, des gants de peau et de caoutchouc, un nécessaire pour nettoyer les revolvers, des lunettes infra-rouge...

Tout ce dont Bask avait besoin se trouvait à sa place, dans la malle. Quand il se préparait à accomplir une mission, il n'avait qu'à choisir les outils nécessaires. Ce qu'il faisait à présent. Tout d'abord, dans l'un des tiroirs, il prit un automatique Bretsi 9 mm, y inséra un chargeur de sept balles, en fit passer une dans la culasse, abaissa le cran d'arrêt, et finalement vissa un silencieux de dix centimètres sur le canon. Le revolver prêt, il le mit ainsi qu'une paire de menottes dans le porte-documents et il glissa la clef des menottes dans une poche de sa veste.

De l'autre côté, il prit une fiole de nitroglycérine, l'enveloppa dans du coton et l'installa avec une mèche à combustion lente d'un mètre vingt-cinq, dans une poche séparée de la serviette. A côté, il posa une des enveloppes cachetées contenant de la poudre noire. La dernière chose qu'il choisit dans la malle fut une paire de gants de Suède noirs qu'il mit dans une de ses poches intérieures.

Il emporta avec précaution le tout dans le salon. Là, il chercha le petit poste à transistors emprunté le jour-même à son ami Hans Klepper, et mit également l'appareil dans le porte-documents qu'il referma.

Il regarda sa montre et vit qu'il lui restait environ quinze minutes avant l'heure prévue pour son départ. Il traversa alors la pièce pour aller prendre dans un coffret un cigare d'importation qu'il alluma. Puis il pénétra dans une petite pièce attenante où se trouvaient un bureau et des rayons chargés de livres, et qu'il appelait son cabinet de travail. Il s'assit au bureau, en ouvrit le large tiroir central et sortit un plan de la ville. Il déplia ce plan devant lui et chercha jusqu'à ce qu'il eût trouvé l'endroit qu'il voulait. L'adresse qu'il avait à ce moment-là en tête se trouvait près de l'angle sud-ouest d'un quartier correspondant au secteur de la police de

Racine Avenue. Le commissariat était entouré de crayon rouge. Bask calcula que ce soir-là, il travaillerait tout à côté.

Tout en étudiant la disposition de l'endroit, Bask déplaça son doigt en direction du coin nord-est du même secteur, aussi loin qu'il pût du commissariat, et là, trouva une rue appelée Groves Court. Les numéros des maisons tournaient autour de dix-huit cents. Fixant ce détail dans sa mémoire, Martin plia la carte et la remit dans le tiroir du bureau qu'il referma à clef. D'un rayon à sa gauche, il descendit alors un annuaire des rues et chercha Groves Court. Aux environs du numéro dix-huit cents, il commença d'examiner les noms des habitants de cette rue. Tout à fait au hasard il choisit un Joseph P. Mangle, 1834 Groves Court. Il inscrivit l'adresse de ce M. Mangle sur une feuille de bloc, puis chercha dans les premières pages de l'annuaire la liste des commissariats de police et copia le numéro de téléphone de celui de Racine Avenue.

Bask remit l'annuaire en place, se leva et tira quelques longues bouffées de son cigare avant de le mettre à brûler dans un cendrier. Maintenant, il était temps de partir. Il retraversa le salon, ramassa le porte-documents à l'air innocent, prit un chapeau sombre dans le hall et quitta son appartement.

Il était alors six heures trente-cinq.

Martin Bask héla un taxi, se fit conduire au centre de la ville où il descendit à un carrefour très mouvementé, puis marcha jusqu'à une station de métro. Il prit la direction du nord et resta dans le couloir du wagon pendant le court trajet. Il descendit dans le quartier des docks. Au moment où il se retrouva dans la rue, il était sept heures moins deux, et il était à deux pas de sa destination. Il marcha un peu, usant ainsi une douzaine de minutes, puis il s'arrêta à un téléphone public et forma le numéro du commissariat de Racine Avenue. La sonnerie retentit deux fois, puis une voix répondit :

— Commissariat Racine. Bureaux des réclamations. Sergent Ledbetter.

— Je m'appelle Mangle, dit Bask. J'habite 1834 Groves Court. Pouvez-vous envoyer un agent ici tout de suite ? Il y a un homme qui rôde dans la ruelle derrière chez moi avec un revolver à la main.

— Savez-vous de qui il s'agit, monsieur Mangle ? demanda le policier. Je veux dire, est-ce un de vos voisins ou quelqu'un que vous connaissez ?

— Non, non. C'est un inconnu. Il semble attendre quelque chose... ou quelqu'un, peut-être. Je ne sais pas. Je pensais que je ferais mieux de vous en avertir.

— Très bien, monsieur Mangle, nous allons envoyer immédiatement une voiture. Vous dites 1834 Groves Court, n'est-ce pas ?

— Oui, c'est bien cela.

— Bon. La voiture sera là dans quelques minutes.

— Merci, dit Bask. Et il raccrocha.

Il quitta la cabine téléphonique et marcha vers l'endroit où il se rendait. C'était un immeuble commercial à deux étages au coin d'une rue étroite, avec un quai de chargement sur un côté. La porte d'entrée était en verre et au-dessus d'elle on pouvait lire en lettres de bronze : HORNER & PRINDLE, IMPORTATEURS.

Bask passa devant cette porte sans entrer et se dirigea vers le côté de l'immeuble où se trouvait le quai. Un rapide coup d'œil autour de lui lui apprit que personne n'était là pour observer ses faits et gestes. Il sortit les gants de sa poche, les mit, puis, avec précaution, tourna la poignée de la porte marquée *Entrée de service*. La porte s'ouvrit comme Prindle le lui avait dit, et Bask entra tranquillement.

Après avoir refermé la porte derrière lui, il marcha sans bruit le long d'un couloir, entre de hautes piles de marchandises de toutes sortes dans des caisses à claire-voie ou des cartons pour expédition par bateaux, certains ouverts, d'autres fermés, beaucoup portant des inscriptions étrangères. Dans la lumière du crépuscule qui diminuait rapidement, Bask put voir des étiquettes d'Espagne, de Hollande, d'Afrique, d'Orient... du monde entier en somme. Une affaire qui marche bien, pensa-t-il. Pas étonnant que M. Prindle en veuille la totalité au lieu de la moitié seulement.

Arrivé au bout du couloir, Bask s'arrêta et regarda à travers l'entrepôt, vers un petit bureau d'angle où brillait une lumière. Il n'y vit qu'une seule ombre penchée sur un bureau et occupée à faire des écritures sur un registre. Lentement, Bask suivit son chemin à travers d'autres cartons et d'autres boîtes jusqu'à ce qu'il fût assez près du bureau. Puis il sortit de l'ombre et se dirigea avec désinvolture vers la porte, sans plus chercher à se cacher. Au moment où il entra dans la pièce, l'homme du bureau leva la tête.

— Bonsoir, monsieur Horner, dit Bask d'un ton cordial.

— Qu'est-ce que ?... Qui diable êtes-vous ? demanda l'homme.

— Je viens de la part de M. Prindle, répondit Bask en ouvrant son porte-documents.

— Prindle ?... Comment êtes-vous entré ici ?

— Par la porte de service. M. Prindle l'a laissée ouverte pour moi. Un homme très obligeant, votre associé. Pense à tout.

La main de Bask glissa dans le porte-documents.

— Vous savez, commença Horner, si vous êtes courtier... Puis il s'arrêta et ses mots restèrent comme suspendus dans l'air quand il vit Bask sortir un revolver et le braquer sur lui.

— Il est chargé, monsieur Horner, dit Bask d'un ton d'homme d'affaires. Veuillez donc faire exactement ce qui vous sera dit et vous rendrez la chose beaucoup plus facile pour tous les deux. Vous avez compris ?

Horner s'humecta nerveusement les lèvres et hocha affirmativement la tête.

— Parfait, dit Bask. Allez à présent ouvrir votre coffre-fort. Et aussi vite que vous pourrez, s'il vous plaît.

Horner se leva et marcha vers le coffre. Il était devenu très pâle et ses mains tremblaient visiblement. Mais il parvint à s'agenouiller devant le coffre et à manipuler le cadran de façon exacte pour que le levier baissât de deux centimètres, indiquant par là que la porte pouvait s'ouvrir.

— Très bien, monsieur Horner, dit tranquillement Bask en sortant les menottes de la serviette qu'il avait posée sur le bureau. Maintenant si vous vouliez bien aller à cette chaise, vous y asseoir et mettre vos mains derrière votre dos ?

— Qu'est-ce... qu'est-ce que vous allez ?... bégaya Horner.

— Simplement vous mettre les menottes, monsieur Horner, assura Bask. Simple précaution afin que je puisse fouiller votre coffre sans avoir peur que vous tentiez quelque action héroïque.

— Vous voulez dire que... vous allez... dévaliser le coffre ? demanda Horner d'un air incrédule tout en se dirigeant vers la chaise indiquée et en s'y asseyant. Vous voulez dire que mon associé vous paie pour voler ce qui se trouve dans notre coffre ?

— Pas exactement voler, répondit Bask en passant adroitement les menottes aux poignets d'Horner. Il y a simplement quelques papiers qu'il désirerait avoir. Il m'a tout bonnement demandé de les prendre pour lui pendant que je serai ici.

Bask remit son revolver dans le porte-documents et sortit à son tour le poste de radio. Il tourna le bouton très légèrement et brancha le poste sur le concert de la station locale. Les douces harmonies du « Beau Danube Bleu » se répandirent dans le petit bureau. Bask écouta durant quelques secondes, savourant la mélodie dans un silence heureux. Puis il regarda l'heure à sa montre, s'aperçut qu'il était sept heures vingt-six et se mit à travailler.

Il ouvrit la porte du coffre et, parmi les piles de papiers qui s'y trouvaient, prit un dossier étiqueté CONTRAT D'ASSOCIATION. Puis il continua ses recherches jusqu'à ce qu'il trouvât un autre dossier portant l'inscription INVENTAIRE DE L'ACTIF, et enfin un troisième, COMPTES NON IMPOSABLES - BIENS CACHÉS. Ces trois dossiers, Bask les mit sur le bureau à côté du porte-documents. Puis il prit la mèche à feu et l'enveloppe de poudre noire, et retourna au coffre. Comme il s'agenouillait de nouveau et commençait de dérouler la mèche, Horner lui adressa de nouveau la parole.

— Je... je ne comprends pas ce que vous avez dit au sujet de Prindle, dit-il. Pourquoi vous a-t-il demandé de prendre ces papiers pendant que vous serez là. On croirait que... enfin, que vous ne faites cela que comme un extra, que vous êtes là pour... quelque chose d'autre.

— Eh bien ! oui, monsieur Horner, répondit Bask par-dessus son épaule. Vous ne pensiez sûrement pas que j'étais un voleur ordinaire ?

Horner devint encore plus pâle et essaya de mouiller ses lèvres du bout de sa langue presque aussi sèche.

— Alors, pourquoi... pourquoi êtes-vous là ?

Bask le regarda et sourit.

— Je suis ici pour vous tuer, monsieur Horner, naturellement. Vous l'aviez sûrement deviné ?

Horner avala avec bruit sa salive et faillit s'étrangler. Ses yeux s'agrandirent de peur et il secoua la tête, incrédule et horrifié à la fois.

— Allons, voyons, dit Bask. N'êtes-vous pas depuis

quelque temps un peu en désaccord avec M. Prindle à propos de l'administration de votre affaire ? Vous ne voulez pas lui donner de l'extension, changer de quartier. Sans parler, si j'ai bien compris, de quelques ennuis relatifs aux attentions que Prindle a pour Mme Horner. C'est exact, n'est-ce pas ?

Horner hocha lentement la tête.

— Oui, c'est vrai. Mais jamais je n'aurais pensé qu'il... qu'il irait aussi loin.

— Naturellement, dit Bask d'un ton philosophe, on dit qu'on ne voit jamais très bien ceux qui sont le plus près de vous. Peut-être notre optique ne fonctionne-t-elle pas bien quand nous croyons connaître quelqu'un. Je suppose que ce n'est là qu'une faiblesse humaine parmi tant d'autres.

Laissant Horner à ses pensées, Bask se remit au travail. Il déroula la mèche et lui donna la forme qui convenait à ses besoins, la plaçant en une spirale presque parfaite sur des registres posés à plat sur le rayon inférieur du coffre. Puis il prit au hasard une feuille ordinaire de papier à lettre dans l'un des classeurs et la déchira en tout petits morceaux qu'il empila soigneusement au centre de la spirale, juste à l'endroit où se terminait la mèche. Quand ceci fut fait, il déchira un coin de l'enveloppe cachetée et saupoudra le petit monticule de poudre noire jusqu'à le recouvrir presque entièrement.

En se relevant, Bask regarda de nouveau l'heure à sa montre. Il était sept heures trente-sept. Il marcha vers le bureau, décrocha le téléphone et forma un numéro. On répondit presque immédiatement.

— Commissariat Racine. Bureau des réclamations. Sergent Ledbetter.

— Ici M. Mangle, dit Bask. Je vous ai déjà téléphoné au sujet d'un rôdeur avec un revolver au 1834 Groves Court.

— Oui, monsieur Mangle, nous avons déjà envoyé une voiture...

— Je sais, je sais, interrompit Bask, c'est pourquoi je vous appelle encore une fois. Un de vos hommes a été tué et il est étendu dans la ruelle...

Il y eut un bruit sourd comme si, à l'autre bout du fil, le combiné du téléphone tombait sur le bureau. Bask sourit et doucement raccrocha. Tendant alors la main vers le poste de radio, il le brancha sur une nouvelle longueur d'onde. Remplaçant la musique, des appels de police remplirent la pièce. Bask s'assit sur un coin du bureau et attendit. L'appel d'urgence arriva en moins de trente secondes.

« Ici poste 22... Poste 22... Poste 22... Toutes les unités dans les quartiers suivants : Racine, Wabash, Halsted... Ordre aller d'urgence 1834 Groves Court... Un agent tué... Un-huit-trois-quatre Groves Court... »

Satisfait, Bask rebrancha la radio sur le concert local. Il prit alors la fiole de nitroglycérine et retourna au coffre. Il plaça l'explosif sur le rayon du haut, calant le flacon à l'aide de deux registres. Puis il alluma son briquet et enflamma la mèche à l'endroit où commençait la spirale. La mèche se mit à brûler. Au même moment, Bask regarda l'heure. Sept heures quarante-deux. Mentalement, il réfléchit : six minutes pour brûler trente centimètres de mèche, cela donnait vingt-quatre minutes ; puis la poudre noire mêlée aux morceaux de papier s'enflammerait et le choc ferait exploser la nitroglycérine qui soufflerait la porte du coffre. Il faudrait environ dix ou douze minutes pour que l'alarme soit donnée, cinq ou dix autres pour qu'une voiture-radio arrive. Il avait devant lui quarante minutes minimum. Largement le temps.

Il ferma doucement la porte du coffre, remit le levier de fermeture en place, et tourna lentement le cadran d'un demi-tour.

— Eh bien ! ça paraît marcher, monsieur Horner,

dit-il en retournant au bureau pour la dernière fois. Il ferma la radio et la mit avec les dossiers sortis du coffre dans son porte-documents. Horner émit un grognement pratiquement dépourvu d'espoir.

— Pourquoi tout ce travail avec le coffre ? demanda-t-il à Bask. Pourquoi pas une simple balle et tout serait fini ?

— Parce que je suis un professionnel, répondit Bask avec une pointe d'orgueil dans la voix. Je me spécialise dans les travaux commandés qui ne risquent pas de compromettre les gens qui me paient. Chaque cas est soigneusement étudié comme un plan d'architecte. Dans votre cas, par exemple, on croira qu'il y a eu vol à main armée. Ce sera comme si le coffre avait sauté pendant que toutes les voitures de ronde de la police répondaient à l'appel d'urgence venant de Groves Court. Vous résistez et vous êtes tué. Vous voyez ça ? Un meurtre ordinaire sans l'explosion du coffre ferait de votre associé, — et de votre femme par la même occasion — les suspects numéro un. Tandis que comme cela, vous serez abattu pendant le cambriolage. Tout est en ordre.

Bask regarda de nouveau sa montre, sept heures quarante-sept.

— Et si je vous payais plus que Prindle ne vous paie ? dit Horner d'un ton pressant. Je le pourrais, vous savez. Si vous me laissez m'en aller et que vous tuez Prindle pour moi, je... je vous donnerai la moitié de l'affaire de Prindle... et même...

Le visage de Bask devint un masque de dégoût.

— Je regrette, monsieur Horner, mais je ne travaille pas de cette façon. Le fait que mon travail soit un peu équivoque ne vous autorise pas à me croire absolument sans morale.

— Non, non, bien sûr, se hâta de dire Horner. Je ne pensais pas...

— Je sais exactement ce que vous pensiez, monsieur, coupa Bask en jetant un dernier coup d'œil à sa montre. Je dois vraiment m'en aller. Il sortit l'automatique muni d'un silencieux. — Au revoir, monsieur Horner.

— Attendez... supplia Horner. Non... non...

Mais ses mots ne servirent à rien. Bask avait déjà levé le revolver et pressait sur la gachette. Trois coups sourds... ban, ban, ban... envoyèrent trois balles dans la poitrine de l'associé principal de Horner & Prindle, importateurs, et l'association se trouva ainsi dissoute de façon indéniablement définitive.

Bask retira les menottes des poignets de l'homme effondré et laissa celui-ci tomber comme une masse sur le sol. Il enleva la chaise et la mit loin du corps, puis enferma de nouveau les menottes et l'arme dans le porte-documents.

Avant de quitter le bâtiment, il souleva un des châssis de fenêtre donnant sur la ruelle et, armé d'un marteau à panne fendue, il prit appui sur une caisse, tendit le bras et brisa un morceau de vitre en frappant de l'extérieur pour en faire tomber les débris à l'intérieur. Puis, pensant que la police serait satisfaite de découvrir comment les voleurs étaient entrés, il referma la fenêtre.

Quand il se retrouva sur le quai, il était sept heures cinquante et une et il faisait déjà noir. Il se mit à marcher d'un air détaché vers la rue qui menait à la station de métro.

Une demi-heure plus tard, assis à une table en face de M. Prindle, dans le hall du Colonial Hôtel, Martin Bask était presque aussi désinvolte qu'en compagnie de son ami Hans Klepper la veille au soir. La différence était seulement qu'avec Hans il se sentait parfaitement détendu, tandis qu'avec Prindle il y avait une légère tension due à la nervosité de ce dernier.

— Je vous en prie, essayez de vous calmer, lui

dit tranquillement Bask. Vous n'avez absolument rien à craindre. Je vous ai déjà expliqué ce qu'en penserait la police. Vous avez les dossiers que vous vouliez, ce qui vous permettra de prendre en mains l'affaire entière. Mme Horner est maintenant veuve. Vous possédez un alibi incontestable par votre présence ici et tout ce que cela vous en coûtera ce sera un dollar de pourboire. Ainsi tout est bien. C'est-à-dire, tout sauf...

— Oh ! oui, fit Prindle. Excusez-moi. Il sortit de la poche de son manteau une enveloppe bulle et la tendit à Bask. — Un assortiment, comme vous l'aviez demandé. Pas de billet au-dessus de cinquante.

— Très bien, dit Bask. Et permettez-moi d'être le premier à vous souhaiter, ainsi qu'à Mme Horner, un bonheur parfait dans votre nouvelle vie. Et, naturellement, le succès continu de la maison Prindle et Hor... je veux dire Prindle et *compagnie*, importateurs. Bonsoir, monsieur Prindle.

Bask laissa son client assis à la table, traversa le hall de l'hôtel et sortit dans la rue. Il se tenait sur le bord du trottoir cherchant un taxi quand, soudain, il reconnut un visage familier dans l'encadrement d'une porte de l'autre côté de la rue. Fronçant les sourcils, il traversa.

Hans Klepper flânait à l'entrée d'un bureau de tabac, faisant mine d'examiner un journal à la lumière d'une vitrine. Bask s'approcha de lui sans être remarqué et doucement posa la main sur l'épaule de son ami.

— Hans, quelle surprise ! dit-il. Que faites-vous ici ?

Une sorte de peur passa un bref instant, sur le visage de Klepper puis, voyant qu'il s'agissait de Bask, il sourit, soulagé.

— Oh ! Martin, c'est vous. Heureux de vous revoir

si tôt, mon garçon. J'attendais quelqu'un ici. Et, à propos, le voilà.

Bask se retourna et vit Prindle qui sortait du Colonial Hôtel.

— Vous l'attendez pour lui parler ? demanda Bask surpris.

— Non, non. Simplement pour le voir sortir. Regardez-le, Martin.

Alors Bask comprit. Il cligna des yeux et regarda Prindle marcher vers une voiture et y monter, puis chercher ses clefs et mettre le contact. La voiture démarra en direction du carrefour où elle explosa, mettant sans aucun doute son occupant en miettes.

Une énorme confusion s'ensuivit. Les gens couraient et criaient. De la fumée montait en volutes noires, des flammes dansaient.

— J'ai employé le truc habituel, dit Klepper d'un ton de professionnel. Vous savez, on perce un trou dans le réservoir avec un pic à glace, puis on attache une pierre à l'intérieur de l'une des roues arrière pour que cette pierre fasse des étincelles près de l'essence qui fuit. Un vieux truc, mais qui réussit toujours.

Bask continuait de regarder l'agitation autour d'eux.

— Qui vous a payé pour cela, Hans ? demanda-t-il, bien qu'il fût certain de le savoir déjà.

— Son associé, répondit Klepper. Un nommé Horner. Il disait que l'autre était l'amant de sa femme et qu'il voulait lui prendre l'affaire.

Bask poussa un profond soupir.

— Je me demande parfois dans quel sorte de monde nous vivons, dit-il tranquillement. Savez-vous que je viens précisément d'un rendez-vous avec votre M. Horner ? Prindle était *mon* client.

La bouche de Klepper s'ouvrit toute grande.

— Non ! s'exclama-t-il stupéfait. Ce n'est pas possible !

— Si, fit Bask.

— Extraordinaire, dit Klepper en regardant fixement la voiture qui flambait.

— Qu'est-ce que la civilisation va devenir, Hans, si des associés, des hommes qui travaillent ensemble, ne peuvent même plus avoir confiance l'un dans l'autre ? dit Bask d'une voix sombre.

— Vous devenez trop sensible, Martin, fit remarquer le vieil homme. Vous ne pouvez pas être, à vous seul, la conscience du monde entier.

Bask soupira de nouveau, à regret mais de façon décisive.

— Vous devez avoir raison, Hans. Comme toujours.

Au loin, une sirène retentit dans la nuit. Un moment plus tard, il y en eut une autre. Puis une troisième.

Klepper passa son bras autour des épaules de Bask.

— Venez, dit-il. On va faire une surprise à Anna. Elle surveillait son four quand je suis parti ce soir. Sans doute y a-t-il dedans quelque chose que vous aimez. Venez.

— Une agréable soirée avec Anna et vous est, je crois, ce qu'il me faut, dit Martin Bask.

Ensemble, les deux amis descendirent la rue tandis que les sirènes hurlaient de plus en plus fort.

Night work.

Traduction de Simone Millot-Jacquin.

AUX BONS SOINS DE HARRY WRY

par GARY JENNINGS

Ils s'étaient rencontrés au wagon-bar. Ils devaient être un peu éméchés, sinon, selon toute probabilité, ils n'eussent pas été en train de disserter sur « l'assassinat et les meilleures façons de le commettre ». Le train approchait maintenant de Grand Central et ils étaient assis côte à côte dans un compartiment « fumeurs », leurs manteaux sur les genoux.

— Moi, je ne pourrais jamais tuer quelqu'un, dit le gros homme avec un hoquet sonore. Je ne saurais par où commencer.

— C'est justement ce que j'essaie de vous démontrer, répliqua le grand jeune homme. La question n'est pas de savoir qui vous choisissez comme victime, ou comment vous vous y prenez. Mais comment vous *commencez*. Si vous mettez tous les détails au point par avance, vous pouvez prendre tout votre temps pour traquer votre gibier et vous avez tout loisir pour expédier la partie vraiment désagréable de l'histoire.

— Ça vous est déjà arrivé ? demanda le gros homme avec un certain malaise.

— Non, mais l'envie pourrait m'en venir un de ces jours. Tenez, si nous nous trouvions dans les régions agricoles du Kansas, j'établirais un processus en harmonie avec les conditions locales. Dans la toundra de l'Alaska, ma méthode serait différente. Et ici, à New York... »

— Trop de témoins de tous côtés, intervint le gros homme.

— Mais New York a bien des compensations. Par exemple, aller boire un verre chez des amis est ici une institution. Disons que j'invite ma victime à venir prendre un pot. Au cours de la soirée, je m'arrange pour renverser une bouteille sur son costume.

— Ça, en effet, ça devrait le tuer, murmura le gros homme d'un air sarcastique.

— Je lui fais mes excuses, poursuivit le jeune homme. Je lui dis de passer dans la salle de bain et de me donner ses vêtements, pour que je les sèche et les détache. Pendant qu'il est là, nu, sans défense, je fais discrètement passer le tuyau du gaz sous la porte de la salle de bain. Autre compensation offerte par New York : les salles de bain de tous les appartements sont minuscules. Cela ne demande donc guère de temps. Et il m'a déjà rendu le service de se déshabiller pour l'opération. Je n'ai plus qu'à le faire basculer dans la baignoire, le couper en tout petits morceaux et faire couler l'eau pour...

— Oh ! Seigneur ! dit l'autre, avec une grimace.

Le jeune homme sourit.

— Il se peut évidemment, que j'aie besoin de l'incinérateur pour les os et tout ça.

Le gros homme se pinçait la racine du nez entre deux doigts et cherchait à reprendre son sang-froid.

— Bon. Et comment détournerez-vous l'attention des flics ?

— Il y a plusieurs façons d'y parvenir. Pour commencer, je n'assassinerais pas un ennemi personnel, ni même quelqu'un que je connaisse. Je choisirais un inconnu.

— Vous tueriez un innocent inconnu ? s'exclama le gros homme. Au nom du ciel, pourquoi ?

— Eh bien, il n'y a, pour l'instant, personne dont j'aie envie de me débarrasser. Mais, si j'éprouvais simplement un désir de meurtre, peu importerait, en fait, le choix de la victime.

— Vous n'arriveriez jamais à vous en tirer, déclara le gros homme. Ils vous retrouveraient de toute façon. Ils vous retrouvent toujours.

— Ils essaient de trouver un coupable, c'est vrai. Mais supposez que tous les indices mènent à Harry Wry...

— Qui ça ?

L'index du grand jeune homme tapota une annonce publicitaire du journal étalé sur ses genoux.

— Harry Wry et C°. Une firme du genre « dites-ce-que-vous-voulez-nous-le-ferons ». Vous savez bien : ils font n'importe quoi, depuis la promenade du chien-chien jusqu'au rajeunissement de la grand-mère.

— Jusqu'à l'assassinat, aussi, je suppose, ironisa l'autre.

— C'est bien possible. Mais là n'est pas la question. Imaginez maintenant que je me transforme en une sorte de représentant de Harry Wry. Je fais le tour de la ville pour rassembler tout ce qui peut m'être utile dans un assassinat : du poison, une pioche, du ciment, de la chaux vive, un cercueil même, si ça me fait plaisir. Pour tous mes achats, je donne le nom de Harry Wry. Personne ne trouvera ça drôle : pour ses affaires, M. Wry doit avoir à acheter bien des instruments bizarres. Mais on s'en souviendra forcément, quand le meurtre sera découvert et que la police reconstituera le crime. Et tous ces indices épars désigneront Harry Wry.

— Cet Harry Wry n'existe probablement pas. Ce

n'est sans doute qu'un nom de fantaisie pour la firme. Comme Packard ou Remington-Rand.

— Alors, ce sera peut-être la première fois qu'une firme sera compromise dans un meurtre. Quant à moi... je n'ai aucun lien avec Harry Wry, aucun lien avec la victime ; la chose faite, je disparais et retrouve ma sécurité.

— Mais vos empreintes ? Et les commerçants, tous ces gens ? Ils peuvent vous décrire !

— Pour autant que je sache, aucun fichier ne contient mes empreintes. Et je peux porter des gants. Ils ne me gêneraient pas : autrefois, j'ai joué du piano avec des gants. Quant aux témoins, comment pourraient-ils me décrire ? Je suis trop insignifiant. Quand nous nous serons quittés depuis dix minutes, vous serez vous-même incapable de donner de moi un signalement qui ne soit pas celui d'un bon quart de million des habitants de cette ville.

Le gros homme grommela :

— Alors, qui serait la bienheureuse victime ?

— Oh ! vous connaissez bien cette vieille théorie selon laquelle certaines gens sont prédestinées à devenir les victimes d'assassins. De même que d'autres attirent les accidents — ils sont toujours en train de s'écraser le pouce ou de tomber dans l'escalier — ceux-là attirent le meurtre. Je suis persuadé que, lorsque j'aurai besoin d'un candidat-cadavre, il s'en trouvera un.

Le train fonça sous terre dans un vacarme assourdissant.

— Je commence à reprendre un peu mes esprits, dit le gros homme. Mais je ne crois pas que ce soit votre cas.

— Vous vous figurez que ce sont les martinis qui me font parler ? rétorqua le jeune homme avec une légère moue. Je vous montrerai que je suis sérieux. Je vais vraiment commettre ce crime, avec les compliments de Harry Wry. Plus j'y réfléchis, plus ça me paraît facile. Et puis, le nom me plaît — il a une petite tournure ironique[1].

— Je me trompais, décida l'autre. Vous n'êtes pas ivre ; vous êtes fou.

— Non, non et non. Sans vous, je ne me serais jamais décidé.

— Dites donc, attendez un peu ! Je n'ai pas fait de pari, ni rien de ce genre. Je ne vais pas me laisser entraîner dans une histoire aussi démente !

— Bien sûr que non. Vous ignorez mon nom et moi, le vôtre. De la sorte, je ne puis vous compromettre et vous ne pouvez me dénoncer. Je ne supporterais pas qu'il en soit autrement.

— Pour l'amour du ciel, mon vieux, laissez tomber !

En même temps que tous les passagers de la voiture, le gros homme se mit à rassembler ses affaires.

— Lisez bien les journaux, insista le jeune homme. Je vais faire de cette histoire quelque chose de particulièrement macabre : le nom de Harry Wry devrait donc s'étaler sur toutes les premières pages. Quand vous le verrez, vous saurez que j'ai prouvé ce que j'avançais.

— Vous êtes fou, dit simplement le gros homme.

Il se leva et suivit le couloir jusqu'à la plate-forme. Le jeune homme descendit derrière lui sur le quai et la foule tourbillonna autour d'eux tandis qu'ils restaient un moment à se dévisager.

— Eh bien, fit le gros homme. Au revoir et... bonne chance.

— Adieu, dit le grand jeune homme, en le regardant de biais d'un air malicieux. J'espère de tout cœur que vous n'attirez pas le meurtre.

Le gros homme s'éloigna d'un pas rapide.

Cet après-midi-là, un grand jeune homme, élé-

1. Wry : de travers, grimaçant.

gamment vêtu et portant des gants de daim gris tout neufs, étala trois cent vingt dollars en billets sur le bureau d'un sémillant subalterne d'une banque située au centre de la ville et demanda qu'on voulût bien lui ouvrir un compte courant au nom de Harry Wry. Une ou deux enveloppes portant son nom (celui de Wry) et préparées par le jeune homme lui suffirent comme pièces d'identité.

Ce même soir, tenant dans sa main gantée la page des petites annonces du *New York Times*, il explorait Greenwich Village, à la recherche des appartements meublés à louer. Il ne visitait que ceux se trouvant dans de minables petits immeubles plus ou moins retapés, situés dans des rues obscures et peu fréquentées. Les appartements étaient tous, sans exception, crasseux, sombres, malodorants et meublés, des siècles plus tôt, par des sorcières.

Celui qui eut ses préférences était une pièce de derrière, donnant sur une « cour » — un carré, enfermé entre les murs de brique aveugles de quatre autres immeubles. Derrière des rideaux, une alcôve contenait un réchaud à gaz à deux brûleurs et un réfrigérateur asthmatique sous un évier douteux.

Le concierge, qui lui faisait visiter les lieux, désigna une seconde pièce, grande comme un placard.

— La salle de bain, dit-il. Une baignoire ; pas de douche.

— C'est très bien, répondit le jeune homme, sans mentir.

— Le bail est d'un an, reprit le concierge.

— Je le prends, dit le jeune homme.

Le concierge s'en fut quelque part dans l'immeuble et revint avec l'engagement de location. Le jeune homme y jeta un coup d'œil ; c'était le contrat habituel à New York : la clause essentielle précisait que le propriétaire pouvait lui réclamer une année entière de loyer s'il déménageait avant l'expiration du bail. Ils pourraient toujours intenter un procès à Harry Wry, pensa-t-il, en apposant la signature de ce malheureux au bas de l'imprimé. Il fit un chèque pour un mois de loyer, plus un mois de « garantie », et le signa Harry Wry.

Le lendemain, il se rendit dans un grand magasin, près de sa banque et se fit délivrer un carnet d'achats en donnant sa banque comme référence. Le chef du service crédit passa un coup de fil pour avoir confirmation de la banque et ce fut tout. Quand il sortit du magasin, le jeune homme avait en poche un carnet d'achats établi au nom de Harry Wry, à l'adresse de Greenwich Village.

Il passa dans une succursale de la Compagnie Bell et demanda qu'on installât le téléphone dans son nouvel appartement. Le carnet d'achats comme pièce d'identité, un chèque du montant nécessaire pour le dépôt : le téléphone sera installé après-demain, monsieur.

Nouvel arrêt dans un autre bureau, nouveau chèque : la Consolidated Edison promit que le gaz et l'électricité allaient être immédiatement fournis à M. Wry.

Le jour suivant fut encore plus occupé. Le jeune homme se rendit d'abord au rayon « Quincaillerie » de son grand magasin ; il y acheta une scie à métaux, un ciseau, un hachoir. Il fit mettre tout cela à son compte et demanda qu'on le lui livrât dès que possible à l'adresse de Greenwich Village, aux bons soins de Harry Wry.

Il passa ensuite dans une maison de fournitures chirurgicales de Lexington Avenue ; là, un vendeur aseptisé l'aida à choisir un jeu de scalpels magnifiquement assortis, un fort davier et une scie (il avait décidé que ce genre d'instrument conviendrait mieux à son projet que la scie à métaux). Le vendeur s'abstint de tout commentaire, tandis que le grand jeune homme rassemblait ses achats, mais il avait un drôle d'air.

— Docteur Harry Wry ? demanda-t-il, en établissant la fiche de caisse.

— Non, Harry Wry, tout simplement, dit le jeune homme.

Il régla avec un chèque et, là aussi, demanda la livraison à domicile.

De là, par le métro, il alla chez un grossiste en fournitures pour restaurants, où il fit l'emplette d'une quantité de pochettes calorifugées pour envelopper les aliments. Ce sont des enveloppes en épais papier d'emballage, doublées de papier d'aluminium. Entre l'enveloppe et la doublure se trouve une couche de bourre quelconque. Dans ces pochettes, les aliments chauds restent chauds, les aliments froids restent froids. Et une denrée périssable, telle la viande, peut y être conservée pendant un certain temps ou voyager sur une distance appréciable avant de se gâter et de révéler sa présence.

La halte suivante fut pour un papetier chez lequel il acheta un certain nombre de boîtes en carton ondulé, assez grandes pour contenir les pochettes calorifugées, afin de pouvoir les poster facilement. En ces deux endroits, il paya de nouveau par chèques et demanda la livraison à domicile.

Finalement, il retourna à sa banque. Il fit, sur un bout de papier, le calcul des chèques qu'il avait distribués : 284 dollars 63. Il estima que deux dollars couvriraient les frais d'agios. Ce qui faisait 286 dollars 63 à ôter de 320. Il passa à la caisse et tira un chèque pour 33 dollars 37. A quoi bon laisser de l'argent à Harry ?

Le surlendemain soir, il avait emménagé dans l'appartement ; le téléphone était branché ; le gaz et l'électricité fonctionnaient. Il faisait très chaud, ce soir-là. Vêtu seulement d'un caleçon court et de ses gants de daim gris, il était assis à sa table et péniblement, en lettres d'imprimerie, écrivait des étiquettes pour ses cartons. Il prenait au hasard des noms et des adresses de destinataires dans l'annuaire tout neuf que lui avait donné l'employé du téléphone. Autour de lui s'amoncelaient en piles ou en paquets les pochettes calorifugées et les cartons encore pliés à plat. Sur une autre table, à la lumière d'une lampe de bureau, ses instruments brillaient d'un doux éclat.

Le téléphone sonna.

Il se retourna lentement et le regarda fixement. Personne ne savait qu'il était là, ni sous son véritable nom ni sous celui de Harry Wry. Son numéro ne se trouverait pas dans l'annuaire avant la sortie d'une nouvelle édition. Qui pouvait-ce bien être ? Les bureaux de la compagnie du téléphone, probablement, décida-t-il ; et il alla voir ce qu'on pouvait bien lui vouloir à cette heure tardive.

— Harry Wry et Compagnie ? dit une voix féminine, aiguë, nerveuse.

— Wry et Compagnie, dit-il d'une voix nette. Harry Wry à l'appareil.

— Oh ! je suis tellement heureuse d'avoir pu vous joindre, monsieur Wry, s'écria la voix plaintive. J'ai sonné et re-sonné à vos bureaux ; finalement, j'ai appelé les renseignements pour savoir si vous aviez un numéro d'appel de nuit et on m'a donné celui-ci. Je vous demande pardon de...

— Il n'y a aucun mal, madame. Wry et Compagnie assure ses services de jour comme de nuit. Que pouvons-nous faire pour vous ?

— C'est au sujet de mon petit Dickie. Voyez-vous, ma grand-tante de quatre-vingts ans est dans un état très grave, là-bas, à Richmond, en Virginie. Et Dickie a toujours été son favori ; il est né chez elle voici quatre ans et... j'ai pensé que, s'il allait la voir, cela pourrait lui faire plaisir, rendre ses derniers moments plus heureux.

— Euh... oui ?

— Mon mari et moi ne pouvons absolument pas nous absenter. Tous nos amis sont à Southampton, presque tous nos domestiques sont partis, nous n'avons personne vers qui nous tourner. Et c'est si important que Dickie aille voir grand-tante Myrtle. C'est son préféré, je crois vous l'avoir dit, elle ne l'a pas vu depuis qu'il avait un an et... on ne sait jamais... il peut y avoir une question d'héritage...

— Je vois, dit le jeune homme. Oui, tout à fait. Vous désirez quelqu'un pour accompagner... euh... Dickie. Voulez-vous me donner votre nom, madame, je vous en prie ?

— Mme Vinnie Simpson, dit-elle, en ajoutant une adresse dans Park Avenue. Tantine est si gravement malade, qui sait combien il lui reste de temps ? Il faudrait donc qu'il parte tout de suite. Nous ne pouvons courir le risque d'attendre d'avoir trouvé quelqu'un qui l'accompagne. Mais, par ailleurs je ne voudrais à aucun prix le confier à un chef de train ou à un employé pour tout le voyage.

— Naturellement pas, madame Simpson, dit-il d'un ton onctueux.

Il pensait en même temps à quel point certaines personnes attiraient le meurtre. Dickie.

— Dickie est petit pour son âge et un peu délicat, mais il est très bien élevé. Je suis sûre qu'il se conduira comme un véritable petit ange. J'espère vraiment que quelqu'un de chez vous va pouvoir...

— Pour une mission de cette nature et de cette urgence, dit le jeune homme, je ne veux pas m'en remettre à un quelconque employé. Je tiens absolument à accompagner moi-même Dickie.

— Oh ! monsieur Wry, comme c'est gentil à vous ! s'écria-t-elle avec enthousiasme. Je ne saurais vous dire à quel point je vous suis reconnaissante !

— Avec Harry Wry et Compagnie, madame Simpson, le *meilleur* service est le *service* normal. Voyons, si je comprends bien, vous préférez que je prenne le train plutôt que l'avion ?

— Grand dieu, oui ! J'ai une peur bleue des avions et je n'endurerais pas d'imager mon petit chéri dans une de ces machines, même avec vous pour le protéger.

Le jeune homme adressa un doux sourire à l'appareil téléphonique.

— Pouvez-vous venir tout de suite, monsieur Wry ? poursuivit la femme d'un ton inquiet. En vous attendant, je vais demander à M. Simpson de téléphoner pour réserver des places dans le premier train et je vais préparer Dickie.

— Fort bien, madame. Je pars à l'instant.

Il raccrocha et alluma une cigarette d'un air méditatif. Il jeta un coup d'œil aux instruments tranchants bien alignés sur la table ; puis tourna les yeux vers les étiquettes déjà rédigées : vingt-neuf jusqu'à présent. Un enfant de quatre ans. Le travail en serait simplifié, naturellement, et les gros titres seraient sensationnels, mais y aurait-il de quoi envoyer à toutes les adresses ?

En arrivant au magnifique appartement des Simpson, il le trouva en pleine tornade. Une femme de chambre surmenée allait et venait, les bras chargés de tricots et de toutes sortes d'objets. Le monsieur tout décoiffé qui l'avait accueilli, Simpson père, probablement, fumait un cigare tandis que deux ou trois autres se consumaient dans des cendriers épars.

— Asseyez-vous, monsieur Wry, dit-il en agitant son cigare qui éparpilla ses cendres alentour. Ma femme termine la valise de Dickie.

— Inutile de précipiter les choses, monsieur », dit le jeune homme en se laissant aller dans une bergère. Je me suis renseigné : le premier train ne part que dans une heure.

— Oui, acquiesça M. Simpton. C'est dans celui-là que j'ai loué pour vous. Un compartiment réservé. Les billets, à votre nom, vous attendent à la gare. Voulez-vous que notre chauffeur vous y conduise ?

— Oh ! ce n'est pas la peine, monsieur, dit le jeune homme, vivement. Je... euh... mon propre chauffeur m'attend en bas.

— Bien. Parfait, approuva M. Simpson en allumant un nouveau cigare. Si nous parlions de vos honoraires...

— Sans compter le prix du voyage, dit le jeune homme en sortant de sa poche une feuille de papier couverte de chiffres, cela fait deux cent quatre-vingt-six dollars et soixante-trois cents, plus les frais de route imprévus. Si vous préférez payer d'avance, ces frais seront compris.

— C'est honnête, on ne peut plus honnête, marmonna M. Simpson. Je vais vous donner la somme tout de suite. Je ne voudrais pas que vous soyez ennuyé en route, si par hasard Dickie avait besoin de quelque chose.

Il sortit de la pièce.

D'un autre coin de l'appartement parvenait la voix aiguë de Mme Simpson, implorant Dickie de se tenir tranquille pendant qu'elle lui passait son sweater. La femme de chambre apparut avec une petite valise. Elle la posa près de la porte d'entrée et dit au jeune homme :

— Il y a là tout ce dont il aura besoin, monsieur. On a déjà tout préparé là-bas.

Le jeune homme la remercia d'un signe de tête et d'un gentil sourire.

Mme Simpson entra et le salua.

— Mon petit Dickie sera là dans un instant, l'informa-t-elle d'un ton d'excuse. Il a fallu d'abord qu'il aille au po-pot. Il est nerveux, vous savez ce que c'est. Je ne puis vous dire, monsieur Wry... c'est tellement bien de votre part. Et je suis sûre que Dickie est entre de bonnes mains, avec vous. Vous en prendrez soin, n'est-ce pas ?

— Mon second prénom est Prudent, madame, dit-il en souriant, tandis que Mme Simpson disparaissait de nouveau dans la pièce voisine.

— Alors, tu vas être très gentil, n'est-ce pas, Dickie ? dit-elle.

Il y eut un murmure qu'on pouvait prendre pour une réponse affirmative.

— Et tu ne donneras aucun mal à M. Wry ?...

Autre murmure.

— Très bien. Dickie s'en va, maintenant... Il va voir la chère tantine Myrthe, qui l'aime tant.

M. Simpson reparut et tendit une liasse de beaux billets verts. Le jeune homme les rangea dans son portefeuille et, à ce moment, Mme Simpson sortit de la pièce voisine, menant en laisse un petit caniche noir, frisé, grimaçant, vêtu d'un sweater.

Un peu plus tard :

— N'était mon sens de l'humour particulièrement aiguisé, disait le jeune homme à Dickie en montant dans le train, je ne verrais probablement rien de drôle dans cette histoire.

Et, pendant tout le voyage jusqu'à Richmond, il ne cessa de rire.

« C/O Harry Wry ».
Traduction de Renée Tesnière.

AUTO-STOP

par ALLEN KIM LANG

Partant de ce principe que tout homme ayant fait l'économie d'une voiture doit avoir de quoi s'acheter un revolver, Eugene Montooth ne prenait jamais d'auto-stoppeurs sur la route. C'est pourquoi il pressa sur l'accélérateur lorsqu'il aperçut devant lui, à une certaine distance, une mince silhouette pointant le pouce en direction de l'est.

L'auto-stoppeur laissa retomber son bras et ses lèvres s'agitèrent comme s'il marmonnait un juron. Puis il fit rapidement quelques pas en avant qui l'amenèrent presque sur le pare-chocs.

Montooth donna un violent coup de volant à gauche, parvenant ainsi à éviter le vagabond qui, tel un torero impavide, suivit la voiture des yeux. La circulation, fort heureusement était faible. Furieux, Montooth freina et fit faire demi-tour à sa voiture. Arrivé près de sa victime manquée, il baissa la vitre.

— Vous n'êtes pas un peu cinglé ? aboya-t-il.

L'autre courba la tête, le regard fixé sur ses souliers couverts de poussière.

— Je m'excuse, dit-il.

— Jusqu'où allez-vous ?

— Jusqu'où je pourrai.

Montooth examina l'homme. Il n'était pas rasé et n'avait pas dû mettre les pieds chez le coiffeur depuis au moins deux mois. Son aspect mal soigné trahissait l'homme habitué à coucher dans les asiles de nuit et à faire la queue aux soupes populaires. Les coudes de son veston de coutil étaient troués et les manches effilochées.

— On ne peut pas refuser de prendre en voiture un homme qui en a besoin au point de sauter sur un pare-chocs, dit Montooth. Montez.

Il attendit que son hôte se fût installé et tendit le bras pour fermer le verrou.

— Mettez la ceinture de sécurité ! dit-il.

L'auto-stoppeur passa les mains derrière son dos maigre pour sortir les courroies qu'il boucla autour de sa taille.

— Ça va comme ça ? questionna-t-il.

— C'est parfait. Montooth démarra en flèche. Vous auriez pu vous tuer. Et moi avec.

— Je vous ai dit que je m'excusais.

— Je n'aime pas m'exposer inutilement au danger, maugréa Montooth.

— Alors pourquoi m'avez-vous fait monter ?

Montooth lui jeta un coup d'œil de côté.

— Vous n'êtes pas dangereux.

— Non, en effet, reconnut l'auto-stoppeur en croisant les mains sur sa ceinture de sécurité. Il ajouta : je m'appelle Bob Smith.

— Gene Montooth.

— Il y a près de cinq heures que j'étais là, monsieur Montooth. Je commençais à désespérer.

— Vous avez eu des ennuis dans votre dernière résidence ?

— Le sherif d'Elkhart prétendait que ma seule présence en ville faisait baisser la valeur des immeubles.

— Vous êtes à sec ? s'enquit Montooth.

Smith se mit à fourrager laborieusement dans sa poche. Il en retira quelques pièces qu'il regarda comme si chacune d'elles était une vieille connaissance.

— Douze dollars et un ticket d'autobus d'Oklahoma City, dit-il en rempochant son maigre trésor.

— On dirait que vous avez fait un bout de chemin ?

— Pas assez ! répliqua Smith. Jamais réussi à laisser la poisse derrière moi. Dites-moi, combien de Bob Smith avez-vous rencontrés avant moi ?

— C'est un nom assez répandu, admit Montooth.

— Il y en avait douze dans le patelin que je viens de quitter. Chaque fois que j'arrive dans une nouvelle ville, je regarde dans l'annuaire téléphonique.

— Pour vous, les Bob Smith forment une sorte de confrérie, si je comprends bien ?

— C'est une vraie malédiction de porter ce nom-là.

— Cigarette ?

— Merci ! dit Smith en se servant.

— Le dernier Bob Smith que j'ai connu, réfléchit Montooth était colonel dans mon escadrille.

Il se tut pour croiser un camion dans la remorque duquel s'entassaient des vaches beuglant désespérément.

— Colonel ? dit Smith. Tout ce que j'ai rencontré comme gradé portant mon nom, c'était un caporal. Bien entendu, il s'est fait tout de suite bousiller. Qu'est-il arrivé à votre colonel ?

— Eh bien, un jour qu'il revenait de passer un week-end à Wellington et qu'il avait la gueule de bois, il a écrasé son B. 25 dans le cimetière de Sainte-Rita. On n'a eu que quelques coups de pelle à donner pour qu'il se trouve chez lui.

— Ça, c'est bien la veine des Bob Smith, opéra l'auto-stoppeur les épaules voûtées en glissant les mains entre ses genoux. N'importe quel colonel

portant un nom convenable aurait écrasé son avion à côté d'un orphelinat rempli de gosses ; et sa veuve aurait eu droit à une médaille.

— La malédiction des Smith ! sourit Montooth.

— Vous rigolez, mais c'est pas de la blague. Mon père s'appelait Bob Smith, comme moi. Vous ne pouvez pas savoir ce qu'il en a vu dans sa vie.

Montooth fit disparaître sa cigarette dans le cendrier.

— Sur le siège arrière, il y a une boîte blanche qui contient du poulet. Voulez-vous la passer par ici ?

Smith s'exécuta.

— Servez-vous ! l'invita Montooth en choisissant lui-même un pilon. J'ai pris un casse-croûte pour ne pas avoir à m'arrêter en route.

Smith s'empara d'une aile. Ses mains tremblaient. Montooth baissa la vitre et jeta son morceau de poulet.

— Je n'ai pas faim, dit-il. Mais mangez tranquillement, Smitty !

— Merci beaucoup, monsieur Montooth ! Smith se mit à déchirer l'aile d'une dent avide, puis il prit un autre morceau. Hmmm ! c'est bon ! grogna-t-il.

— Vous avez l'air de croire drôlement à la chance, dit Montooth. La chance est capricieuse, Smitty. Vous est-il arrivé de jouer ?

— Une fois, au craps. J'ai tout perdu, jusqu'à ma plaque d'identité.

— La chance tourne toujours un jour ou l'autre. Regardez-moi, Smitty ! J'ai une femme, des gosses charmants, une voiture qui ne doit rien à personne et une belle maison libre de toute hypothèque. Ça a l'air pas mal, n'est-ce pas ?

— Vous vous êtes probablement donné du mal pour en arriver là.

— En effet. Lorsque j'ai quitté l'Armée de l'Air, je possédais six cents dollars. Mon assurance sur la vie m'en a versé quatre mille. Je me suis associé avec un vieux copain, un camarade d'escadrille. Nous avons mis en commun tout ce que nous avions et ouvert un magasin de surplus à South Bend. Nous avons vendu des tas de couvertures vert olive plus ou moins décolorées aux jeunes mariés puis nous avons décidé de nous lancer pour de bon. Nous nous sommes approvisionnés à crédit en grille-pain, rasoirs électriques, etc. et nous avons créé un Centre d'achats que nous avons hardiment baptisé Les Grands Magasins Kiwi.

— Je connais, approuva Smith.

— Actuellement, il en existe une douzaine, Smitty. Xavier et moi — Xavier, c'est mon associé — nous faisons dans les trois quarts de million par an. On peut appeler ça de la chance, pas vrai ?

— Oui, c'est quelque chose... Vous permettez ? dit Smith, la main sur une carcasse de poulet.

— Finissez-le ! répondit Montooth. Je n'ai absolument pas faim. Il alluma les codes. Oui, Smitty, une belle réussite. Un joli coup de chance sur tous les tableaux.

— Profitez-en. Ramassez tout ce que vous pouvez pendant que ça marche !

— J'en ai profité, Smitty. Trop longtemps. Vous savez ce que c'est qu'être associé à un copain ?

— Tout ce que j'ai est à toi. Tout ce que tu as est à moi, répondit Smith. C'est bien ça ?

— Jusqu'à une certaine limite. Supposez, Smitty, que vous possédiez une affaire fonctionnant comme une vraie planche à billets et que vous découvriez un beau jour que votre associé n'a cessé de tripatouiller la comptabilité avant de vous la montrer. Qu'est-ce que vous diriez ?

— Que c'est moche. Surtout que ce M. Xavier a été votre camarade de guerre.

— Cinquante mille dollars, dit Montooth. Un trou de cinquante mille dollars. Ce qui revient à dire que toute la chaîne des Magasins Kiwi ne tient debout qu'avec de la fausse monnaie. Qu'est-ce qu'il nous reste à faire, Smitty ? Passer l'éponge et recommencer avec les surplus de l'Armée ?

— Je suis navré pour vous.

— Ce n'est pas tant la question d'argent, remarquez. Nos femmes se sont liées d'amitié. Mon petit Mike — qui fait son service dans la Marine — emmène Mary Xavier au cinéma chaque fois qu'il vient en permission. Les Montooth et les Xavier jouent au golf ensemble, se rencontrent à toutes les fêtes et à toutes les soirées. A présent, ça va être la prison pour un des associés et, pour l'autre, le garni.

Smith reposa la boîte vide sur le siège arrière.

— Je ne sais pas ce qui vaut le mieux, remarqua-t-il. Faire la culbute après avoir eu de la chance, comme vous ; ou bien n'avoir connu que la mouise depuis le début, comme moi.

— Votre chance va tourner, Smitty, assura Montooth.

— Non. Je ne suis plus dans la course.

— J'aimerais pouvoir en dire autant. Notre inventaire ne couvre pas le tiers de nos dettes. Les Magasins Kiwi vont s'effondrer comme un pont dans le béton duquel on a mis trop de sable. Et que vont devenir les gosses du voleur ? Sa femme ? Un homme qui escroque son ami de cette façon ne mérite guère de pitié, c'est vrai ; mais pensez un peu aux innocentes victimes de son escroquerie !

Bob Smith hocha la tête.

— Ah ! la vie n'est pas drôle ! dit-il.

— Non, elle n'est pas drôle.

Montooth mit les phares car il faisait de plus en plus sombre. La route, jalonnée de panneaux de publicité, décrivait une longue courbe à travers la forêt de pins.

— Smitty, peut-être que, dans ma culbute, je pourrais vous aider à vous relever.

— Au point où j'en suis, il n'y a plus d'aide possible, dit l'auto-stoppeur.

— Même cinq cents dollars, ça ne vous aiderait pas ?

— Ça représente pas mal de poulets rôtis, admit Smith.

— Regardez dans la boîte à gants, dit Montooth sans quitter la route des yeux.

Il passa en code pour croiser un tracteur dont la remorque, chargée d'autos, dessina brièvement un ruban de taches rouges et jaunes pareil à un poisson phosphorescent filant dans les profondeurs marines.

— Alors, Smitty, qu'est-ce que vous attendez pour l'ouvrir ?

Bob Smith appuya sur le bouton. A l'intérieur de la boîte à gants, il y avait un petit revolver à canon court posé sur un jeu de cartes routières.

— Prenez-le ! dit Montooth sans regarder.

— Il est chargé ? questionna Smith.

— Bien sûr. En avez-vous déjà manipulé un ?

Smith prit le revolver dans sa main.

— Un jour, répondit-il, j'en ai trouvé un. J'ai essayé de le mettre au clou. Mais le prêteur, en me voyant entrer, a cru que c'était une attaque à main armée. Ça m'a valu trois jours de taule et une mâchoire en compote. Et le plus rageant, c'est que les flics n'ont même pas voulu me le rendre.

Montooth appuya sur l'accélérateur.

— Cinq cents dollars. Personne ne connaît Bob Smith. Personne ne se demande où il peut être. Cinq cents dollars, Smitty ! Exempts d'impôts. Et ce n'est pas moi qui vais vous vendre !

Smith examina le revolver à la lumière du tableau de bord.

— Non, dit-il. Même pendant la guerre, je n'a

jamais tué personne. Je n'ai pas l'intention de commencer maintenant.

Le vent de la nuit sifflait contre les vitres. De temps en temps, passait en trombe une voiture filant vers le sud.

— Réfléchissez bien, Smitty ! Nous avons tout le temps.

— C'est tout vu pour moi, monsieur Montooth, dit Smith en serrant nerveusement le revolver sur ses genoux.

— Une simple pression du doigt et ce petit engin fait tout le travail, Smitty. On vous offre cinq cents dollars pour une toute petite pression du doigt.

— Non, monsieur Montooth. Un meurtre ? Pas question ?

— Et vous croyez que ce ne serait pas un meurtre d'envoyer en prison pour dix ans un homme qui a passé la quarantaine ? Tandis que, de cette façon... S'il est tué par un inconnu, l'argent payé par l'assurance pourra servir à sauver les Magasins Kiwi, et sa famille par la même occasion. En fin de compte, ce serait une chance pour lui — et pour vous.

Une lumière rouge surgit dans le rétroviseur.

— Les flics ! dit Bob Smith.

— Remettez le revolver à sa place ! ordonna Montooth. Smith se dépêcha d'obéir et claqua le couvercle de la boîte à gants. Montooth freina et s'arrêta sur le bord de la route. La voiture de police doubla et stoppa devant lui.

Montooth baissa la vitre. Un policier dont la manche s'ornait de trois chevrons s'approcha. Un autre, la main posée sur sa ceinture, resta debout près du chauffeur de la voiture de police.

— Veuillez descendre ! dit le sergent. J'aimerais jeter un coup d'œil sur votre permis de conduire et sur votre carte grise.

Montooth passa la main derrière le pare-soleil

pour retirer les papiers de la voiture. Il déverrouilla la portière et ouvrit. Bob Smith cligna des yeux lorsque s'alluma le plafonnier.

Le sergent prit les papiers qu'on lui tendait et les éclaira avec sa lampe de poche.

— Eugène Montooth, South Bend, lut-il « Qui est votre passager, monsieur Montooth ?

— C'est un de mes employés. Stan Kovalsky.

— Je constate que M. Kovalsky et vous avez mis vos ceintures de sécurité. C'est une sage précaution, monsieur Montooth, mais elle ne vous autorise pas à faire du cent dix. La vitesse limite est ici de quatre-vingt-dix.

— Je vous prie de m'excuser, Sergent. La route était presque déserte et j'ai eu le pied un peu lourd sans m'en rendre compte.

De sa poche-revolver, le policier sortit un bloc-notes et inscrivit le nom et l'adresse de Montooth à qui il rendit ses papiers.

— Pour cette fois, ce ne sera qu'un avertissement. Mais tâchez dorénavant d'être plus prudent. Vous pourriez tamponner quelqu'un qui roule sans ceinture.

Il éteignit sa lampe électrique.

— Bonsoir, monsieur Montooth ! Monsieur Kovalsky !

Smith marmonna une réponse. Montooth remonta dans la voiture, ferma la vitre et remit sa ceinture.

— J'attendais le moment où le flic allait entendre battre votre cœur et nous embarquer tous les deux. Vous avez eu peur, Smitty ?

— S'il m'avait pris avec ce revolver dans les mains...

— Il ne vous a pas pris. Alors pourquoi vous en faire ?

— En tout cas, vous avez bien fait de me donner un faux nom. Quand un flic apprend que vous vous appelez Bob Smith, il s'imagine tout de suite avoir vu votre binette affichée au bureau de poste avec promesse de récompense.

Montooth démarra et suivit la voiture de police jusqu'à ce que celle-ci s'écartât de la grande route. Il remit alors les phares et prit soin de ne pas dépasser le quatre-vingt-dix.

— Revenons à notre affaire, dit-il.

L'auto-stoppeur s'agita sans arriver à proférer un mot. Montooth le regarda à la dérobée.

— Vous craignez d'avoir été repéré ? Il n'a même pas dirigé la lampe sur vous.

— Oui, mais il m'a bien vu quand le plafonnier s'est allumé.

— Et alors ? Un coup de rasoir, des habits neufs, et vous serez un autre homme. Vous pouvez être tranquille sur ce point-là.

Brusquement, Smith se décida. Il rouvrit la boîte à gants et prit le revolver.

— Après tout, je n'ai rien à perdre. Okay, monsieur Montooth ! Marché conclu !

— Parfait !

Montooth sortit son portefeuille dans lequel il remit son permis de conduire et le tendit à son voisin :

— Prenez cinq cents dollars, Smitty !

L'auto-stoppeur se pencha pour compter les billets à la lumière du tableau de bord.

— Il y a dix billets de cinquante et un de cinq, fit-il observer. Ça ne va pas vous laisser grand-chose.

— Ne vous inquiétez pas de ça. Je peux toujours faire un chèque.

Smith enleva son soulier droit et y tassa les billets. Puis il se rechaussa et tapa du pied.

— Je vais marcher un peu plus haut de ce côté-là, remarqua-t-il.

Il rendit le portefeuille à Montooth.

— Dans combien de temps arriverons-nous ?

— Dans quelques minutes. Montooth secoua son

paquet de cigarettes pour en faire sortir une puis le tendit à son compagnon.

— A quoi est-ce qu'il ressemble, ce Xavier ? demanda Smith.

— Xavier ? Oh !... Il est gras et chauve. Le genre de type qui enrichit les docteurs avec sa maladie de cœur ou son ulcère à l'estomac.

— Il a des gosses ?

— Juste une fille, Mary. C'est elle qui sort avec mon fils. Vous allez lui rendre un fameux service, Smitty. Comme je vous l'ai dit, avec l'argent de l'assurance les Magasins Kiwi vont pouvoir tenir le coup.

— Et la veuve ?

— La veuve ?... J'ai du mal à imaginer Winnie veuve. Oh ! ça s'arrangera aussi pour elle. On la prendra comme associée, du moment que l'argent volé sera remboursé.

— Est-ce qu'on arrive bientôt ? demanda Smith qui reposait à chaque instant le revolver pour essuyer la sueur de ses mains. C'est encore loin ?

— Tout de suite après le premier tournant, répondit Montooth en ralentissant. Nous y voici !

La voiture quitta la route et s'engagea en cahotant sur un chemin de terre qui s'enfonçait dans l'obscurité boisée.

— Je n'aurais pas dû toucher à ce poulet. Je ne me sens pas bien.

— Moi non plus, dit Smith. Il me tarde que ce soit terminé.

Ils défirent leurs ceintures et descendirent, laissant le moteur tourner au ralenti. Les phares braqués sur le chemin éclairaient les arbres les plus proches.

— Où est la maison ? questionna Smith. Où est-ce qu'il habite, ce Xavier ?

— A Chicago, répondit Montooth. Pourquoi ?

Bob Smith se retourna :

— Vous voulez dire que c'est une farce ?

— Non, ce n'est pas une farce, Smitty. Et ne vous avisez pas de battre en retraite, maintenant ! Je vous jure que je vous rosse à mort si vous tentez de vous défiler.

— Qui est-ce qui essaie de se défiler ? Vous m'avez payé pour tuer Xavier. Où est-il ?

Montooth se tenait debout devant sa voiture, la main sur les yeux.

— Pas Xavier, Smitty. Je vous ai payé pour tuer l'homme qui a trompé son meilleur ami, qui a presque ruiné deux familles. Je vous ai payé pour tuer le voleur, Smitty. *Moi* !

Les yeux rivés sur Montooth, Smith serra le revolver dans sa main.

— Je suis prêt, dit Montooth. Dépêchez-vous, Smitty ! Je vous en prie. Je vais être malade.

— Et la voiture ?

— Fichez le camp avec et abandonnez-la dans la première ville. Dépêchez-vous, je vous en supplie ! Dépêchez-vous !

— Je suis désolé, monsieur Montooth, dit Smith.

Il leva le revolver et pressa sur la détente. Montooth s'écroula. L'auto-stoppeur s'approcha du corps et tira encore cinq fois. Puis il fourra le revolver dans la poche de son veston de coutil et retourna vers la voiture.

Il s'éloigna en marche arrière jusqu'à ce que le corps étendu entre les deux ornières ne fût plus éclairé par les phares. Alors seulement, il s'arrêta pour laisser son cœur se calmer un peu. « Il le fallait », se dit-il. Il boucla la ceinture de sécurité et repartit jusqu'à la grande route où il redressa pour filer en direction du nord. C'était comme si les cinq cents dollars contenus dans sa chaussure faisaient peser son pied sur l'accélérateur. Quatre-vingt-dix kilomètres à l'heure. Cent dix. Il baissa la vitre de son côté et, en pesant sur la ceinture de sécurité, arriva à se pencher suffisamment pour actionner celle de droite. L'air lui frappa la figure comme s'il jaillissait d'une lance d'arrosage. Cent vingt. Un camion passa comme un bolide sur la gauche après avoir vainement fait des appels de phares. La route ressemblait à un vertigineux tunnel au sol blanc creusé dans la nuit.

Tout à coup, une lueur rouge se mit à danser dans le rétroviseur tandis que le hurlement du vent était couvert par celui d'une sirène. Smith sourit. Son pied lâcha l'accélérateur et se posa sur la pédale du frein. La plainte du vent s'éteignit. La voiture s'arrêta avec un sursaut au bord du talus. Bob Smith coupa le contact, défit sa ceinture et sortit, les mains en l'air.

Le sergent était déjà hors de la voiture de police. Il s'avançait, sa lampe électrique dans une main, un revolver dans l'autre. Il dirigea la lumière sur le visage de Smith.

— Kovalsky ? dit-il.

— Mon nom est Smith. Bob Smith.

— Où est M. Montooth ?

— Là-bas, dans le bois. Je viens de le tuer. Vous trouverez le revolver dans ma poche.

— Bud ! cria le sergent. Viens surveiller ce type-là !

L'autre policier s'approcha, l'air méfiant, le pistolet solidement braqué. Le sergent ne fut pas long à trouver l'arme.

— Pourquoi l'avez-vous tué, Kovalsky ?

— Pour le voler. J'ai mis l'argent dans mon soulier droit.

Il leva le pied, se déchaussa et sortit les billets qu'il tendit au policier.

— Bud, monte dans sa voiture et suis-nous ! dit le sergent. Kovalsky, vous allez nous montrer où vous avez laissé M. Montooth.

Dans la voiture de police, Smith s'entoura soigneusement de la ceinture de sécurité. Le policier ricana :

— On ne prend jamais trop de précautions !

— Oh ! je sais parfaitement ce qui m'attend, répliqua Smith. Mais ça ne me fait rien de mourir, pourvu que ce ne soit pas comme mon père. Cloué dans son lit avec un visage ravagé par la souffrance. Pendant trois ans ! Trois ans qu'il a mis pour mourir ! La chaise électrique est moins dure que ça.

— Ah ! bon ! Vous comptez sur l'État pour mettre fin à vos misères ?

— Prenez à gauche après le premier tournant ! dit Smith. Oui, sergent, c'est exactement ça. Ma seule idée, c'est d'en finir. Je ne me nourris plus que de sucreries et je perds la mémoire. C'est comme ça que ça a commencé pour mon père. Je suis atteint du même mal que lui. Et trois années de martyre, je ne me sens pas le courage de supporter ça. J' n'ai pas non plus le courage qu'il faudrait pour me suicider. Non, je n'ai même pas cette chance-là. Il y a des gens qui ont besoin qu'on les aide à mourir. Je suis de ceux-là. Comme...

— Comme ?

— Comme un type que j'ai connu autrefois.

La voiture de police vira et se mit à danser sur les bosses du chemin de terre. Elle roula lentement jusqu'à ce que le faisceau des phares heurtât la forme étendue entre les ornières. L'autre voiture, conduite par le policier nommé Bud, rejoignit la première et s'arrêta derrière elle. Tout le monde descendit. Le sergent alluma sa torche électrique pour éclairer le corps de Montooth et l'éteignit aussitôt.

— Tu peux appeler, Bud, dit-il. Puis il se tourna vers Smith : Ainsi vous l'avez tué parce que vous vouliez mourir ? Vous avez foncé sur la route pour vous faire arrêter par la police. C'est bien ça, Kovalsky ?

— Je m'appelle Bob Smith, dit l'auto-stoppeur. Permettez-moi de mourir sous mon vrai nom, sergent. Ce sera une mort propre. Un véritable soulagement.

Le policier secoua la tête.

— Pour ce genre de soulagement, vous êtes un peu trop monté vers le nord, Kovalsky. Si vous teniez tant à la chaise électrique, il fallait tuer Montooth quand vous étiez encore dans l'Indiana. Il y a environ une heure que vous avez franchi la frontière du Michigan ; et, dans cet État, les assassins finissent leurs jours en prison.

Highway man.
Traduction de Michel Beauquey.

LA DIVE BOUTEILLE

par TOM MACPHERSON

Je n'ai jamais fait partie de la police, mais les étrangers me prennent parfois pour un flic. L'une des raisons de cette méprise est peut-être l'habitude que j'ai de me balancer sur les talons quand j'attends quelque chose. C'est ce que je faisais lorsque ce type est sorti de la ruelle, en cavalant comme un lièvre. Je l'ai arrêté avant qu'il ne me flanque par terre.

— Êtes-vous... où puis-je trouver un agent de police ? bredouilla-t-il.

Il avait bien cinq centimètres de plus que moi — qui mesure un mètre soixante-douze — mais il paraissait petit. Et affolé. Avant d'avoir fini sa phrase, il se retourna et jeta un coup d'œil vers la ruelle. Je répondis :

— Il n'y a pas de commissariat dans le voisinage, mais vous pouvez appeler un flic par téléphone. Il y a sûrement un poste d'appel dans le bar.

Il me dévisagea, regarda de nouveau dans le passage, puis désigna le bar d'un signe de tête.

— Vous croyez qu'il y a beaucoup de gens là-dedans ?

— Il y aura au moins le barman, moi et vous, lui dis-je. Ça fait déjà trois. Et j'ai l'impression que vous avez autant besoin d'un barman que d'un flic.

J'omis de lui dire que pour moi aussi, la bouteille avait son charme.

Un moment passa avant qu'il ne répondît d'une voix plus basse de plusieurs octaves.

— Quelqu'un me poursuit. J'ai prévenu la police, mais je ne connais même pas le nom du type. Il veut me tuer.

Il ne s'adressait pas vraiment à moi. On avait l'impression qu'il racontait une histoire à laquelle il avait lui-même du mal à croire.

— Ce qu'il vous faut, affirmai-je, c'est le barman.

Et je l'entraînai fermement vers le café.

C'était un bar de quartier, sombre et lambrissé, sans lumières crues ni fioritures en chromé. Sans doute parce que c'était lundi soir, il n'y avait que cinq clients, quatre hommes et une femme qui s'étaient massés tout près de la porte. Nous allâmes jusqu'au bout du comptoir, où le barman nous suivit. Chacun de nous posa un billet de cinq dollars et mon nouvel ami commanda du whisky. Je dis :

— La même chose. Et laissez-nous la bouteille.

Le barman emplit les verres et alla rejoindre l'autre groupe.

Mon ami était tout disposé à déverser son histoire dans n'importe quelle oreille plus complaisante que celle d'un agent de police. Cette oreille, c'était la mienne. La plupart des gens n'auraient pas cru un mot de son récit, mais j'étais aussi disposé à l'écouter que je l'avais été à entrer dans ce bar.

***

Il s'appelait Everett Binner, et il était dépanneur dans une fabrique d'appareils électriques. Il voyageait beaucoup et, comme il transportait tout un fourbi d'outils, de tubes, de transistors et de matériel électronique, il se déplaçait généralement en voiture. Ce fut en s'arrêtant pour dîner dans un restaurant qu'il devint une bête traquée.

Il avait commandé un bourbon et un steak haché et il buvait sa première gorgée d'alcool lorsque la fille entra. Elle n'était pas du genre qui fait tourner la tête des hommes sur son passage, mais elle était plutôt jolie. Brune, un mètre soixante, un peu trop mince. Mais si Binner la remarqua, c'est parce qu'il y avait des larmes dans ses yeux rougis et qu'elle marmonnait entre ses dents. Il songea qu'elle devait continuer à dire sa façon de penser à la personne qu'elle venait de quitter. Elle se dirigea vers le bar, se ravisa, et s'affala devant une table. Elle jeta un coup d'œil furieux à Binner, qui rougit et plongea le nez dans son verre.

— Excusez-moi, l'entendit-il déclarer, avant même qu'il se soit rendu compte qu'elle s'était assise à sa table. Je ne voulais pas calmer mes nerfs sur vous.

Le garçon s'avança, ne sachant s'il fallait servir deux clients ou en flanquer un à la porte. Il interrogea Binner du regard et Binner se dit qu'il serait plus aisé de parler au garçon qu'à la fille.

— Apportez ce qu'elle désire à cette dame, dit-il.

— M'dame ? fit le garçon, en s'approchant d'elle.

Elle hésita, les yeux fixés sur Binner, puis dit sèchement :

— Un double whisky. Sec.

Avant l'arrivée du steak de Binner, ils avaient tous deux bu un second verre et tandis qu'il mangeait, elle s'en enfila deux autres encore. Quand elle suggéra d'aller dans un endroit plus animé, Binner accepta, sans savoir au juste quelle idée il avait derrière la tête.

La fille insista pour conduire. Sa Cadillac décapotable, de l'année précédente, était en harmonie avec elle. De la classe avec un soupçon de vulgarité.

Elle s'était excusée d'une voix douce et cultivée, après avoir dévisagé Binner d'un air furibond, mais elle avait glapi sa commande au garçon. Sa robe était un peu trop fleurie, mais apparemment faite sur mesure. Elle se nommait Marcia, mais elle ajouta bientôt : « Appelez-moi Marcy. »

Marcy ou Marcia, elle roulait un peu trop vite au gré de Binner. Au bout de quelques kilomètres, elle quitta la grand-route et ils traversèrent en trombe une ville mal éclairée. Un chat bondit du trottoir de gauche au moment même où un flic descendait d'une voiture, parquée à droite. Marcia ne vit que le chat. Elle donna un coup de volant et le policier sauta, mais le pare-chocs le projeta sur le trottoir.

— Arrêtez, Marcy ! hurla Binner. Vous avez heurté un flic.

Elle n'arrêta pas, mais elle ralentit. Quand elle finit par stopper, ils étaient à quinze cents mètres de l'endroit où la voiture avait renversé le policier. Marcy se tourna vers Binner, se mordit les lèvres et dit :

— Le commissariat est en bas de cette rue. On ferait peut-être mieux d'y aller.

Le commissariat consistait en un bureau encombré et un poste émetteur-récepteur, dans un coin d'une vieille construction en bois. Au même étage se trouvait la salle du tribunal et le système d'alarme des pompiers était installé en face du poste de police. Quand Binner et Marcy entrèrent, un vieux gradé, en bras de chemise disait dans un microphone :

— Peut-être que tu ferais mieux de t'arrêter chez le docteur Bardy pour qu'il t'examine. Ce serait plus prudent.

Binner et la fille échangèrent des regards soucieux, et Marcia bredouilla :

— J'espère que je ne l'ai pas blessé, Chef. Était-ce Pete ?

Le chef jeta à Marcia un coup d'œil de biais et reprit le micro :

— Pete, dit-il, c'était bien une Cadillac décapotable, exactement comme celle de Marcia Bellman. Exactement pareille ?

Malgré les parasites, ils entendirent le gloussement de Pete. Marcia se laissa tomber sur l'une des chaises à dos droit et exhala un long soupir. Le chef posa le micro et se tourna vers elle.

— Voulez-vous faire une déposition, mademoiselle Bellman ?

— Eh bien, je vais vous raconter exactement ce qui s'est passé, Chef. Cet idiot de chat a traversé devant moi et j'ai donné un coup de volant pour l'éviter. Je n'ai pas vu Pete. Je ne savais pas que je l'avais heurté. Quand Ev, ici présent, m'a dit que j'avais renversé un flic, j'ai cru qu'il plaisantait. Quand il m'a hurlé que c'était la vérité, nous étions déjà dans Division Street. Je savais que si Pete était blessé, nous ferions mieux de venir ici en vitesse afin que vous puissiez appeler le poste de secours.

Binner se dit que l'histoire était convaincante et contenait une assez grande part de vérité pour qu'on la crût. Il avait l'intuition que le nom de Bellman avait fait pencher la balance du bon côté. Marcia s'était exprimée avec lucidité, mais son haleine empestait l'alcool. Le chef lui demanda de s'asseoir au bureau et de taper sa déposition exactement comme elle l'avait faite oralement. Puis, il fit signe à Binner de le suivre et il ne s'arrêta qu'au fond de la pièce.

— Monsieur, dit-il, je veux que vous quittiez cette ville en vitesse. Et ne me regardez pas comme si j'étais un péquenaud de flic, essayant de vous faire tourner en bourrique. Nous ne voulons pas avoir un assassinat sur les bras et c'est ce qui arrivera si vous restez dans les parages.

— Un assassinat ! Mais vous êtes fou ! commença Binner.

Le vieux policier secoua la tête :

— Quittez la ville, illico !

— Ma voiture est sur la grand-route, glapit Binner. Je ne sais même plus où. C'est *elle* qui conduisait, ne l'oubliez pas !

Sans prendre garde à ces paroles sarcastiques, le chef revint vers le poste de radio. Sans se donner le mal d'employer l'indicatif d'appel, il aboya :

— Pete, tu vas aller voir ce toubib ?

— Vous m'appelez, chef ?

— Ouais. Tu vas voir ce toubib ?

— Non. J' suis pas blessé.

— Bon, alors rentre. J'ai un boulot de chauffeur pour toi.

Le chef ne dit pas un mot de plus à Binner et la fille ne lui adressa pas même un au revoir. Mais quand Pete ouvrit la porte, elle lui exprima ses regrets de l'avoir blessé.

— Vous n'avez blessé que ma fierté, dit Pete en grimaçant un sourire et en se frottant le postérieur.

Il savait que Binner allait être son passager et il lui ouvrit la porte. Marcia commença à taper à la machine et pendant quelques secondes, les trois hommes demeurèrent immobiles. Binner haussa les épaules et sortit.

Il garda un silence boudeur tandis que la voiture de police traversait lentement la ville. Puis, comme ils atteignaient la route nationale, il se tourna vers Pete et demanda :

— Votre chef n'est-il pas un peu timbré ? Il me chasse de la ville pour empêcher un assassinat, à ce qu'il dit.

— Exact, répondit Pete. *Votre* assassinat.

— Pete, vous parlez par énigmes, vous aussi.

— Vous croyez ? Eh bien, laissez-moi vous dire ceci, *Mister*. Si Mlle Bellman recommence à biberonner, je ne donne pas cher de votre peau. Même si vous mettez les voiles à toute vitesse.

Binner lui jeta un regard oblique et émit un grognement.

— C'est la vérité vraie, continua Pete. Miss Bellman vaut presque un million de dollars... quand elle ne boit pas. Mais quand elle a bu, elle ne vaut pas tripette. Elle n'a pas dessoûlé pendant un bout de temps, c'était une véritable loque. Son paternel l'a laissée tomber, mais pas son petit ami. Un jour où elle était en plein cirage, Jack l'a conduite jusqu'à un chalet qu'il avait loué dans un bled perdu. Personne ne s'occupait de sa réputation, à l'époque. La plupart d'entre nous savions que Jack avait peur de perdre le chantier de construction, l'agence Ford et le compte bancaire du vieux Bellman. Le paternel était décidé à faire un nouveau testament qui n'aurait laissé qu'une petite rente à Marcia, juste de quoi vivre. Il y a renoncé quand Jack a réussi là où les experts en D.T.[1] avaient échoué : il a mis Marcia au régime sec et il l'y a maintenue, jusqu'à ce soir, en tout cas.

— Et à votre avis, demanda Binner, parce que je me trouvais là par hasard quand elle a bu quelques whisky, le petit ami va me tuer ?

— C'est pas une supposition, m'sieur, c'est une certitude. Le chef le sait. Tout le monde le sait, à Ironmold. Le vieux Bellman a bien fait comprendre que le jour où Marcia recommencerait à siroter il ferait un nouveau testament. Et quand Jack parle de ce demi-million de dollars, il a l'air d'une bête fauve. Il a dit au patron — deux points, ouvrez les guillemets : « Chef, Marcia a assez de cran pour renoncer à la bouteille, mais quelqu'un d'autre pourrait l'inciter à recommencer. Et si ça se produit, ce quelqu'un se transformera rapidement en

1. Delirium tremens.

cadavre. Et un cadavre pas joli à voir, parce qu'il aura la figure découpée en lanières. Ce ne sera pas la peine de chercher le coupable. Le coupable ce sera moi. »

— Il est maboul, dit Binner.

Ils avaient atteint le parking du restaurant, mais avant que Binner ne descende de voiture, Pete lui posa une main sur le bras et demanda :

— Vous ne tueriez pas un type qui vous ferait passer sous le nez 500 000 dollars ?

— J'aurais peut-être envie de le tuer, je menacerais peut-être de le faire, mais peu de gens sont capables de mettre ce genre de menaces à exécution.

— Jack en est tout à fait capable, affirma Pete, et, mon gars, quand il promet de faire quelque chose, il tient parole. Il a été prisonnier des Rouges en Corée et ça l'a rudement secoué. Ce qui l'a surtout fichu en rogne, c'est qu'il n'a pas pu torturer ses gardiens comme ils l'avaient eux-mêmes torturé. Pour lui, la seule justice, c'est la loi du talion. Parlez-lui de la peine capitale, et il vous dira que c'est une mort trop douce. L'étrangleur doit être étranglé, le pyromane doit être brûlé vif. Et celui qui poussera Marcia vers la bouteille mourra à coups de bouteille. Voilà ce qu'il dit. Il est un peu tordu. Je ne suis pas psychiatre, mais à mon avis, Jack est assez dingue pour tuer un homme avec une bouteille brisée.

— Bon sang, personne n'a forcé Marcia à boire, grinça Binner. Elle est venue s'asseoir à ma table. Elle a commandé deux whisky toute seule et les a portés à ses lèvres avec ses petites pattes à elle.

— Qui a payé, vous ou elle ?

***

Binner s'interrompit pour avaler le bourbon auquel

il n'avait pas encore touché. Je lui en versai un second. Il l'ingurgita avant que j'aie eu le temps de remplir mon propre verre. Il en but un troisième avant que j'aie reposé la bouteille sur le comptoir. La jeune femme et son mari, à l'autre bout du bar, étaient partis après de longs et bruyants adieux aux trois autres hommes maintenant réunis en conciliabule. Quand je me retournai vers Binner, il tendait son verre vide. Je lui versai son quatrième whisky et il continua son histoire.

Sa logique de technicien disait à Binner qu'aucun homme ne commettrait un crime en le signant avec une bouteille brisée. Il dut se rendre à Flint City et il fut tellement occupé pendant une semaine qu'il en oublia son aventure à Ironmold. Il était en train de faire sa valise lorsque le téléphone sonna. Il décrocha, mais il n'eut pas le temps de prononcer un mot, car il entendit une voix d'homme glapir :

— Je ne vous ai pas demandé de l'appeler. Je vous ai simplement demandé s'il était descendu chez vous.

Un cliquetis lui annonça que la standardiste avait coupé.

Il remit l'appareil sur son socle et attendit l'appel qui, il le pressentait, n'aurait pas lieu. Au bout de quelques instants, il demanda à la standardiste de l'hôtel si elle se souvenait de ce coup de téléphone.

— Et comment ! Quel muffle ! Vous vous rendez compte : appeler d'Ironmold simplement pour savoir si vous étiez descendu ici. Et il ne voulait même pas vous parler. Était-ce un de vos amis ?

— Vous a-t-il donné cette impression ?

— Il m'a donné l'impression de n'être l'ami de personne.

— Je suppose qu'il n'a laissé ni nom ni message ?

— Non, monsieur.

Binner s'assit au bord du lit et se remémora les détails de ses deux courtes balades, avec Marcia et avec le flic nommé Pete. Il était décidé à ne pas se laisser envahir par la panique. Même si le demandeur avait quitté Ironmold immédiatement, il avait encore plus de six cents kilomètres à parcourir et aucune des deux localités n'était desservie par une ligne aérienne. Binner avait au moins sept heures devant lui et il n'avait pas l'intention de fuir à l'aveuglette. *Nous ne nous sommes jamais vus,* songea-t-il, *mais il connaît mon nom et moi je ne connais que son prénom, Jack, ce qui ne m'avance guère.*

Il téléphona à la police d'Ironmold et il subit un nouveau choc. Une voix familière lui annonça qu'il n'y avait eu ni accident imputable à un chauffard, ni délit de fuite. Oui, il y avait bien une nommée Marcia Bellman, en ville, mais elle n'avait jamais mis les pieds au commissariat.

Le chef voulait-il lui donner le nom du fiancé de Mlle Bellman ?

— Monsieur, gueula le policier, à qui essayez-vous d'attirer des ennuis ?

Binner, écœuré, raccrocha. *J'aurais dû deviner, à la façon dont on m'a expulsé de cette ville, que Marcia était tabou.* Il se refusait à prendre la fuite avant de savoir qui le pourchassait ; il songea un moment à aller trouver la police locale, puis décida de s'abstenir.

Il était tard quand ses valises terminées, on les descendit dans le hall de l'hôtel. Le réceptionniste de nuit, rendu compréhensif par un billet de vingt dollars, accepta de garder pendant trois jours encore, le nom de Binner sur la liste des clients présents à l'hôtel. Bien entendu, la direction demanderait que la chambre fût payée pendant ces trois jours. Binner acquiesça. Il décida ensuite de satisfaire la curiosité de l'employé dans une certaine mesure.

— Il se peut qu'un homme vienne demander après moi. Une histoire de femme. (Sourire entendu de l'employé.) Je voudrais savoir à quoi il ressemble, et son nom, si possible.

L'employé ferait de son mieux.

Binner monta en voiture, regagna l'autoroute et entra dans un motel.

— Dites donc, lui annonça le patron, il y a deux ou trois jours, quelqu'un a demandé par téléphone à parler à un certain Everett Binner. On ne vous attendait pas et on a répondu que vous n'étiez pas là.

— Aucune importance, dit Binner.

Voilà comment il a retrouvé ma trace, songea-t-il. *Il a téléphoné à tous les hôtels et à tous les motels qui se trouvent entre cette ville et Ironmold.*

Une fois dans sa chambre, il régla son réveil de façon que celui-ci sonnât à deux heures, mais il ne put s'endormir. A une heure il abandonna tout espoir, prit une douche, flanqua sa valise dans la voiture, et revint en ville. Il entra dans un restaurant ouvert toute la nuit et téléphona à l'hôtel.

— Votre ami est venu, lui annonça le réceptionniste, mais il a été trop malin pour moi. Je n'ai vu que son dos.

— Ah ! quel malheur !

— Désolé, monsieur Binner, mais il n'est pas venu jusqu'à mon bureau. Il vous a appelé de la cabine téléphonique de l'hôtel. J'avais prévu le coup, aussi m'étais-je arrangé pour qu'on me passe les communications pour vous. Je pouvais l'apercevoir dans la cabine téléphonique, mais il était penché en avant et me tournait le dos. Je lui ai dit de garder la ligne, que j'allais essayer de vous trouver, mais il a dû avoir des soupçons. Avant que je n'aie pu sortir de mon bureau, il avait déjà raccroché et il était parti en passant par la boutique où l'on vend des cigarettes.

Binner dissimula sa déception.

— S'il revient, dites-lui que j'habite toujours l'hôtel, mais que je suis sorti. Je vous retéléphonerai peut-être d'ici quelques jours au cas où vous auriez pu voir à quoi il ressemble.

Bon Dieu, songea Binner, en raccrochant, *je n'ai rien fait de mal et je suis là, à me terrer comme un criminel évadé. C'est inouï !*

Il décida que le mieux serait de mettre la police au courant. Sans doute, celle de sa propre ville serait-elle plus disposée à l'aider. *Bill Spurdon est un citoyen zélé qui doit connaître les gros bonnets de la police, se dit-il. Je lui téléphonerai demain matin.*

Il prit la direction du nord, sans se hâter, s'arrêtant deux fois pour déjeuner, tuant le temps. Après avoir pris son second breakfast, il entra dans un hôtel de Capitol City et appela son bureau.

La standardiste lui annonça que Spurdon ne passait pas au bureau aujourd'hui. Elle ajouta que du courrier adressé à M. Binner mais portant la mention « personnel » était arrivé.

— Ah ? D'où vient-il ?

— Rien d'important. En fait, c'est stupide de marquer « personnel » sur une carte de ce genre. C'est une de ces cartes postales imprimées sur les deux faces. Elle est envoyée par l'Ironmold Forwarding Company.

— Liz, dit-il, c'est important. Faites-la-moi immédiatement renvoyer par exprès.

— Cette petite carte imprimée ? Bon, si vous voulez. Je vais bientôt descendre boire une tasse de café. Je la mettrai moi-même à la boîte. Quelle est votre adresse ?

La carte était dans son casier quand il sortit de la salle à manger, le lendemain matin. Sur l'un des côtés, il était écrit qu'un paquet était arrivé au nom de M. Binner. On le ferait suivre s'il voulait bien inscrire son adresse sur l'autre côté de la carte et mettre celle-ci à la poste. La carte avait été envoyée à l'hôtel où Binner s'était arrêté avant l'incident survenu à Ironmold, mais il était écrit dessus : « *Prière de faire suivre.* » Les caractères et les lignes étaient fortement imprimés sur le papier si bien qu'au verso, ils faisaient relief comme du braille. Binner comprit que l'imprimeur n'avait tiré que quelques exemplaires en se servant, sans doute, d'une presse à main.

Il résista à l'envie de déchirer la carte. Il savait ce qui lui restait à faire, mais il devait trouver le courage nécessaire et n'omettre aucun détail. Lorsqu'il eût mis sur pied un plan capable de réussir, son énergie lui revint. Le journal qu'il avait lu pendant son petit déjeuner lui avait donné une idée. *O.K.*, se dit-il, *on va voir lequel de nous deux sera le plus malin.* Il ouvrit le journal à la page des annonces et y découvrit plusieurs chambres à louer.

Il quitta l'hôtel par la sortie de la cafeteria donnant sur la rue, monta dans un taxi et se fit conduire au 7 Madison Street. Là, il se dirigea vers le numéro 8, notant qu'il était presque en face du 7. *Parfait*, se dit-il, en espérant que les deux chambres étaient encore libres. Le numéro 8 que Binner alla visiter en premier, possédait une chambre sur le devant. Il paya une semaine d'avance et laissa la seule valise qu'il avait avec lui, disant à sa logeuse qu'il s'appelait Johnson et qu'il reviendrait plus tard avec le restant des bagages.

Une fois de retour à l'hôtel, il changea de complet et mit des lunettes qu'il ne portait que pour lire. Il sortit sa voiture du garage et paya sa note. Il s'arrêta pour acheter une valise de qualité médiocre et se hâta de regagner Madison Street. Cette fois, il entra au numéro 7. La chambre était toujours libre ; il paya une semaine d'avance et donna son véritable nom.

— Je ne serai sans doute pas là souvent, dit-il à sa nouvelle logeuse, en expliquant qu'il travaillait en dehors de la ville. La compagnie met des roulottes à notre disposition, mais je reviendrai certains soirs, ici, pour rédiger des rapports en toute tranquillité. Peut-être un M. Bruler viendra-t-il me demander. Je ne sais pas exactement quels soirs je serai là, mais vous le prierez de laisser le nom de son hôtel. S'il n'est pas descendu à l'hôtel, il pourra occuper ma chambre, si vous n'y voyez pas d'inconvénient.

La logeuse n'en voyait aucun. Et si Jack avait l'idée de jouer le rôle du pseudo M. Bruler, il servirait, sans le savoir, les plans de Binner.

Il conduisit sa voiture dans un garage et fit quelques courses en ville. Quand « Johnson » revint, en taxi, au numéro 8, il avait envoyé la carte à Ironmold, en spécifiant qu'il habitait au 7, Madison Street. Il monta dans sa chambre une paire de jumelles et un appareil photo Leica, muni d'un téléobjectif, qu'il avait loué pour une semaine. Le jour suivant, il braqua à plusieurs reprises l'appareil sur l'entrée du numéro 7. Chaque fois qu'il appuyait sur le déclencheur, il notait l'heure, le temps de pose et l'ouverture. Tard dans l'après-midi, il retourna à la boutique du photographe et paya une somme supplémentaire pour qu'on lui développât les photos immédiatement. Après avoir écouté les conseils du patron, il comprit qu'il pourrait obtenir des clichés suffisamment nets par n'importe quel temps, sauf s'il y avait du brouillard. Il revint au numéro 8 avec plusieurs rouleaux de pellicules.

Les trois jours suivants furent, tour à tour, incroyablement ennuyeux ou atrocement énervants. Il vivait de boîtes de conserve, de tablettes de chocolat et de jus de fruits. Pendant de longs intervalles personne n'entrait au numéro 7. Et chaque fois que quelqu'un y venait, Binner attendait que l'homme sortît afin de le photographier de face. Il photographia tout le monde, y compris les livreurs en uniforme, nota l'heure et le signalement des visiteurs. Chaque soir, il téléphonait à la logeuse pour savoir si M. Bruler ou « un autre monsieur » avait demandé à le voir.

Le troisième jour, une conduite intérieure foncée passa lentement devant le numéro 7, et s'arrêta au coin de la rue, bien qu'il y eut de la place pour se garer devant la maison. Une femme en sortit et revint sur ses pas. Elle était grande et forte et portait un chapeau trop large, un long manteau de tweed et une fourrure miteuse autour du cou. *Bizarre,* se dit Binner, *qu'une femme porte une fourrure sur un grand col.* Puis il remarqua son allure : « C'est *un homme !* » lui cria son cerveau. Il se précipita vers la porte, l'ouvrit et jeta un coup d'œil dans le vestibule. Il constata avec soulagement que le téléphone, qui fonctionnait avec des jetons, n'était pas occupé, et il revint en trombe vers sa fenêtre. Quand il vit le grand chapeau se tourner vers la porte du numéro 7, tous ses doutes disparurent. Il courut au téléphone.

Il avait déjà réfléchi à la manière dont il s'adresserait, calmement et clairement, à la police, si besoin est.

— Je m'appelle Everett Binner, commença-t-il, j'habite actuellement au 8, Madison Street. Je viens de voir un homme habillé en femme entrer au numéro 7 de la rue. J'ai des raisons de croire qu'il s'est déguisé pour arriver jusqu'à moi et se livrer à des voies de fait sur ma personne. Je vous en prie, envoyez immédiatement un car de police.

L'officier, un homme laconique, le fit répéter. Binner redonna rapidement tous les détails et supplia d'agir avant qu'il ne soit trop tard. Le flic demanda :

— Qu'est-ce que c'est que cette histoire de numéros ? Où êtes-vous exactement !

— Au 7 ! hurla Binner. Envoyez une voiture au 7

Madison Street. Je vous attendrai. Dépêchez-vous, pour l'amour de Dieu ! Sinon un assassin va s'échapper !

Il raccrocha brutalement et se précipita de nouveau à la fenêtre, se demandant si la « femme » était ressortie pendant qu'il téléphonait. Il espérait que la logeuse du 7 avait été plus bavarde avec le visiteur qu'elle ne l'avait été avec lui. Sa pomme d'Adam lui donnait l'impression qu'elle allait éclater et il entendait les battements redoublés de son cœur.

Enfin une voiture de police fit son apparition et s'arrêta devant le 7. Binner se figea sur place.

Une femme sortit du numéro 7 et les deux policiers s'approchèrent d'elle. *Bon sang, la logeuse !* Rien d'une beauté, mais une femme, indéniablement. Elle ne comprenait évidemment rien à ce que racontaient les deux flics. Tandis qu'elle plaçait les deux mains sur sa poitrine, pose classique qu'on peut traduire par : « Qui, moi ? », le grand chapeau sortit de la maison. La « dame », elle, comprit aussitôt la situation et se dirigea rapidement vers sa voiture.

Binner ouvrit sa fenêtre et hurla aux policiers :

— Pas elle ! C'est l'autre... celle qui s'éloigne ! C'est un homme !

— Qu'est-ce qui vous prend, mon vieux ?

Il fit le tour de la voiture, suivi par son collègue, et traversa la rue.

Binner descendit l'escalier quatre à quatre. Il se heurta aux deux flics qui ouvraient la porte d'entrée.

— Elle, là-bas ! beugla-t-il, en désignant le coin de la rue.

Les deux agents, tout en l'empoignant, se retournèrent. Ils virent la « femme » franchir au galop les vingt mètres la séparant de la voiture ; elle perdit ses chaussures, mais ne s'arrêta pas pour les remettre. Un des flics se rua vainement vers la voiture tandis que son collègue sortait son calepin pour essayer de noter le numéro, mais la voiture s'éloigna rapidement.

Binner s'assit sur les marches ; il avait envie de sangloter. Les deux agents revinrent bientôt auprès de lui et attendirent.

— C'était bien un homme, comme vous avez pu vous en convaincre, dit Binner d'une voix accablée. Je crois qu'il veut me tuer. Vous ne pouvez sans doute pas l'arrêter sur de simples présomptions, mais du moins ne serais-je pas dans un tel état d'infériorité par rapport à lui si je savais quelle tête il a.

— Vous voulez venir faire une déposition au commissariat ?

— Oui, ça ne servira à rien, mais je vais le faire tout de même.

***

Binner s'enfila deux autres bourbons. Deux des autres clients étaient partis, et Binner fixa son regard, à présent légèrement hébété, sur le buveur solitaire, au bout du comptoir. L'homme portait une salopette qui avait dû, jadis être blanche, sur le dos de laquelle on pouvait lire « *Joe's Gulf Station* ». J'affirmai à Binner qu'il y avait bien un poste d'essence Gulf au coin de la rue. Je lui emplis son verre, mais il était tout prêt à reprendre son histoire et il garda son verre sur le comptoir.

***

Le coup des chaussures abandonnées donna assez de poids à l'histoire de Binner pour que les flics se décident à appeler la police d'Ironmold par téléphone.

— Toute la police d'Ironmold a démissionné,

déclara un lieutenant, d'un ton compatissant, ils étaient deux, le père et le fils, et ils ont trouvé de meilleures situations ailleurs. Un flic, nommé à titre provisoire, occupe actuellement le bureau. Il déclare que votre histoire n'a pas été consignée sur le registre, ce qui ne vous étonnera pas sans doute, et ce qui ne m'étonnera pas non plus.

Binner attendit la suite.

— Je n'ai pas appris son nom de famille, continua le lieutenant, en réponse à la question muette. L'agent a été envoyé à titre temporaire par le commissariat central du comté et il ne connaît personne en ville. Il n'a jamais entendu parler de Marcia Bellman, et il ne saurait donc rien sur son fiancé.

Binner leva les mains en un geste qui signifiait : *Alors, qu'est-ce qu'on peut faire ?* Il paraissait à bout de nerfs.

— Nous pouvons vous donner un garde du corps pour quelques jours, suggéra le lieutenant. Si vous rentrez chez vous, j'entends dans la localité où vous payez vos impôts, la police pourra peut-être assurer votre protection vingt-quatre heures sur vingt-quatre.

— Oui... euh... non. Je veux dire que je vais rentrer chez moi ce soir, de sorte que je n'aurai pas besoin de garde du corps. Je ne crois pas que Jack l'Éventreur... (Ils échangèrent un faible sourire)... se remette de sitôt à mes trousses. Il doit penser que je suis entouré de flics.

Quand il revint au 8, Madison Street, la nuit était tombée. La logeuse l'acueillit à la porte.

— Oh ! monsieur Johnson, glousse-t-elle, vous venez de rater votre ami.

— Mon ami ?

— Il m'a dit que vous sauriez de qui je parle. Il est comme moi, il n'a aucune mémoire. Il avait votre nom sur le bout de la langue, mais j'ai dû le lui rappeler. Vous lui avez dit une fois, paraît-il, qu'il était affligé d'aphasie en ce qui concernait les noms ; il les oublie toujours. Il faudra que je pense à dire ça aux gens : que j'ai de l'aphasie en ce qui concerne les noms propres. Ça sonne tellement...

Binner la laissa bavarder jusqu'à ce qu'elle eût retrouvé la force de parler.

— Où est-il maintenant ? demanda-t-il enfin.

— Je crois qu'il est retourné à son hôtel. Je n'ai pas su lui dire à quelle heure vous seriez de retour. Je lui ai dit que vous étiez parti avec des flics, mais que vous n'aviez pas d'ennuis graves.

— A-t-il laissé un message ?

— Juste la montre que vous lui aviez demandé d'aller chercher.

— Une montre ! Où l'a-t-il laissée ?

— Eh bien, c'est moi qui l'ai mise sur votre bureau. Je ne laisserai personne monter dans votre chambre, pas même quelqu'un qui se dit votre ami. Il m'a donné la montre et je l'ai portée dans votre chambre. J'ai bien fait ?

— Mais oui. Certainement. Excusez-moi. Je monte.

Il trouva sur son bureau une petite boîte avec un couvercle bombé, en plastique transparent, qui laissait voir une couche de papier de soie. Binner se dit que la boîte ne contenait sans doute pas d'explosifs néanmoins il la porta au-dessus du lavabo et déplia le papier avec précaution.

La « montre » était une bouteille de whisky miniature, dont le culot était brisé.

Alors ce fut la panique. Binner jeta pêle-mêle ses affaires dans ses valises. Il avait les larmes aux yeux et ne retrouva un peu de sang-froid qu'en s'apercevant qu'il ne pouvait pas fermer les valises. Il recommença à tout empaqueter, mais il tremblait encore intérieurement en portant ses bagages dans la rue. Et il se reprocha amèrement de ne pas avoir téléphoné à la police ou à un taxi.

Chaque pas derrière lui déclenchait un spasme

de terreur. Deux fois il dut refréner l'impulsion de laisser tomber les valises et de prendre ses jambes à son cou. La peur et les deux lourds fardeaux qu'il tenait à bout de bras faisaient ruisseler la sueur le long de son corps. Quand un taxi passa près de lui, il lâcha, cette fois, les deux valises et s'immobilisa.

— Z'avez l'air crevé, dit le chauffeur, saisissant les bagages et les mettant dans la voiture. Y a longtemps que vous trimbalez ça ?

Binner vit que le taxi était vide. Il y monta, s'effondra sur le siège et balbutia :

— Trop longtemps.

— Où va-t-on ? — Long silence — Alors, m'sieur, où va-t-on ? Vous savez, je n'ai pas...

— Ah ! oui. A la gare centrale.

Le bref parcours lui donna le temps de reprendre un peu de sang-froid. Il décida de laisser les valises à la consigne, d'aller chercher sa voiture au garage, puis de prendre ses bagages, et de retourner chez lui. Cela représenterait un pénible voyage de douze cents kilomètres, mais il savait qu'il ne pourrait pas s'arrêter avant de s'être mis sous la protection de la police de sa ville.

Après avoir quitté la gare, il changea deux fois de taxi, et fit arrêter le troisième à cinq cents mètres du garage. Dès qu'il fut descendu de voiture, il comprit qu'il était de nouveau traqué. Un autre taxi s'était arrêté juste derrière le sien. Binner traversa rapidement le carrefour en diagonale, d'ouest en est, et ne s'arrêta que lorsqu'il eut atteint l'autre côté du croisement. Une vingtaine de passants marchaient dans les deux sens, mais il savait que l'un d'eux traversait également en diagonale.

Binner courut vers l'angle sud, s'arrêta brusquement et se retourna. Il avait pris le chemin le plus long pour arriver jusque là-bas et si l'autre coupait par un raccourci...

Binner fut saisi d'une insurmontable panique. Il

courut. A l'aveuglette. Il bouscula les passants et les écarta brutalement. Il traversa des rues devant des voitures, tourna des coins, descendit des ruelles sans savoir où il se trouvait, sans regarder en arrrière. Il courait sans tendre l'oreille pour savoir s'il était poursuivi. Il n'avait qu'une idée, continuer à courir, jusqu'au moment où, en émergeant d'une ruelle, il se heurta à moi.

***

Nous étions seuls dans le bar, à présent. Le départ du pompiste semblait avoir soulagé Binner. Le barman murmura :

— Je peux vous laisser une minute ? Et il disparut dans les toilettes. Binner me tendit son verre vide. Je pris de nouveau la bouteille, à pleines mains, cette fois. Nous en avions fait baisser considérablement le contenu.

C'est pourquoi il ne tomba que très peu de whisky lorsque je la frappai violemment sur le comptoir, afin d'en briser le fond...

A spin of the Bottle.
Traduction de Catherine Grégoire.

CE DÉMON QUI EST EN MOI

par JACK MORRISON

Stoddard essayait de se rappeler quand, pour la première fois, il s'était rendu compte qu'il lui faudrait supprimer Jérôme Fetterman. Peut-être était-ce une nécessité qu'il sentait sans se l'avouer depuis longtemps. Après tout, les gens normaux ne deviennent pas des meurtriers. Des meurtres, c'est à la télévision ou dans les romans policiers qu'on en voit commettre ; mais pas par un homme comme Philip Stoddard, président de banque et financier respecté, philanthrope et citoyen de premier plan.

Assis à sa table de travail, dans le bureau de sa vaste et accueillante maison de campagne, Stoddard regardait fixement le revolver posé devant lui.

Sa main tremblait quand il la porta vers son front pour abriter ses yeux las. Par quels cheminements, se demanda-t-il, en était-il arrivé à cet instant terrible ? Tout s'était déroulé si graduellement, et pourtant si implacablement et même, oui, si logiquement.

Il pensa à Fetterman. Pas de doute : par certains côtés, le jeune homme lui rappelait ce qu'il avait lui-même été, à cet âge. Ambitieux et sans scrupules.

Stoddard aussi avait piétiné bien des gens, peut-être même détruit quelques existences, pour faire, à la force des poignets, son chemin jusqu'au sommet de la fortune et du pouvoir. En Fetterman, il retrouvait cette même passion brutale qui l'avait animé. Fetterman, cependant, représentait un cas extrême : Stoddard était convaincu qu'il ne reculerait devant rien pour arriver à ses fins.

Stoddard commençait tout juste à comprendre à quel point il avait détesté Fetterman, dès le premier instant, ou presque, où il avait jeté les yeux sur lui. Le jeune homme était agréable à voir, il avait de charmantes manières, mais il ne vous regardait jamais droit dans les yeux et sa poignée de main était flasque et moite.

Stoddard regarda sa propre main, qui tremblait sous ses yeux. Elle était humide de sueur, mais ce n'était pas une main faible — plus maintenant. Il avait appris le truc de la poignée de main énergique et du regard direct. Et, voilà bien l'ironie, Fetterman, lui aussi, apprendrait ces petits trucs — ces trucs qui donnaient à un homme faible une apparence de force.

La vue de sa propre main le souleva d'un brusque dégoût. Il se leva vivement, sans réfléchir, comme pour échapper à quelque chose — à ses pensées, peut-être.

Il alla jusqu'à la fenêtre et jeta un coup d'œil au dehors. La propriété s'étendait devant lui, vaste sous la lumière de la lune. C'était à lui, maintenant. Tout comme ces meubles, le divan et les fauteuils de cuir moelleux, le grand bureau d'acajou, le tapis précieux, le tableau inestimable accroché au mur... tout cela était à lui, bien à lui.

Bizarre comme le crime qu'il s'apprêtait à commettre déformait sa pensée. Tous ces symboles de sa fortune le rendaient maintenant nerveux, presque mal à l'aise, comme s'ils avaient des yeux pour le guetter.

Il écarta cette impression et se contraignit à ramener son esprit vers Fetterman. Dès le début, il avait compris ce que cherchait ce Fetterman : il en voulait à l'héritage de Margaret. Rien de moins. Stoddard le savait, mais impossible d'en convaincre sa fille. Même les documents probants recueillis par une agence de détectives privés fort coûteuse, sur le passé de Fetterman — son précédent mariage, ses séjours en prison pour faux et agression — n'avaient pu convaincre Margaret.

Pauvre Margaret. Elle avait hérité les traits sans beauté de sa mère, au lieu du visage séduisant de son père. Mais, sous son apparence insignifiante, sous son absence de talents mondains, se cachaient de merveilleuses qualités que Stoddard avait espéré voir découvrir un jour par un jeune homme respectable. Cette éventualité, malheureusement, devenait de plus en plus improbable. Margaret avait à présent vingt-neuf ans et, avant l'apparition du jeune Fetterman, elle passait tout son temps à la maison. Pas étonnant qu'elle se fût si follement éprise de Fetterman. C'était le premier homme à lui témoigner quelque intérêt. Et voilà qu'ils projetaient de se marier.

Stoddard avait bien essayé de se faire à l'idée qu'il n'allait pas pouvoir empêcher ce mariage. Il s'était dit qu'il devait accepter l'inévitable. Mais c'était impossible. La pensée que sa fortune, si chèrement acquise, reviendrait quelque jour à cette méprisable créature le rendait physiquement malade.

Mais de là au meurtre, il y avait du chemin. Peut-être l'idée de meurtre ne lui était-elle pas venue à l'esprit avant le jour où — ô ironie — Fetterman la lui avait lui-même suggérée.

C'était par une soirée de pluie et de vent, une soirée à parler de crime et de violence. Stoddard se rappelait que c'était lui qui avait engagé la conversation sur ce sujet. Margaret les avait laissés pour aller se coucher de bonne heure avec une migraine. Fetterman attendait un répit de l'averse pour entreprendre le long trajet jusqu'à son autobus.

Stoddard avait commencé par parler d'un crime célèbre qui avait bouleversé et intrigué le village quelques années auparavant. Fetterman raconta un meurtre mystérieux dont il avait lu le récit. La conversation en vint alors à la possibilité de commettre un crime parfait. Stoddard prétendait que les moyens de détection scientifiques modernes avaient rendu pratiquement impossible le crime parfait. Fetterman n'était pas de son avis.

— Par exemple, je crois que vous pourriez me tuer et vous tirer d'affaire très facilement.

— Pour le simple plaisir de discuter, répondit Stoddard, comment pourrais-je faire sans risquer d'être pris ?

— Vous habitez un endroit isolé, expliqua Fetterman. Je suppose qu'il vous arrive de temps en temps d'être importuné par des rôdeurs. Moi, je suis inconnu dans le coin. Peu de gens m'ont rencontré ou savent que je fréquente votre fille. Vous avez là un concours de circonstances presque sans défaut.

— Comment cela ?

— Vous commencez à appeler la police, deux ou trois fois par semaine, peut-être, en vous plaignant de la présence d'un rôdeur. La police arrive, le rôdeur disparaît. Mais il revient. Vous vous mettez en colère contre les policiers. Un soir, vous les appelez pour leur dire que, désormais, vous serez armé. Puis, vous trouvez un moyen pour me faire venir ici un soir où Margaret ne m'attend pas. Je ne crois pas que cela présente de difficulté. Ensuite, il ne vous reste qu'à m'attendre dehors. Quand j'arrive, vous me descendez, comme s'il s'agissait du rôdeur. Vous pouvez prétendre que vous aviez de nouveau entendu du bruit dans le jardin. Vous êtes sorti avec votre revolver, vous avez vu quelqu'un rôder furtivement, vous lui avez ordonné de ne plus bouger. Vous avez cru voir la personne en question ébaucher un geste menaçant et vous avez tiré. De toute évidence, il s'agit d'un malheureux accident, mais vous affirmez aux policiers qu'on ne m'attendait pas ce soir-là. Votre propre fille pourra en témoigner — Fetterman alluma une cigarette en regardant Stoddard. Là-haut, le tonnerre grondait. La pluie fouettait les vitres — Qu'en pensez-vous, monsieur Stoddard ?

— Superficiellement, ça paraît solide, dit Stoddard, mais c'est le cas de la plupart des crimes, quand on n'en est encore qu'aux projets. Les défauts, les failles n'apparaissent qu'après.

Il se faisait tard ; la conversation languissait. Finalement, l'averse se transforma en fin crachin et Fetterman prit congé.

Dès qu'il fut parti, Stoddard vola littéralement jusqu'à sa chambre. Son cœur battait la chamade. Il alluma une cigarette en tremblant. Fetterman avait éveillé en lui un écho, il avait atteint une source maudite dont Stoddard avait jusqu'alors ignoré la présence. Cette nuit-là, il dormit mal.

Mais, une semaine plus tard, il appela la police et se plaignit d'un rôdeur autour de sa maison. La police arriva, fouilla le parc mais, naturellement, ne trouva rien.

Il y avait quinze jours de cela. Au cours de cette période, il avait rappelé cinq fois pour se plaindre du rôdeur et chaque fois, devant l'impuissance des policiers, il avait feint une colère plus vive. Deux jours plus tôt, il avait prévenu l'inspecteur Wilcox qu'il serait désormais armé.

Même alors, après tous ces préparatifs, il ne s'était pas laissé aller à croire qu'il irait vraiment jusqu'au bout. D'ailleurs, il restait encore un problème qu'il n'avait pu résoudre : comment attirer Fetterman à la maison sans que Margaret fût avertie de sa visite ?

Il y avait trois semaines que Fetterman avait exposé son plan. Il y avait des chances pour qu'il n'y pensât plus. Néanmoins, il risquait de s'en souvenir et d'avoir des soupçons si Stoddard lui téléphonait lui-même pour l'inviter à venir le voir. Pourtant, pensait-il, le jeu en valait peut-être la chandelle. Aucun projet, que ce fût pour commettre un crime ou pour enlever une affaire, n'était absolument sans risque, il le savait.

C'est alors que, l'après-midi, son problème avait trouvé une solution, grâce à Fetterman lui-même. Il avait téléphoné pour dire à Margaret qu'il devrait s'absenter pour affaires durant le weed-end. Margaret n'était pas là. Comme chaque mercredi, elle faisait des courses en ville. Fetterman avait prié Stoddard de lui dire qu'il passerait ce soir-là, à huit heures, pour la voir un instant avant de partir.

Stoddard avait répondu qu'il transmettrait le message à sa fille. Il avait raccroché d'une main tremblante.

Et maintenant, il se retrouvait seul dans son bureau. Il s'aperçut que, depuis un moment, il regardait fixement un portrait accroché au-dessus de la cheminée. C'était celui de Rhoda, sa défunte femme. Il avait été exécuté à l'époque où Rhoda avait à peu près l'âge de Margaret, quelque temps après leur mariage.

Du haut du portrait, Rhoda le regardait. Le tableau était si vivant qu'il était, au fil des ans, arrivé à Stoddard de lire dans le regard des expressions différentes.

Au début, peu après sa mort, les yeux de Rhoda étaient accusateurs et, pendant longtemps, il évita son bureau. Il était incapable d'affronter ce regard.

Pourtant, il avait laissé le tableau en place et il avait fini par revenir lui faire face.

La conscience, avait-il décidé, était un luxe que ne pouvait se permettre un homme puissant et influent. Il était parvenu à écarter de son esprit la pensée qu'il avait mené sa femme au suicide. D'accord, il ne l'avait jamais aimée, mais il s'était conduit convenablement envers elle — presque tout le temps.

Il se sentit contraint de s'adresser au portrait de sa femme.

— Oui, dit-il à haute voix, cette maison est à moi, maintenant. Au début, je vous l'ai prise, à toi et à ta famille de snobs, mais maintenant, je l'ai gagnée. J'ai travaillé dur, j'ai fait fructifier ton argent beaucoup plus que tu n'aurais pu le faire seule. Toi et ton espèce, vous ne savez pas ce que c'est que d'avoir faim. Ce que j'ai fait était excusable.

Il vit que le regard ne l'accusait plus. Il n'exprimait qu'une mélancolique interrogation. Mais combien plus terrible qu'une accusation.

Il se rassit devant sa table et enfouit son visage au creux de ses mains. Au bout d'un moment, il cessa de trembler et un grand calme l'envahit.

Il consulta sa montre. Sept heures et demie, juste. Fetterman serait là, à huit heures précises. Il avait bien des défauts, ce jeune homme, mais il était ponctuel.

Stoddard ouvrit un tiroir, y prit une feuille de papier à lettre, une enveloppe, un stylo. Penché en avant, il se mit à écrire. Quand il eut fini, il plia la feuille, la glissa dans l'enveloppe, rédigea l'adresse et posa la lettre sur la table. Puis il mit le revolver dans sa poche et descendit sans bruit par l'escalier de service. Margaret était rentrée ; elle était dans la salle de séjour. Les domestiques avaient regagné leurs chambres, dans l'aile est.

La nuit était fraîche et Stoddard frissonna. Il

pensa à Margaret, à sa réaction devant la mort de Fetterman. Mais il savait qu'elle surmonterait son chagrin. Elle n'était pas vieille. Dans six mois, dans un an, elle l'aurait oublié.

La lune donnait assez de lumière pour éclairer une bonne partie de la grande allée. Stoddard avançait précautionneusement en se maintenant dans l'ombre des arbres.

Il était à moins de cent mètres de la maison quand il eut conscience d'une présence proche, derrière lui. Il fit vivement volte-face, mais trop tard. Un coup violent le fit tomber. Avant qu'il pût réagir, son revolver lui était arraché et jeté au loin. Il se redressa péniblement et leva les yeux vers la silhouette qui se dressait à côté de lui.

— Ainsi, vous avez suivi mes conseils, dit Jérôme Fetterman tandis qu'un demi-sourire lui retroussait la lèvre.

— Que... que voulez-vous dire ? demanda Stoddard.

— Margaret avait entendu l'une de vos conversations avec la police à propos du rôdeur. Elle m'en a parlé par hasard. J'ai su alors que mon plan se déroulait à merveille. Naturellement, je savais que vous ne m'appelleriez pas ; aussi ai-je pris les devants.

— Je... je ne comprends rien à tout cela.

— Vous ne vous rendez donc pas compte, espèce de vieux fou ? dit Fetterman en riant. Ce soir, vous allez être assassiné... par ce rôdeur que vous aviez signalé à la police. Personne ne songera même à me soupçonner. Après un délai convenable, j'épouserai votre laideron de fille et votre fortune tout entière m'appartiendra.

— J'avais raison, murmura Stoddard, comme pour lui-même. Vous êtes démoniaque. Vous êtes le diable en personne.

— N'oubliez pas, vieux fou, que vous aviez le

premier l'intention de me tuer, dit Fetterman. Comment appelez-vous ça ?

— Oui, fit Stoddard à voix basse, le regard fixé sur les arbres sombres. Et le mal doit être détruit.

— Ça, c'est bien vrai, acquiesça Fetterman, sortant de la poche de sa veste un couteau à cran d'arrêt qu'il ouvrit d'un geste. Et je vais commencer tout de suite.

La lame jeta des éclairs répétés, jusqu'au moment où Stoddard demeura allongé sur l'herbe, immobile et sanglant. Alors, Fetterman s'empara du portefeuille du mort. Il en ôta les billets, qu'il fourra dans sa poche. Puis il déchira le portefeuille et le jeta près du corps. Il ramassa le revolver de Stoddard, l'essuya soigneusement avec son mouchoir et le plaça dans la main du cadavre.

Le journal du matin était plein du récit de la mort tragique de l'un des plus distingués citoyens locaux. Dans son petit appartement, Jérôme Fetterman lisait le premier compte rendu du crime. Plus il avançait dans sa lecture, plus son sourire s'élargissait.

« L'enquête préliminaire, disait l'article, indique que M. Stoddard a été victime d'un rôdeur. Une battue a été entreprise pour retrouver l'assassin. »

Fetterman reposa le journal et but une gorgée de café. Après une bonne nuit de sommeil, il se sentait dans une forme exceptionnelle. Il décida que le mieux serait pour lui de se rendre sans tarder chez les Stoddard pour présenter ses condoléances à l'orpheline.

Il se dirigeait vers sa chambre pour s'habiller quand on frappa vigoureusement à sa porte. Il ouvrit et deux policiers l'écartèrent pour pénétrer dans l'appartement.

— C'est bien vous, Jérôme Fetterman ? demanda le plus âgé.

— Oui. Mais qui êtes-vous ?

— L'inspecteur Wilcox. Et voici le sergent Holliman. Je vous arrête.

— Vous m'arrêtez ? Pour quelle raison ?

— Pour le meurtre de Philipp Stoddard, dit Wilcox d'une voix ferme.

— Mais c'est ridicule. Le journal dit qu'il a été tué par un rôdeur.

— Le type qui a écrit l'article ignorait la petite découverte que nous avons faite, un peu plus tard, dans le bureau de M. Stoddard. Il semble qu'il ait laissé une lettre.

— Une lettre ?

Le commissaire Wilcox sortit de sa poche une enveloppe et en tira une feuille pliée en quatre qu'il déplia.

— Vous êtes très malin, jeune homme, dit-il, mais vous avez négligé une toute petite chose. Comme, pour votre part, vous ne possédez pas de conscience, vous n'avez pas pensé que Stoddard pût en avoir une. Laissez-moi vous lire cette lettre :

« Cher commissaire Wilcox. Je suis sur le point de commettre une action horrible, ce soir, et je sais pourtant que j'irai jusqu'au bout. Dans quelques instants, je vais tuer un jeune homme nommé Jérôme Fetterman.

« Par une ironie du sort, c'est le jeune Fetterman lui-même qui a mis au point son propre meurtre et m'a fourni, pour le commettre, une occasion inespérée. C'est lui qui, en toute innocence, m'a suggéré le truc du faux rôdeur pour dissimuler mon crime. C'est lui qui m'a téléphoné, cet après-midi, pour me dire que ce soir, à huit heures, il rendrait à ma fille une visite inattendue. Il m'a ainsi fourni sans le savoir la parfaite occasion pour le tuer.

« Jusqu'au moment où j'ai commencé à écrire cette lettre, j'avais l'intention de commettre ce terrible crime et d'essayer d'échapper à un juste châtiment. J'étais convaincu qu'il s'agissait d'un acte dépouillé de tout égoïsme. Je pensais le faire pour sauver ma fille de cet homme qui, j'en suis persuadé, n'est animé que des intentions les plus indignes à son égard.

« Mais voici que des doutes m'assaillent. Je commence à me rendre compte que cet homme est un symbole, le symbole, peut-être, du mal que je porte en moi, un mal qu'il faut détruire. Vous le voyez, ma haine envers lui a de profondes racines.

« Ma décision est donc prise : quand j'aurai commis le crime, je m'ôterai moi-même la vie. Ce n'est que de cette façon que je serai sûr d'avoir détruit ce démon qui est en moi. Pardonnez-moi, je vous en prie. — Philip Stoddard. »

Fetterman avait écouté bouche bée la lecture de la lettre.

— Allez, fiston, dit Wilcox. Habille-toi et au bloc.

The devil within.
Traduction de Renée Tesnière.

LA CHUTE DES CORPS

par ARTHUR PORGES

Quand Ronald Logan King décida en fin de compte de supprimer sa tante Frances, il ne put s'empêcher d'avoir un petit sursaut de conscience. Car, après tout, Frances n'était pas une méchante femme. A la mort de ses parents, tués dans un accident d'avion, elle avait non seulement pris chez elle le petit garçon qu'il était alors, mais encore elle l'avait élevé comme son propre fils. Et c'était justement là l'ennui, se disait souvent Ronald. Vieille fille avide d'affection, elle avait eu tendance à regarder l'enfant comme un compagnon envoyé par Dieu pour ses vieux jours. Bien qu'elle soutînt — et elle le croyait sincèrement — qu'elle ne faisait rien qui ne fût pour le bien de Ronald, celui-ci eût souhaité mieux. Elle tenait tout simplement à garder le jeune homme à sa charge de peur qu'il ne s'échappât et la laissât de nouveau seule. En tant que l'une des dernières Howard elle possédait plus d'un million de dollars. Et, malgré cela, Ronald devait se contenter des six cents dollars qu'elle lui allouait par mois.

— Aussi longtemps que tu te refuseras à avoir un

vrai métier... un de ceux pour lesquels tu as été soigneusement préparé, lui disait-elle, je dois à ma pauvre sœur de ne pas gâter son fils par excès d'indulgence.

En réalité Ronald avait un métier. Au Laguna Beach College, il s'était colleté avec un certain nombre d'études confuses destinées à faire de lui un comptable. Mais après quatre années d'un tel travail, il était peu disposé à passer le C.A.P. nécessaire à l'exercice de la profession et, d'ailleurs sans doute incapable de l'obtenir. Même dans ce club de bord de mer où les bateaux et la chasse sous-marine s'avéraient d'un intérêt bien supérieur à la comptabilité, Ronald ne s'était pas fait remarquer par son amour des écritures. Il trouvait beaucoup plus agréable de prendre le poisson au harpon sous l'eau ou d'aller à pied sec, à la chasse aux blondes.

Aussi le trouvons-nous à l'âge de vingt-neuf ans, vivant de six cents dollars par mois, nets d'impôts, et sous la coupe, assez rude, de sa tante Frances. Évidemment, six cents dollars par mois peuvent paraître une assez jolie somme à certains, mais Ronald fréquentait de jolies filles qui se donnaient poétiquement le nom de « starlettes » ou de « modèles » et ces jolies filles buvaient sec des choses très coûteuses, à croire que leurs contours agréables cachaient du papier buvard. Une seule soirée passée en ville pouvait facilement épuiser d'un seul coup l'allocation d'une semaine.

Mais devant tous les prétextes invoqués par Ronald pour obtenir davantage d'argent, Tante Frances restait inflexible.

— Ta mère était aussi une Howard, lui disait-elle fermement. La famille, tu le sais, remonte à des centaines d'années, et elle s'est toujours distinguée. Il est de ton devoir d'essayer au moins de mener une vie utile, même si les services que tu peux rendre ne sont pas du niveau de ceux que rendirent nos ancêtres. N'oublie jamais qu'un Howard combattit en 1588... l'année de l'Armada.

A quoi Ronald, exaspéré, eut une fois la folie de demander de quel côté. Ce qui lui valut un regard glacé.

Il existait bien une échappatoire autre que le meurtre, une solution évidente et facile : le mariage. Mais là encore Tante Frances avait ses idées personnelles. Ronald eut volontiers épousé Melita Marlowe qui présentait des maillots de bain durant trente secondes dans une émission de variétés à la télévision. Il eut été tout aussi prêt à devenir l'époux de « Honey » Coam, une strip-teaseuse dont le quotient intellectuel était loin d'être en proportion avec le buste opulent. Tante Frances, elle, voulait lui choisir pour femme Jane Colwell qui n'avait pas plus de tournure qu'un tuyau d'arrosage et savait, sur l'art byzantin, beaucoup de choses que Ronald ne se souciait pas d'apprendre.

— Je serais ravie de te voir marié à une jeune fille vraiment gentille et de bonne famille, disait-elle souvent à son neveu qui n'en croyait pas un mot. A ce moment-là, naturellement, j'augmenterais ta mensualité. Mais je te préviens, ajoutait-elle en levant un doigt sévère, la moindre tentative de retour à ces femmes vulgaires de tes années de célibataire, et je te coupe aussitôt les vivres. Parce que, vois-tu, Ronald, j'ai bien l'intention de protéger ta femme, quelle qu'elle puisse être en réalité. Une jeune femme ne peut pas faire face, toute seule, à une telle situation.

Ce qui signifiait, en ce qui concernait Ronald, qu'elle ne le laisserait se marier que sous certaines conditions inacceptables pour quelqu'un de son tempérament. En bref, Tante Frances avait bien l'intention de le garder à jamais auprès d'elle.

Au bout de dix ans, il devint clair que cette femme devait disparaître. Mais, elle était encore, à soixante ans, en excellente santé et descendait par ailleurs d'une famille connue pour sa longévité, et il n'était guère raisonnable pour Ronald, de compter sur une cause naturelle. Le père de Frances vivait toujours et venait de se remarier à l'âge de quatre-vingt-sept ans. Jamais Ronald n'avait osé s'informer si elle avait encore son grand-père, mais il soupçonnait l'ancêtre de trotter encore quelque part dans Devon.

Quand il en arriva à projeter un assassinat, Ronald ne possédait aucune expérience personnelle, mais, chose assez paradoxale, il s'y connaissait assez bien en complot. Au collège, le duo qu'il formait avec son camarade de chambre, Ferdie Davis, était connu sous le surnom de « Cerveau et Muscle ». Ronald était petit, nerveux, et plein d'ingénieuses idées d'intrigues contre l'administration du collège ; il trouvait un complément parfait en Ferdie, costaud, un peu naïf, et, une fois engagé dans une affaire, loyal jusqu'à la mort envers son habile ami. A eux deux, ils avaient formé une fameuse équipe, et continuaient encore, qu'il s'agît de pêche sous-marine ou de chasse aux filles. Dans le laboratoire de biologie, bien des années auparavant, qui avait habillé d'un pantalon de dentelle noire le squelette de femme ? On le devine aisément. Et qui avait, un certain jour d'hiver, tracé à l'aide du pied d'éléphant-porte-parapluie du collège, toute une série de pas inquiétants dans la neige jusqu'au bord du lac ? Vous le savez. Lorsqu'ils se trouvaient pris en flagrant délit — ce qui était rare — Ronald tissait une toile d'araignée de mensonges avec des alibis qui auraient confondu une cour suprême de justice ; ce bon vieux Ferdie se contentait de serrer ses lourdes mâchoires en refusant de reconnaître quoi que ce fût, y compris son nom.

Huit ans après leur diplôme, ils étaient toujours copains. Chaque samedi matin, Ferdie survolait la propriété Howard dans son avion léger, agitant les ailes et faisant même quelques acrobaties. Mlle Howard fronçait les sourcils de contrariété. Mais Ronald adressait des signes de la main à son ami, oubliant, dans sa joie de voir le frêle engin se dessiner sur le ciel, que cet avion accentuait encore le contraste existant entre la liberté de Ferdie et ses propres chaînes. Non que Ferdie fût riche. Il avait seulement une bonne situation chez son père, un homme qui permettait beaucoup plus de choses que Tante Frances. Peu de gens eussent appelé prison une propriété de vingt hectares dans Santa Barbara. Et pourtant, c'était ce que pensait Ronald. Tout dépend de l'usage qu'on fait des choses...

Son unique sursaut de conscience ayant été fermement étouffé, Ronald se mit à chercher le moyen d'assassiner sa tante. Il possédait, comme exemples, une douzaine de magazines policiers populaires, chacun comportant de huit à quinze histoires relatant des crimes ingénieux, réels ou imaginaires. A dire vrai, la plupart des meurtres échouaient finalement. Mais leurs défauts montraient, précisément, ce qu'il ne fallait pas faire. Ronald lut les magazines avec attention et, poussé par une raison plus impérative que celle qu'il avait d'étudier *Les Principes de la Comptabilité*, il apprit beaucoup de choses sur les procédés de la police et sur ce que celle-ci recherche quand elle tente de résoudre le mystère d'une mort suspecte.

Le mieux, en conclut-il, était de mettre sur pied un accident. Parce que, même machiné avec maladresse un accident laisse assez de doutes pour faire hésiter un jury. Par exemple, un homme peut emmener un de ses amis à la chasse, le tuer délibérément d'un coup de fusil et prétendre que le coup est parti tout à fait par accident à un moment où il a trébuché. Évidemment, cela peut paraître louche, mais personne ne peut rien prouver. Et si vous vous embourbez dans une telle histoire, le pire que vous puissiez avoir sera un an ou deux pour homicide involontaire. La mort par accident était décidément ce qu'il fallait pour Tante Frances.

Mais il n'était pas si facile que cela de trouver une idée. Tante Frances ne chassait pas, ne nageait pas, ne montait pas à cheval. Mauvaise note pour une demoiselle de bonne famille et de souche anglaise, pensait Ronald avec aigreur. Tout ce qu'elle eût jamais su faire était d'organiser ses stupides expositions de fleurs et d'offrir le thé à une bande de vieilles toupies.

Pendant plusieurs semaines, Ronald chercha une solution. Puis, quelques lignes lues dans le journal, firent en lui leur chemin. Il y était question d'un avion de l'armée qui venait de laisser tomber, on ne savait comment, un de ses réservoirs d'aile sur Los Angelès. L'énorme morceau de métal avait bien failli décimer un groupe de gens occupés à faire cuire leur dîner en plein air dans la cour intérieure de leur maison. Ce fut vraiment une chance, un calcul mathématique ayant démontré que tout objet tombant sur Los Angelès rencontre forcément un *barbecue*.

Immédiatement Ronald eut une idée et les détails vinrent tout naturellement d'eux-mêmes à leur place. C'était simple. Ce bon vieux Ferdie, comme d'habitude, survolerait la maison. Cette fois — quel garçon négligent ! — il se trouverait quelque chose de lourd et de mal assujetti dans le cockpit. Un outil, par exemple. Il tomberait d'une hauteur de cinq ou six cents mètres et, par suite de circonstances soigneusement mises au point, rencontrerait le crâne de Tante Frances. Ferdie accepterait-il ? Ce n'était pas comme de faire sauter les w.-c. du professeur de théologie. Mais Ronald pensait pouvoir le convaincre. Après tout, Ferdie n'aimait pas spécialement Tante Frances qui le traitait toujours en paysan qu'il était car il descendait d'immigrants germano-roumains. De plus, au contact de Ronald, Ferdie avait acquis des goûts dispendieux et quelque argent serait toujours, pour lui, le bienvenu. Ronald n'aurait qu'à lui promettre — et à lui donner vraiment — une somme rondelette après la mort de sa tante, Ronald étant le seul héritier de celle-ci.

Il rencontra Ferdie dans un bar tranquille à l'autre bout de la ville. Il était inutile de tergiverser. C'étaient de vieux conspirateurs et ils se trouvaient presque ramenés à leurs années de collège.

— Je ne vois pas très bien, dit Ferdie après avoir écouté le bref résumé de Ronald. Qu'est-ce qui te fait croire que je puisse atteindre quelqu'un en volant à cette altitude ? On ne pouvait même pas le faire pendant la guerre avec un dispositif spécial.

Ronald était toujours très patient avec Ferdie à qui il fallait expliquer au moins deux fois les choses pour comprendre. Mais, une fois qu'il avait compris, on pouvait compter sur lui.

— Ne t'inquiète pas, dit-il tranquillement. Tout ce que tu auras à faire sera d'admettre que tu te livrais à quelques acrobaties au-dessus de la propriété. On te montrera l'outil, ou quoi que ce soit que nous emploierons, et tu reconnaîtras qu'il t'appartient. Et quand on te dira que cet outil a tué une femme, tu prendras un air horrifié et désolé.

— Qu'est-ce qu'on me fera ? demanda Ferdie mal à l'aise.

— Que diable pourrait-on te faire ? Puisque ce sera un accident. Évidemment, on te retirera peut-être ta licence pour un temps. En mettant les choses au pire, tu peux même avoir quelques mois de prison. Mais nous y avons déjà été tous les deux. Et je te donnerai dix mille dollars dès que j'aurai hérité. Sans parler de tout le fric que j'aurais à dépenser plus tard pour nous deux. Crois-moi, Ferdie, c'est un plan magnifique.

— Mais je ne pourrai jamais atteindre ta tante d'une hauteur de six cents mètres, protesta Ferdie.

— Je le sais bien. Aussi vais-je m'en occuper moi-même. Mais nous resterons les seuls à le savoir. Rappelle-toi seulement que l'outil est tombé de l'avion alors que tu faisais des loopings ou ce que tu voudras d'autre. Personne ne pourra prouver que ce n'est pas arrivé de cette façon. J'irai te voir demain et trouverai quelque outil approprié dans tes affaires. Tu as compris maintenant ?

— Bien sûr, Ronnie. Je fais un tour en avion comme d'habitude et quelques acrobaties. Quand on vient ensuite me trouver je reconnais mon outil ? C'est ça ?

— Très bien. Maintenant « Cerveau et Muscle » travaillent de nouveau ensemble. Et cette fois, pour un million de dollars.

Si Ferdie pensait que recevoir dix mille dollars de Ronald était de la part de celui-ci une façon honnête de partager un million, il n'y avait aucune raison pour lui ôter ses illusions...

***

Chez Ferdie, le lendemain, Ronald fouilla dans une grande boîte à outils. Finalement, il choisit un marteau qui avait une grosse tête et un mince manche d'acier. Il le soupesa avec enthousiasme.

— Parfait. Tu vois pourquoi ?

— Bien sûr, répondit Ferdie. Une chose comme ça qui tombe de six cents mètres tuerait un éléphant.

— Oui, mais il y a mieux. Ce marteau, à peu de chose près, est fait comme un obus. Un seul regard sur cette tête lourde et ce manche mince convaincrait n'importe qui. Il resta un instant perdu dans ses pensées. Et pourtant je ne peux pas le balancer par le manche. Ce serait fatal.

— Qu'est-ce que tu veux dire ?

— Tu ne comprends pas ? Il faut que je la frappe exactement de la même façon que si le marteau tombait sur elle. Ces experts médicaux sont tellement habiles. Ils se servent de tout ce qui peut exister... microscopes, produits chimiques, et tout le tremblement. Je l'ai lu quelque part. Il vaudrait mieux par conséquent que j'attache le marteau à un bâton. Je pourrais ainsi la frapper sur le dessus du crâne comme si le marteau était tombé d'en haut.

Le visage taciturne de Ferdie s'éclaira.

— Maintenant je comprends. Tu penses à tout. Moi j'oublierais sûrement quelque chose.

Ronald prit un air suffisant.

— C'est bien pourquoi nous sommes des associés imbattables. Je fais des plans ; tu me suis jusqu'au bout. Souviens-toi, tu as cloué une natte sur le plancher du cockpit et oublié que le marteau était resté là. Plante quelques clous aujourd'hui de sorte que si quelqu'un regarde plus tard, il y voit bien quelques petites têtes brillantes. Nous ne devons rien négliger.

— D'accord.

Ronald connaissait son homme. Jamais il ne dirait quoique ce fût à moins que Ronald lui-même ne le lui ordonnât.

— Autre chose, dit Ronald en essuyant soigneusement avec un chiffon le marteau qu'il tendit à Ferdie. Mets tes empreintes sur le manche. Il ne faut pas qu'on y trouve les miennes.

Ferdie tendit une main épaisse et la retira aussitôt comme si l'acier était devenu soudain brûlant.

— Eh, protesta-t-il. Je n'aime pas beaucoup ça. Mes empreintes sur l'arme d'un crime...

— Mais ce ne sera pas un crime... simplement un accident. N'oublie jamais ça. Si tes empreintes ne se trouvaient pas sur le manche d'un marteau que tu viens d'employer pour travailler sur l'avion, la police aurait tout de suite des soupçons. Quant aux miennes on ne les y verra pas parce que je suis un garçon assez malin pour ne toucher à rien de la scène du crime... pardon !... de l'accident.

— Et si l'on m'accuse ?

— Ne sois pas stupide. L'aéroport fournira ton alibi. Une douzaine de personnes pourront témoigner qu'à l'heure de la mort de ma tante tu te trouvais à bord de ton avion à cinq cents mètres d'altitude. Et, à propos, ne monte pas plus haut. Il se peut que je ne sois pas capable de frapper aussi fort qu'une chose tombant de quinze cents mètres. Ne te fais pas de bile, Ferdie. Tu sais bien que tu peux avoir confiance en moi.

Ferdie le savait en effet. Ronald ne l'avait jamais laissé condamner seul.

— Bien sûr, dit-il.

Et il prit le marteau.

***

Le samedi suivant, alors que Tante Frances se reposait dans son jardin en lisant un magazine, à l'abri des regards indiscrets derrière une haute haie, un avion léger apparut au-dessus des champs, bourdonnant comme un gros insecte. Mlle Howard leva la tête, fronça les sourcils, et retourna à son roman. Un de ces jours elle enverrait le chauffeur porter aux autorités du pays, un mot de protestation au sujet de cet ami de Ronnie, qui l'importunait, vraiment. Au même moment, son neveu, voyant les acrobaties aériennes de Ferdie et notant qu'aucun des domestiques ne se trouvait là, comprit que l'heure avait sonné. Il se glissa derrière la vieille dame plongée dans sa lecture. Il tenait à la main le marteau soigneusement attaché à l'extrémité d'un morceau de bois. Il calcula avec soin la distance, prit son élan et frappa avec le sommet de la lourde tête de métal. Sans un cri, sa tante s'écroula sur le marbre de la table de jardin, tachant de sang le magazine. Rapidement, mais avec un calme délibéré, Ronald coupa la ficelle qui liait le marteau au bâton et en ramassa tous les morceaux, en prenant bien soin de ne pas toucher au marteau lui-même qu'il laissa tomber sur l'herbe près du corps de sa tante. Il jeta ensuite la ficelle dans la chaudière aux ordures et le morceau de bois dans le bûcher parmi des centaines d'autres. Puis il « découvrit » l'accident et téléphona à la police. La ficelle serait en cendres bien avant que les policiers fussent là, Horace, le jardinier, se préparait justement à brûler des détritus.

La police arriva pourtant rapidement. Mlle Howard avait été une personnalité dans le pays. On prit beaucoup de photographies et on interrogea tout le monde. Quand il fut clair qu'aucun rôdeur n'avait été aperçu dans les parages, Ronald pensa qu'il devenait temps de parler de l'avion. Par chance, Mme Harris, la cuisinière, le fit la première. Ronald n'eut plus qu'à ajouter que Ferdie Davis en était le pilote. Ce farceur faisait toujours un peu le pitre chaque samedi au-dessus du pays.

— On dirait que votre ami a été diablement négligent, fit remarquer vertement le lieutenant de police. Je parierais que ce marteau est tombé de son avion.

Ronald le regarda, bouche bée d'admiration.

— Vous devez avoir raison, s'exclama-t-il. Je n'y aurais pas pensé. Mais je savais bien que cela ne pouvait être qu'un accident. Personne n'aurait voulu faire de mal à Tante Fran. La pauvre... ajouta-t-il d'une voix mal assurée, mourir d'un aussi stupide accident. Il n'y a pas une chance sur un million...

Le policier approuva. La vieille fille n'avait vraiment pas eu de chance.

Mais le lendemain, tard dans l'après-midi, un autre policier arriva. Un certain Capitaine Swingle, qui n'était pas tellement sympathique.

— Nous avons interrogé Davis, dit-il, — Ronald le savait parfaitement, Ferdie lui ayant téléphoné pour le lui dire et ajouter qu'il était vraiment désolé d'apprendre ce qui était arrivé à Tante Frances. Tout cela prouvait que tout marchait selon le plan établi — Il a reconnu son marteau, continua le policier. Il dit qu'il a dû tomber de l'avion pendant une acrobatie.

Ronald secoua tristement la tête.

— Je suis navré pour ce pauvre Ferdie. Cette affaire doit l'avoir terriblement éprouvé. Un accident si étrange... Vous vous rendez compte, si quelqu'un *voulait* vraiment frapper une personne de cette hauteur, il n'y arriverait jamais...

— C'est assez bien réussi, interrompit froidement le policier. Un coup bien monté.

— Que voulez-vous dire ? demanda Ronald, la voix pleine de colère. Ces policiers... ils essaient toujours de vous énerver, de vous faire perdre votre sang-froid... surtout quand ils manquent d'informations. Mais ils ne pourraient rien prouver.

— La vieille histoire du porte-plume vous aura fait commettre une erreur, dit le Capitaine Swingle tandis que Ronald le regardait bouche bée. Il y a un certain nombre d'années, quelqu'un décréta qu'il était stupide de laisser un stylo arriver au sol la pointe de sa plume la première, chaque fois que l'instrument tombait par accident. Pour conjurer cette fatalité le plaisantin proposait d'en alourdir l'autre extrémité. Le stylo tomberait alors la pointe en l'air. Malheureusement, ce n'est pas ainsi que se passent les choses !

— Mais je ne vois pas...

— Bien sûr... sinon vous n'auriez pas tramé ce petit complot. Si vous prenez un marteau comme celui qui a tué votre tante et que vous le lâchez dans le vide, il tombera exactement de la façon dont vous le teniez au départ... tête en haut, tête en bas, horizontalement ou en biais. Si vous en doutez, imaginez cette tête reliée au manche par un simple fil. Tombera-t-elle plus vite que le manche, en tendant le fil ? Non. Galilée l'a démontré il y a plus de trois cents ans.

Le cerveau de Ronald travaillait vite.

— Si le marteau peut tomber dans n'importe quelle position, pourquoi pas alors dans celle-là... la tête en bas ? Si toutefois ma tante a bien été tuée de cette façon, évidemment, s'empressa-t-il d'ajouter en se maudissant d'avoir parlé trop vite.

Le Capitaine Swingle eut un sourire glacial.

— J'ai dit qu'il tomberait comme cela si vous le lâchiez dans le vide. Dans ce cas, un objet pesant cinquante grammes et un autre pesant une tonne arriveront ensemble au sol. Mais, dans l'atmosphère, celui qui offre le plus de résistance, tombe le plus lentement. Et dans le cas qui nous intéresse, ce sera la tête du marteau. Si l'outil était vraiment tombé d'une hauteur de cinq cents mètres, il se serait tourné le manche en bas après une ou deux secondes de chute, et le crâne de votre tante aurait été percé par ce manche au lieu d'être écrasé par la tête. Nous venons d'en vérifier l'exactitude avec l'hélicoptère de la Division. Avez-vous quelque chose à dire à ce sujet ? demanda-t-il enfin en fixant le visage blême de son interlocuteur.

Ronald resta un moment silencieux. Ses lèvres décolorées remuaient mais aucun mot n'en sortait. Enfin, il articula d'une voix sourde :

— Ferdie est innocent. Il n'a fait que se taire... et se montrer fidèle.

Les traits d'acier du Capitaine s'adoucirent une seconde. Puis, d'un ton moins brusque, il dit :

— Allons !

Plus tard, il fit cette réflexion au chef de la police :
— Le garçon s'intéressait trop aux filles et pas assez à Galilée.

Gals or Galileo.
Traduction de Simone Millot-Jacquin.

TENDRE ASSASSIN

par JACK RITCHIE

Il y avait déjà trois mois que nous étions mariés et je commençais à penser qu'il était temps que je me débarrasse de ma femme.

J'allai faire un petit tour dans la remise de la serre mais je n'y trouvai que des articles non toxiques, comme de la cire à greffer, de la chaux, ou de la tourbe...

Je revins à la maison.

— Henrietta, m'écriai-je, où mets-tu les poisons ? Je veux dire les poudres et tous les ingrédients que tu utilises pour le jardin ?

— Mais, Chéri, nous employons la méthode *biologique*. Ni pulvérisations, ni produits chimiques d'aucune sorte. Nous ne faisons que seconder la nature en enrichissant le sol avec des matières organiques — des feuilles, de l'herbe fauchée et surtout du foin pourri. Un sol sain produit des plantes saines et les insectes ne s'attaquent pas aux plantes saines. Pourquoi as-tu besoin de poison, Chéri ?

— J'ai vu un scarabée dans un des buissons.

Elle sourit avec indulgence.

— Il ne faut pas tuer les scarabées à tort et à travers, William. Il y en a beaucoup qui sont très utiles.

Je l'examinai.

— Henrietta, il y a une chose que je voulais te demander. Où donc achètes-tu les robes que tu portes ?

Je faillis ajouter : « Et pourquoi les achètes-tu ? » Mais je me retins à temps.

Elle eut un bref coup d'œil vers le miroir.

— Je passe un coup de fil chez Elaine, à peu près tous les mois, et je lui dis de m'envoyer trois ou quatre robes.

— Tu ne les essaies pas avant de les acheter ?

— C'est inutile, Chéri. Elle a mes mesures. — Elle baissa les yeux sur sa robe. — Est-ce qu'elle te plaît, William ?

— Elle te va à merveille. Mais, la prochaine fois que tu voudras en acheter une, je crois que nous ferions mieux d'aller ensemble chez Elaine et de passer un peu en revue ce qu'elle a.

En quittant ce bas monde, mon père m'avait laissé un héritage qui ne faisait pas tout le poids. J'entends par là que j'avais été obligé de puiser dans le capital pour vivre d'une manière civilisée. Au bout de quinze ans, comme il fallait s'y attendre, ce capital avait complètement fondu. Au moment où je rencontrai Henrietta, j'étais tout simplement criblé de dettes.

Jamais je n'ai considéré le travail comme un devoir, un plaisir ou un stimulant et j'ai toujours soupçonné ceux qui le recherchent d'être fondamentalement masochistes.

Après avoir vécu quarante-cinq ans sans connaître une seule fois cette nécessité dégradante, il aurait été manifestement injuste qu'elle me fût imposée maintenant.

Une ressource me restait : le mariage.

C'est une institution contre laquelle je n'ai jamais rien eu, tant qu'il s'agit des autres. Je comprends fort bien qu'un esprit moyen doive se trouver une occupation, que ce soit le travail, les livres comiques ou le mariage. Mais, en ce qui me concerne, j'ai toujours aimé mon indépendance et la perspective de devenir membre d'une équipe — fût-ce une équipe de deux — était loin de m'enthousiasmer.

Mais je n'avais plus un sou et je ne voyais pas d'autre solution.

Ma résolution prise, je me mis sérieusement en quête. Hélas ! malgré ma situation désespérée, mon esprit restait critique et je ne trouvais rien à ma convenance. Pour étendre mon champ de recherches, j'en vins à fréquenter les *thés* — et c'est à l'un d'eux que je vis Henrietta pour la première fois.

A vrai dire, elle ne fit pas une grosse impression sur moi. Ses vêtements n'étaient pas précisément démodés, mais on aurait dit qu'elle les avait choisis les yeux bandés. Petite, d'apparence fragile, elle était assise toute seule dans un coin, l'air absent, un léger sourire sur les lèvres. On avait l'impression qu'elle était venue là par erreur et ne savait plus comment s'en aller.

Je venais de réprimer un bâillement lorsque Henrietta renversa sa tasse de thé.

Les yeux de la maîtresse de maison lancèrent des éclairs.

— Vraiment, Henrietta !...

Henrietta devint rouge comme une pivoine.

— Je suis désolée, Clara. Je pensais à autre chose.

Clara haussa les épaules.

— Vous pourriez faire attention ! Je viens justement de faire nettoyer ce tapis.

A ce moment, il me vint à l'esprit qu'une femme vêtue comme l'était Henrietta devait être ou très pauvre ou très riche pour manifester une telle indifférence vestimentaire. Quand les conversations reprirent, je me tournai vers Hawley Purvis qui était assis à côté de moi.

— Henrietta ? N'est-elle pas de la famille des Baron qui a été complètement ruinée l'année dernière ?

— Grands Dieux, non ! C'est une Lowell. C'est elle qui possède cette magnifique propriété sur le Lakeview Road. Au moins vingt hectares. Et une armée de domestiques.

— Mariée ?

— Non. Même pas divorcée.

Je dirigeai mon regard sur Henrietta. Une bonne s'approchait d'elle avec la théière. Henrietta parut soudain inquiète à l'idée d'avoir à manipuler une nouvelle tasse pleine. Elle voulut refuser, mais c'était trop tard. La bonne était déjà en train de verser.

Je la regardai tenir avec précaution la tasse à deux mains et je me caressai pensivement le menton. Vingt hectares ? Une armée de domestiques ? Je l'observais à la dérobée. Elle but la moitié de sa tasse. Cinq minutes plus tard, de toute évidence, elle avait de nouveau l'esprit ailleurs. La tasse s'échappa de ses doigts et son contenu se répandit sur le tapis...

Le cri de Clara trahit une véritable fureur :

— Henrietta !

Cette fois, Henrietta devint pâle. Je suis sûr que si elle avait pu s'évanouir, elle l'aurait fait.

Je me levai et fis cérémonieusement couler le contenu de ma tasse sur le tapis de Clara.

— Madame, dis-je d'une voix glaciale, envoyez votre sacré tapis au nettoyage et faites-moi parvenir la note.

Le moment était venu de passer à l'action.

J'offris mon bras à Henrietta et nous sortîmes.

Le plus grand obstacle à mes plans de mariage

ne vint pas d'elle, mais de son fondé de pouvoir, Adam McPherson.

Je fis sa connaissance un mois après l'annonce de nos fiançailles. Il vint chez moi, se présenta et me considéra avec un visage de marbre.

— Combien voulez-vous ?

— Pour quoi faire ?

— Combien voulez-vous pour renoncer à votre mariage avec Henrietta ?

Je fronçai les sourcils.

— C'est elle qui vous envoie ?

— Non. C'est une initiative personnelle. Je vous offre dix mille dollars.

— En vous retournant, vous verrez une porte. C'est la sortie.

Cela ne l'intimida pas.

— Quand j'ai entendu parler de vous, je me suis livré à une petite enquête. Vous êtes sans le sou et vous avez des dettes un peu partout, entre autres chez Curley qui s'occupe du nettoyage des tapis. — Il serra les lèvres — Vous épousez Henrietta pour son argent.

— Vraiment ? Qu'est-ce qui vous permet d'en être si sûr, à part l'état de mes finances ?

— J'ai questionné tous ceux qui vous connaissent. Ils ont été unanimes à me dire que vous étiez aussi capable de tendres sentiments qu'un poisson. Un poisson réfrigéré, ont-ils spécifié — Et il renouvela son offre — Dix mille dollars.

Qu'étaient dix mille malheureux dollars en comparaison des millions d'Henrietta !

— Henrietta et moi sommes profondément amoureux l'un de l'autre, dis-je fermement. Je ne renoncerai pas à elle pour moins de... pour tout l'or du monde.

— Vingt mille dollars.

— Jamais.

— Trente mille. C'est mon dernier mot.

— Et moi, c'est la dernière fois que je vous dis non. Est-ce votre argent que vous offrez ?

— Oui.

— Pour quelle raison ?

— Je ne veux pas qu'Henrietta commette une erreur qu'elle regretterait toute sa vie.

Je crus avoir deviné.

— L'auriez-vous, par hasard, demandé vous-même en mariage ?

La mine sombre, il fit signe que oui.

— A peu près quatre fois par an pendant les douze dernières années.

— Et comment a-t-elle réagi ?

— Elle me considère comme un fidèle ami sur qui l'on peut compter. C'est absolument désespérant. — Soudain, son visage s'éclaira sous le choc d'une pensée — Vous êtes *vraiment* amoureux d'Henrietta ?

J'utilisai un mot dont le sens m'était totalement étranger.

— Passionnément.

— Dans ce cas, dit-il en se frottant les mains, vous accepterez certainement de renoncer par écrit à vos droits sur la fortune et les biens d'Henrietta ?

— Henrietta n'y consentirait jamais.

— Je le lui demanderai.

— Vous voulez que je vous torde le cou ? éclatai-je. — Mais je repris aussitôt possession de moi-même. — Écoutez ! Vous dites que vous tenez à voir Henrietta heureuse. N'avez-vous pas remarqué comme elle rayonne depuis que nous nous sommes rencontrés ?

Il l'admit à contrecœur. Puis il soupira.

— Bon ! Je ne m'opposerai pas à votre mariage.

— Comme c'est aimable à vous !

Il m'observa un instant.

— Vous savez qu'Henrietta a besoin d'être protégée ?

— En effet. Elle est un peu simple.

— Ingénue, corrigea-t-il — Il se dirigea vers la porte et se retourna — Vous n'ignorez sans doute pas qu'elle enseigne à l'Université ?

Je ne pus dissimuler mon étonnement.

— Henrietta ?

— Oui. Elle est assistante de botanique. Elle fait don de son traitement à des œuvres.

Ainsi s'expliquait que, pendant la semaine, on ne la trouvât jamais chez elle avant le soir.

— Elle ne m'en a jamais parlé.

— Elle a probablement oublié, dit McPherson. Elle est un peu distraite.

Le mariage eut lieu trois semaines plus tard. Ce fut une cérémonie intime, toute simple, à peine gâtée par le fait que McPherson y fit son apparition en état de complète ébriété et éclata en sanglots lorsque je passai l'anneau au doigt d'Henrietta. Elle-même était émue et elle pleura.

Nous passâmes notre lune de miel aux Bahamas où Henrietta glana une incroyable collection de fougères et de plantes tropicales qu'elle se proposait d'étudier à la maison.

De retour dans sa propriété, je me mis à étudier les comptes de la maison. Pendant une semaine, je subis sans rien dire une cuisine déplorable et un service au-dessous de tout.

Le jour où Henrietta retourna à l'Université, je convoquai les domestiques. Tous, tant qu'ils étaient, attendirent ce que j'avais à dire en me fixant avec insolence.

Je m'attaquai directement à la clef de voûte — la gouvernante.

— Madame Traggers, approchez un peu !

Elle se croisa les bras.

— Qu'est-ce qu'il y a qui ne va pas ?

Je lui souris avec une grande douceur.

— Il y a quelque chose chez vous qui m'intrigue.

Pourquoi avez-vous toujours cette mine renfrognée ?

Ladite mine se renfrogna un peu plus et je continuai gentiment.

— On s'attendrait à vous voir gaie comme un pinson, absolument pétillante, sautant sur une patte, chantant du matin au soir. Après avoir réussi à gratter dix-huit mille dollars en six ans...

Son visage devint mauvais.

— Est-ce que vous m'accusez de... ?

— Oui.

— Je vais immédiatement porter plainte.

— Faites-le, je vous en prie. Dès que vous serez sortie de prison.

Un éclair d'inquiétude passa dans ses yeux. Elle grogna :

— Vous ne pouvez rien prouver.

C'eût été difficile, en effet. Mais j'accentuai mon sourire.

— Madame, je vous garantis que je n'aurais aucun mal à convaincre n'importe quel juge ou n'importe quel jury. Néanmoins, je vais me montrer généreux. Vous avez une valise ?

Ses yeux cillèrent.

— Oui.

— Alors, dépêchez-vous de la faire et de décamper. Vous êtes fichue à la porte.

Elle fut sur le point de prononcer des paroles regrettables mais la nature de mon sourire la fit changer d'avis. Elle se passa la langue sur les lèvres en regardant les autres. Finalement, elle se racla la gorge et sortit de la pièce à grands pas.

Je fis alors face au chauffeur, un individu mal rasé qui devait dormir dans son uniforme.

— Simpson !

— Ouais ?

— Vous ne pensez pas que nous ferions mieux d'envoyer toutes nos voitures à la casse ?

— ... Hé... ?

— De la première à la dernière. Nous réaliserions une économie considérable. Si j'en crois les notes d'essence et le kilométrage, pas une seule d'entre elles ne consomme moins de trois litres au kilomètre.

Il se dandina sur un pied.

— Y doit y avoir une erreur quequ' part.

— C'est possible. Mais ne vous tracassez pas pour ça. Vous avez une valise ?

Il devint rouge.

— Il n'y a que Mlle Lowell qui puisse me renvoyer.

Je souris.

— Mlle Lowell s'appelle maintenant Mme Graham. Et si, dans une heure d'ici, vous n'avez pas vidé les lieux, je vous considérerai comme un cambrioleur. Je ne viserai pas à la tête, parce que la balle pourrait ricocher, mais vous présentez assez de surface ailleurs pour que je ne vous manque pas.

Je ne congédiai pas tous les domestiques. Je m'en tins à la proportion de soixante-dix pour cent. Et j'en remplaçai immédiatement la moitié en m'adressant à une agence sérieuse.

Le repas du soir fut servi à l'heure, dans le meilleur style, et se révéla d'une qualité irréprochable.

Henrietta ne remarqua pas l'excellence des mets — elle prête rarement attention à ce genre de choses — mais vers la fin du dîner elle regarda par hasard la bonne en train de servir et fronça les sourcils.

— Êtes-vous nouvelle ici ? Je ne vous ai encore jamais vue.

— Oui, Madame.

Henrietta se tourna vers moi.

— Qu'est-il arrivé à Tessie ?

— Je l'ai renvoyée. Ainsi que quelques autres.

J'ai d'ailleurs engagé de nouveaux domestiques. Mais pas plus qu'il n'en faut. Avais-tu besoin de trois femmes de chambre personnelles ?

— Trois ? Je suis désolée, William. J'étais persuadée que je n'en avais pas du tout. C'est Mme Traggers qui engage les domestiques. Je n'en ai jamais vu une seule dans ma chambre. — Elle me regarda avec une sorte d'espoir — As-tu aussi renvoyé Mme Traggers ?

— Oui.

— Et le chauffeur ?

— Oui.

Son regard se remplit d'admiration.

— J'étais... j'avais toujours un peu peur d'eux. Surtout du chauffeur. Chaque fois que je lui demandais de me conduire quelque part, il avait l'air si mécontent qu'à la fin je préférais prendre le bus.

Au bout d'un mois, la question de la propriété était parfaitement réglée. Le nouveau personnel fonctionnait d'une manière honnête et efficace.

Et maintenant, assis devant mon petit déjeuner, j'étudiais l'étape suivante qui devait m'apporter l'indépendance en plus de la fortune. Cette étape requérait l'élimination définitive de ma femme.

Par le poison ? Une méthode agréable, certes. Mais je ne voyais guère comment me procurer du poison sans que mon nom fût inscrit sur quelque registre.

Je dois dire que je n'avais encore jamais tué personne. Mais j'étais à peu près certain qu'un meurtre ne troublerait en rien ma tranquillité d'esprit. Naturellement, je n'éprouvais aucun besoin de contempler l'agonie de ma victime. Le moment venu, je saurais passer discrètement dans une autre chambre.

— Chéri, dit Henrietta. Que dirais-tu de faire de l'enseignement ?

— De l'enseignement ?

— Oui, Chéri. Une place de professeur d'Histoire va être libre cet automne et il n'y a encore personne en vue. Depuis quelque temps, les nouveaux professeurs sont surtout des scientifiques. Par patriotisme, je suppose.

De la mort aux rats ? L'idée me paraissait quelque peu vulgaire.

— Il suffit d'avoir une licence, poursuivit Henrietta. Et tu en as une. Ce serait si agréable pour nous de partir ensemble à l'Université tous les matins.

— Je n'ai absolument aucun désir d'enseigner. Tant qu'à occuper mon temps, je préfère m'instruire.

— Mais penser seulement à s'instruire est égoïste.

— Égoïste ? Moi ?

— Je ne parle pas de toi en particulier, protesta vivement Henrietta. Je veux seulement dire que s'instruire, c'est prendre quelque chose et enseigner, c'est donner. En enseignant tu te sentirais utile.

— Je ne tiens pas à me sentir utile.

Je pensai tout à coup à Ralph Winkler, un camarade de collège qui s'était orienté vers la chimie ou quelque chose comme ça. Il avait peut-être du poison chez lui.

Après le petit déjeuner, je cherchai l'adresse de Ralph dans l'annuaire et je me présentai chez lui trois quarts d'heure plus tard. Il habitait une maison d'une propreté insupportable au bout d'une pelouse tondue impeccablement.

Il me versa une tasse de café et se renversa dans son fauteuil.

— Je ne t'ai vu à aucune de nos réunions d'anciens élèves.

— Ralph, dis-je. Pourrais-tu me prêter un peu de...

Ses yeux étaient devenus rêveurs.

— Tu te souviens de Gillie Stearns ?

— Non. Il n'est pas nécessaire que ce soit de l'arsen...

— Tu te rappelles comme il savait faire bouger ses oreilles ? Il est devenu anthropologiste. (Je jetai un coup d'œil sur les pommiers qu'on apercevait derrière la fenêtre.) C'est lui, continua Ralph, qui a écrit cette fameuse thèse sur l'appendice.

— Qui ça ?

— Stearns. Personne ne sait encore au juste à quoi sert l'appendice. D'après Stearns, pour avoir un appendice sain, il faut faire bouger ses...

— Dis donc, je constate que tu es devenu un grand jardinier.

— Arboriculteur. J'ai cinq pommiers, deux pêchers et un pacanier[1]. Malheureusement, le pacanier a l'air bien décidé à ne rien produire.

— Pour produire, il faudrait peut-être qu'ils soient deux ?

— Tiens ! Je n'avais pas pensé à ça.

— Est-ce que tu te sers du pulvérisateur pour tes arbres ? — J'avais touché son point faible. Il se leva avec enthousiasme.

— William, suis-moi !

Je le suivis avec ma tasse de café.

Il me fit traverser la maison et me conduisit au garage. Il choisit une clef dans un énorme trousseau et ouvrit la porte.

— Je gare ma voiture dans la rue, dit-il. Il n'y a pas assez de place ici, comme tu peux t'en rendre compte.

L'endroit où je pénétrais tenait effectivement du magasin de machines agricoles et de la pharmacie. Un tracteur, une faucheuse et une foule d'outils divers encombraient le sol tandis que sur tout un pan de mur s'alignaient des étagères garnies de

1. Arbre de l'Amérique du Nord voisin du noyer.

fioles, de sachets, de bocaux et de boîtes en fer blanc. Des pulvérisateurs de tous genres et de toutes tailles étaient pendus un peu partout.

— Quelle est la superficie de ton terrain, Ralph ?

— Un bon tiers d'hectare.

Je parcourus du regard les étagères et choisis au hasard.

— Que contient cette petite boîte rouge, dans le coin ?

— Le produit le plus puissant que je possède, répondit-il avec fierté. Avec ça tu peux tuer tout ce que tu veux. — Il désigna un masque à gaz et une combinaison accrochée à une patère. — Je suis obligé de mettre ça pour pulvériser. Il est dangereux de laisser exposée la moindre parcelle de peau.

Mon regard retourna à la boîte.

— Et tu pulvérises ce poison sur tes pommes ?

— Et je te défie de m'en montrer d'aussi belles. Pas la moindre tache, pas la moindre queue pourrie, pas la moindre loupe.

— Mais... tu les manges ?

— Aucun danger. Le vent et la pluie finissent par faire partir la pulvérisation. D'ailleurs, je les épluche avant de les manger.

Je finis mon café et lui tendis ma tasse.

— Serait-ce abuser que de t'en demander une autre ? Je vais regarder ton installation pendant ce temps-là.

Pendant son absence, je forçai le couvercle de la boîte rouge avec un tournevis. Elle contenait une poudre jaune pâle. J'en remplis une enveloppe que je collai soigneusement et mis dans ma poche.

Ralph revint avec ma tasse remplie.

— Tu te souviens de ce bon vieux Jimmy Haskins ?

— Non, répondis-je en prenant la tasse. Que penses-tu de la méthode biologique pour soigner les arbres ?

Je sentis nettement tomber un froid.

— Absolument anti-scientifique, dit-il enfin.

J'eus l'impression qu'il regrettait de m'avoir apporté ma tasse de café. Impossible de prendre congé sur cette note pénible. Je fouillai les recoins de ma mémoire et soudain me mis à rire.

— Tu te rappelles ce bon vieux Clarence ? Celui dont tout le monde disait qu'un taille-crayon serait ce qu'il y aurait de mieux pour lui couper les cheveux ?

— Oui, dit Ralph avec froideur. C'est mon frère.

Il va sans dire que je n'avais pas l'intention d'empoisonner Henrietta dans notre maison. L'autopsie aurait été inévitable. Et la chaise électrique également...

Mais une conversation antérieure avec Henrietta m'avait donné une excellente idée.

— Chéri, avait-elle dit. Tous les étés, je vais faire un tour à la campagne pendant une ou deux semaines. Cela t'ennuierait-il que j'y aille cette année ?

J'avais été sur le point de lui répondre que je n'y voyais aucun inconvénient — pourvu qu'elle ne me demandât pas de l'accompagner — mais je m'étais ravisé aussitôt.

— Où projettes-tu d'aller ?

— J'aimerais faire une excursion en canot, William. Dans les forêts du Minnesota.

— Tu as déjà fait des excursions comme ça toute seule ?

— Oh ! non ! D'habitude, des étudiants viennent avec moi. Mais cette année, j'ai pensé que... J'ai un peu espéré que toi et moi... Tu comprends, nous pourrions engager un guide si tu estimais que cela vaut mieux. Mais je crois que ce ne serait pas nécessaire. Nous n'aurions qu'à ne pas trop nous éloigner du camp.

La perspective de me battre avec les moustiques

ne m'emballait pas du tout mais je souris bravement.

— Naturellement que j'irai avec toi. Et nous n'aurons pas besoin de guide.

Mon problème se trouvait résolu. Nous allions être seuls dans le no man's land. Je n'aurais qu'à la tuer et à l'enterrer tout simplement.

Ensuite, j'informerais les autorités que ma femme s'était éloignée du camp et n'avait pas reparu. On ferait évidemment des recherches mais on ne la trouverait pas.

Et quelle méthode allais-je employer pour la tuer ? J'avais tout passé en revue : le revolver, le poignard, le nœud coulant, la matraque. Aucun de ces moyens de primitif ne convenait à ma nature ennemie de la violence. Ce matin-là, j'avais finalement décidé que le poison constituait la méthode la plus civilisée.

Dès que je fus revenu de chez Ralph Winkler, je mis la poudre jaune sous clef.

Le soir venu, Henrietta apporta, comme d'habitude, ses papiers dans le living-room et se mit à travailler à un article pour le Journal de Botanique. Je mis une pile de disques sur l'électrophone et m'installai sous la lampe pour jeter encore un coup d'œil aux comptes d'Henrietta.

Au bout d'un moment, je me retournai sur ma chaise.

— Henrietta, je vois une dépense qui revient constamment. Tous les mois, tu retires deux mille dollars d'un de tes comptes en banque. Mais je n'arrive pas à trouver leur emploi.

Henrietta eut une hésitation.

— Il s'agit malheureusement d'un chantage, Chéri.

Un chantage ? Je l'avais peut-être sous-estimée.

— Que diable as-tu bien pu faire pour donner prise à un maître chanteur ?

— Rien, Chéri. C'est le professeur Henrich. Tu

comprends, lui et sa femme ont adopté un enfant. Mais pas par les voies régulières. On appelle ça du marché noir. Ils croyaient que tout était parfaitement arrangé. Mais, un an plus tard, un homme s'est présenté comme étant le père de l'enfant. Sans doute avec preuves à l'appui. Et il a dit qu'il allait reprendre l'enfant, à moins que...

— A moins que le professeur ne lui verse de l'argent, évidemment.

— En effet. Au début, il a versé cent dollars par mois. Puis la somme est graduellement montée jusqu'à cinq cents. Mais son traitement n'y suffisait pas. Les pauvres ont été obligés de puiser dans leurs économies. Et quand ils n'ont plus rien eu, le professeur m'a demandé de lui prêter de l'argent. Dans un moment de désespoir, il m'a tout raconté. Alors j'ai pris les paiements à ma charge.

— Toi ?... Tu as pris les paiements à ta charge ? Et Henrich a accepté ça ?

— Mais il n'en sait rien, Chéri. Je lui ai seulement dit que j'allais avoir une conversation avec Smith. — C'est le nom du maître chanteur — et, plus tard, je lui ai fait croire que j'avais réussi à effrayer le bonhomme en le menaçant d'alerter la police.

— Naturellement, tu n'as rien fait de semblable ?

— Non. En y réfléchissant, je me suis rendu compte qu'il n'y avait en réalité aucune preuve que Smith faisait du chantage. Il avait toujours exigé qu'on le paie cash. Si on déposait une plainte et qu'elle n'ait pas de suite, il était capable de se mettre en colère et de reprendre l'enfant. L'argent était le seul moyen d'arranger les choses.

— Cinq cents dollars pour commencer. Avec promesse d'augmentation, comme il se doit. A l'heure actuelle, c'est deux mille dollars par mois ?

— Oui, Chéri.

Je me passai la main sur les yeux.

— Est-ce que tu te rends compte que ce sera bientôt trois mille ? Puis quatre ?

Elle secoua la tête.

— Non. Deux mille, c'est l'extrême limite. Je le lui ai dit quand il m'a demandé deux mille cinq cents. Il n'a pas eu l'air content, mais il s'est résigné. Je peux me montrer très ferme quand je veux, ajouta-t-elle en souriant.

J'avalai ma salive.

— Combien as-tu donné en tout à ce gredin ?

— Je ne peux pas dire au juste. A peu près cinquante mille dollars.

— *Cinquante mille dollars* de mon... de notre argent ? A un homme qui se contente de se tourner les pouces ?

— Tu m'y fais penser, William. Sais-tu que tu n'aurais que trois heures de classe par jour ? Parce qu'on confie généralement ces cours à des étudiants qui continuent leurs études et qu'on ne veut pas les surcharger de travail. Que dirais-tu de préparer un doctorat en même temps ?

— Quand dois-tu revoir ce Smith ?

— Il vient ici tous les premiers lundis du mois. Il est très ponctuel et il me téléphone toujours le dimanche précédent pour que je n'oublie pas de passer à la banque.

Je me dirigeai vers le meuble à liqueurs. J'avais besoin de quelque chose de raide.

— Quand il téléphonera, tu me laisseras lui parler.

Le coup de fil vint dans l'après-midi du samedi. Henrietta me tendit le récepteur.

— Voudrais-tu, s'il te plaît, t'éloigner un instant, lui dis-je. Je serai plus à l'aise pour discuter avec lui.

Dès qu'elle eut refermé la porte, j'articulai dans l'appareil :

— Vous avez reçu votre dernier cent, espèce d'infect parasite.

— De quoi ? Qui êtes-vous ?

Je le lui expliquai et ajoutai :

— Je contrôle le moindre penny qui sort de cette maison et je vous signale que votre nom ne figure plus sur la liste de nos charités.

— Dans ce cas, je reprendrai le gosse au professeur.

— J'en doute fortement. Vos références ne sont pas des meilleures, comme seront heureux d'en témoigner en justice le professeur, sa femme, la mienne et moi-même.

— Mon cher monsieur, je peux quand même vous causer beaucoup d'ennuis. Beaucoup d'ennuis.

— Allez-y ! Ne vous gênez pas !

Mais une idée me traversa la tête. Un homme qui se voit supprimer un revenu de deux mille dollars par mois a tendance à se montrer rancunier. Il était fort possible qu'il ne nous perde pas de vue. La disparition d'Henrietta n'allait-elle pas lui donner à penser ? Les maîtres chanteurs, c'est connu, ont généralement du flair pour ce genre de choses. N'allait-il pas essayer de me tenir à mon tour ? Et si je refusais de payer, il était fort capable de me compliquer la situation. Par exemple en suggérant à la police de faire des recherches plus poussées et de ne pas se limiter à la surface du sol.

Quand un individu quelconque vous fait chanter ou risque de vous faire chanter, il n'y a pas deux solutions.

— Un instant ! dis-je. Avez-vous une preuve réelle que vous êtes le père de l'enfant ?

— Le professeur a vu les papiers.

— Mais moi, je ne les ai pas vus. Je crois que vous n'avez aucune preuve. Si vous en possédez une, apportez-la donc ici lundi. Pas de preuve, pas d'argent.

Je raccrochai et j'expliquai à Henrietta que je voulais m'entretenir seul à seul avec Smith pour tâcher de lui faire entendre raison. Elle retourna toute heureuse à l'Université où l'on donnait une conférence sur le système de racines superficielles des séquoias.

Quand elle fut partie, j'ouvris l'enveloppe contenant la poudre jaune de Winkler. Combien en fallait-il pour tuer un homme ? Je n'en avais aucune idée. Je simplifiai la question en versant tout le contenu dans une bouteille de Scotch.

Smith arriva à huit heures et demie. C'était un gros homme avec de longs bras et une tignasse noire commençant à trois centimètres des sourcils. Il était vêtu avec recherche, sinon avec goût.

Je fermai la porte du bureau.

— Vous avez apporté la preuve ?

Il montra des dents aussi jaunes que des œillets d'Inde et sortit un revolver de sa poche.

— J'ai aussi apporté ça au cas où vous auriez des idées saugrenues.

Et il remit l'arme dans sa poche et me tendit une enveloppe.

J'examinai les papiers. C'étaient des originaux et non des photostats. Et ils étaient apparemment authentiques. Je m'approchai du meuble à liqueurs tout en étudiant un bulletin de naissance. Je me préparai un bourbon avec du soda et fis semblant de me rappeler que Smith était là.

— Un verre ?

— Qu'est-ce que vous avez ?

— Du Scotch ?

— Ça ira.

Je remplis généreusement un autre verre et le lui tendis. Il le vida sans reprendre son souffle puis se passa la langue sur les lèvres.

— C'est du bon, apprécia-t-il. (Ce qui me prouvait une fois de plus que le sens du goût est inexistant chez les gens qui boivent du Scotch.) On peut remettre ça ? demanda-t-il en avançant son verre.

— Volontiers. (Son aspect simiesque me rappelait Gillie Stearns.) Pouvez-vous faire bouger vos oreilles ? lui demandai-je.

Cette question parut l'attrister vaguement.

— Je pouvais le faire autrefois. Mais je n'y arrive plus depuis qu'on m'a opéré de l'appendicite.

Quand la couleur de son visage commença à virer au pourpre, je remis hâtivement les papiers dans l'enveloppe et les lui rendis.

— Ça m'a l'air en ordre. Excusez-moi, je vais vous chercher l'argent. Il est dans le coffre de la bibliothèque. Son teint fonçait de plus en plus.

Je passai dans la bibliothèque, m'assis pour fumer une pipe et ne retournai dans le bureau que quand j'eus tiré la dernière bouffée.

Smith était étendu sur le plancher aussi mort qu'on peut l'être et son aspect disait que ça ne s'était pas passé sans douleur.

Je repris l'enveloppe, chargeai le corps sur mon dos et franchis la porte-fenêtre pour aller le déposer à l'intérieur de la voiture qu'il avait garée dans l'allée circulaire.

Je me mis au volant et filai vers les faubourgs en prenant soin de suivre une ligne d'autobus. Arrivé dans un endroit suffisamment désert, j'abandonnai la voiture.

Je refis un bout de chemin à pied en sens inverse et montai dans un autobus.

On verrait peut-être la photo de Smith dans le journal quand son corps serait découvert. Si Henrietta tombait dessus, je dirais qu'un homme comme Smith avait dû se faire pas mal d'ennemis et que l'un d'eux l'avait tué. J'étais certain qu'elle se contenterait de cette explication.

A Freemont Street, je descendis du bus et me rendis à pied chez Ralph Winkler.

Il m'ouvrit la porte. Son attitude n'avait rien d'hospitalier.

— Tu désires ?

— Ralph, dis-je, nous avons des ennuis avec les mulots dans notre verger.

Il eut un mince sourire vindicatif.

— Pas possible ? Vous avez des ennuis avec les mulots ? Malgré la méthode biologique ?

— Malheureusement. Ne posséderais-tu pas quelque chose de puissant... un produit chimique quelconque... capable de les exterminer ?

Il redevint instantanément aimable et me fit entrer. Nous retournâmes au garage.

— Que veux-tu que je te donne ? dit-il en promenant les yeux sur sa pharmacie. J'ai là une drogue qui fait périr les mulots dans les convulsions.

Je pensai à la vilaine mort de Smith.

— Non. Je suis un être sensible. J'aimerais mieux quelque chose qui provoque une mort tranquille.

Il me regarda avec une certaine pitié.

— Comme tu veux. Je dois avoir ça quelque part... Mais tu devrais vraiment essayer le cyclolodidan. C'est ça que j'utilise tout le temps.

— Tu as des mulots ?

Il hocha la tête, le sourcil froncé.

— Je ne peux pas arriver à m'en débarrasser.

Henrietta revint, vers les onze heures du soir. Je lui annonçai que ni elle ni le professeur n'avaient plus à se tourmenter au sujet de Smith.

— Menacé d'être dénoncé à la police et de récolter vingt ans de prison, il a pris le large bouleversé et tremblant.

Henrietta me regarda avec admiration.

— Tu es un homme extraordinaire, William. Je me sens tellement en sûreté avec toi !

Pendant la semaine, Henrietta prenait généralement son repas de midi à l'Université. Mais, le jour suivant, elle arriva chez nous à midi et demi, hors d'haleine et joyeuse comme un enfant.

— C'est accepté ! cria-t-elle en brandissant une enveloppe.

— Quoi donc ?

— *Alsophilia grahamica.*

— *Alsophilia grahamica ?*

— Une fougère tropicale. William. Je l'ai découverte pendant notre voyage de noces. En voyant que je n'arrivais pas à la classer, j'ai compris que c'était une nouvelle espèce. Je lui ai donné ton nom — *grahamica* : de Graham — et je l'ai envoyée à la Société de Botanique pour qu'ils vérifient.

Je répétai les deux mots avec une certaine complaisance : « *Alsophilia grahamica* ». C'était plutôt agréable. J'aurais peut-être l'honneur d'une note dans un manuel scolaire, au bas d'une page. Mon nom serait immortalisé.

— Es-tu content, William ?

— C'est extrêmement gentil de ta part.

— Je vais faire mettre un petit bout de fronde de cette fougère dans un étui en plastique que tu pourras porter sur toi comme une amulette.

Ce soir-là, McPherson vint dîner. Depuis une dizaine d'années, il arrivait ainsi régulièrement tous les premiers mardis du mois et Henrietta, après notre mariage, n'avait pas voulu supprimer le rite.

C'est moi qui lui ouvris la porte.

— McPherson, j'aimerais avoir une petite conversation avec vous.

Il me fixa une seconde.

— Vraiment ? Quelle coïncidence ! J'allais vous proposer la même chose — Et il jeta un coup d'œil à droite et à gauche. — Où est Henrietta ?

— En haut. Occupée à corriger des devoirs.

Je le conduisis au bureau et abordai carrément le sujet.

— McPherson, vous êtes l'avoué et le fondé de

pouvoir d'Henrietta. Il est impossible que vous ayez ignoré les choses incroyables qui se passaient ici avant mon arrivée — feuilles de salaires truquées, domestiques en surnombre, dépenses astronomiques, etc.

Il hocha la tête.

— Évidemment.

Je fronçai les sourcils.

— Et vous n'avez rien fait ?

— Bien sûr que non puisque c'est moi qui avais combiné toute cette belle organisation.

— Vous... vous avouez ça tout tranquillement ?

— Mais oui, dit-il, s'approchant du meuble à liqueurs et passant les bouteilles en revue. Une organisation qui me rapportait gros. J'avais mon pourcentage, vous comprenez ? — Il se retourna pour me regarder. — Henrietta est une excellente botaniste mais elle n'entend absolument rien à la comptabilité. Elle s'en remettait complètement à moi.

Je me retins pour ne pas lui sauter dessus.

— Quel que soit le scandale qui en résulte, je vais déposer une plainte.

Il resta impassible.

— Alors je ferai en sorte que vous veniez me rejoindre en prison — en attendant mieux. Pour meurtre.

Cela me fit l'effet d'une douche froide.

Il s'empara d'une bouteille et d'un verre et poursuivit :

— Il y a quelques années, je me suis aperçu qu'Henrietta retirait régulièrement cinq cents dollars d'un de ses comptes en banque. C'était une petite somme mais, comme elle paie rarement cash, ma curiosité s'est trouvée éveillée. Ses réponses évasives, lorsque je l'ai interrogée à ce sujet, m'ont incité à poser des questions aux domestiques — qui étaient en quelque sorte sous mes ordres — et j'ai fini par découvrir l'existence de M. Smith. La suite de l'investigation — si j'ose employer ce terme à propos d'une simple écoute aux portes — m'a permis d'établir la raison des visites mensuelles de M. Smith. Smith manquait d'imagination, ricana McPherson en emplissant son verre. Il s'estimait heureux avec cinq cents dollars. Moi pas. J'ai pris contact avec lui et lui ai donné le choix : collaborer ou aller en prison. Il a naturellement choisi la collaboration. Si bien qu'au bout de quelque temps nous nous sommes partagé deux mille dollars tous les mois. Mille pour lui. Mille pour moi.

Je regardai la bouteille qu'il tenait encore en main. C'était le Scotch qui avait eu raison de Smith. J'avais oublié de le faire disparaître.

McPherson reposa la bouteille sur le rayon.

— Quand Smith m'a averti que vous vouliez le voir, je me suis demandé ce que vous aviez encore en tête. N'oubliez pas que vous aviez déjà ruiné une de mes sources de revenus. Je suis donc venu ici hier soir avec ma voiture. J'ai stationné dans la rue en attendant qu'il sorte de chez vous. Sa voiture est bien sortie de l'allée, dit-il en souriant, mais c'était *vous* qui étiez au volant. — Il regarda son verre puis leva les yeux sur moi. — Vous voulez que je vous serve quelque chose ?

— Non, merci. Mais je vous en prie, buvez tranquillement !

Il dégusta la première gorgée puis vida allégrement son verre. Après quoi, il toussa d'un air appréciateur et reprit la bouteille.

— Je vous ai suivi. Et quand vous avez abandonné la voiture de Smith, j'ai regardé à l'intérieur. Smith gisait sur le plancher, bien certainement mort. Je me suis dépêché de filer sans chercher à en savoir plus. Comment l'avez-vous tué ?

— Je lui ai donné un coup de poignard dans le dos.

Il sourit.

— N'essayez pas de me faire le même coup. Je suis sur mes gardes et je me tiendrai à bonne distance.

Il tenta de se redresser.

C'était à mon tour de sourire.

— Donc, si je vous dénonce vous me dénoncez ? Et c'est probablement votre intention de recommencer à escroquer Henrietta ? Avec ma passive coopération ?

Il inclina la tête.

— Exactement.

Je constatai que son teint était en train de foncer.

— Nous reprendrons cette discussion après dîner, dis-je aimablement. En attendant, je vais voir si Henriette est prête.

Je passai dans la bibliothèque, fumai une pipe et retournai dans le bureau.

McPherson avait cessé de vivre.

Je pris la clef de contact dans sa poche et portai son corps jusqu'à la voiture qu'il avait laissée dans l'allée. Je le tassai à l'intérieur du coffre et garai la voiture dans la rue.

Henrietta descendait au moment où je rentrai.

— Adam est-il déjà là ?

— Non, Chérie.

Elle sourit.

— Il est amoureux de moi, tu sais ? Ça m'a touchée qu'il ait pleuré à notre mariage.

Nous attendîmes une demi-heure, puis nous nous mîmes à table sans lui.

A dix heures, sorti sous le prétexte de faire un tour, je répétai le même scénario qu'avec Smith. J'abandonnai la voiture de McPherson, et je revins en autobus.

Henrietta reçut un choc quand elle apprit la mort de McPherson et la police fut intriguée. Henrietta s'en remit rapidement mais la police continua de se poser des questions. Et les jours passèrent.

A la fin du semestre, Henrietta et moi fîmes nos valises et roulâmes vers le Nord, en direction des lacs du Minnesota. Nous louâmes un canot, achetâmes des provisions et, un samedi après-midi, par un chaud soleil, nous nous lançâmes dans l'aventure.

Comme nous avions résolu de descendre le cours de la rivière, ramer ne nous parut guère fatigant et la première heure se passa de manière fort agréable.

Mais lorsque nous arrivâmes au premier rapide, je réalisai un peu tard que le canotage dans un endroit pareil était tant soit peu une affaire de spécialistes. J'aurais volonters gagné la rive et porté le canot à dos mais nous étions pris dans le courant et il ne nous restait plus qu'à tenter de tenir le coup en dirigeant tant bien que mal l'embarcation.

Nous avions déjà parcouru les deux tiers du rapide et je sentais revenir mon optimisme lorsqu'un rocher biscornu surgit droit devant nous. J'essayai désespérément de l'éviter mais l'arrière du canot vint donner en plein dedans et nous nous retournâmes.

Je me trouvai emporté par le courant, mes mains cherchant vainement à s'agripper aux rochers glissants. Tout à coup, je me sentis tomber à la verticale et plonger à plusieurs mètres sous l'eau. Lorsque je remontai à la surface, je découvris que j'avais complètement franchi le rapide et que je me trouvais à présent dans un bassin relativement calme. Je me sentis soulagé.

Je nageai jusqu'à la rive que j'escaladai et regardai vers l'amont. Henrietta se tenait accrochée à un rocher, juste au-dessus de la chute dans le bassin. Elle était pâle et ses yeux m'appelaient au secours.

Je criai.

— Henrietta, lâche le rocher ! Tu vas être entraînée dans le bassin. Il n'y a absolument aucun danger.

Elle regarda en bas puis releva les yeux vers moi.

— Mais je ne sais pas nager !

Quelques secondes, je restai muet. *Elle ne savait pas nager ?*

Mon cœur s'était mis à battre plus fort. L'occasion rêvée ! Pas besoin de recourir au poison. Nous aurions eu un accident de canot et elle se serait noyée. Pas plus difficile que ça. Je n'aurais plus qu'à gagner la première habitation et à raconter mon histoire.

J'élevai de nouveau la voix.

— Retiens ta respiration et lâche le rocher. Je vais t'attendre en bas pour te ramener à la rive. — J'ôtai mes souliers trempés, mon pantalon et ma chemise. Ensuite je lui souris et agitai la main. — Ça y est. Tu peux y aller !

Elle n'eut aucune seconde d'hésitation.

Le courant la happa et elle plongea dans le bassin.

Je tournai le dos à la rivière. Je n'avais plus qu'à attendre. Combien de temps ? Cinq minutes ? Dix ?

Mes yeux se posèrent sur mes vêtements. Le petit étui en plastique contenant le bout de fougère était tombé de ma poche et gisait dans l'herbe. *Alsophilia grahamica.*

Je fus pris d'un tremblement.

J'avais tué Smith et McPherson et ils méritaient bien la mort. Mais peut-on tuer un enfant ?

Un enfant ? Mais oui. Une femme enfant, et qui m'aimait. Et moi-même, à ma manière, est-ce que je ne...

Je poussai un juron effroyable et me jetai à l'eau.

Je trouvai immédiatement Henrietta et la ramenai à la surface. Suivant ma recommandation, elle retenait encore son souffle, mais elle était à bout.

Je la remorquai vers la rive en nageant sur le dos.

— Maintenant, tu peux respirer, Henrietta. Mais seulement par la bouche. Pas par le nez. Si tu sens que tu aspires de l'eau, crache-la et essaie de nouveau.

Arrivée sur la rive, nous nous assîmes au soleil. Mais elle était encore frissonnante et je la pris dans mes bras.

Elle leva les yeux vers moi.

— Tu seras toujours là pour me protéger, n'est-ce pas, William ? Toute ma vie ?

Je faillis soupirer que ça m'en avait tout l'air.

Je pensai qu'il y avait de fortes chances pour qu'en septembre, je donne des cours à l'Université.

Et, tout à coup, j'envisageai cette perspective avec plaisir.

The green heart.
Traduction de Michel Beauquey.

L'OBSESSION

par Harry Robert

Comme d'habitude, Tom Appleby lisait son journal sur le quai en attendant le train qui devait l'amener en ville. Comme le train entrait en gare, il leva les yeux juste à temps pour capter, par une des fenêtres d'un wagon, un petit signe de tête de Murray Allen. Appleby lui rendit distraitement son salut et retourna à son journal sans plus y penser pendant quelques secondes. Puis il se souvint que Murray Allen était mort depuis plus de deux ans.

Il releva rapidement la tête, mais naturellement la voiture avait poursuivi son chemin le long des voies ; le train, maintenant, s'immobilisait en grinçant et grondant. Tom regarda d'un air éperdu en direction de la voiture, puis décida d'oublier l'incident. Une illusion, un jeu de lumière sur la vitre, quelque chose comme ça. Ce ne pouvait être rien d'autre. Tom se dirigea vers l'endroit où il se tenait habituellement et monta à bord de son wagon.

Mais il n'oubliait pas l'incident. Tandis qu'il s'installait pour lire son journal, le visage de Murray Allen vint s'interposer entre ses yeux et la page imprimée. C'était la première fois qu'Appleby pensait à lui depuis des mois, et c'était curieusement troublant, agaçant. Tom Appleby n'avait jamais très bien connu Allen. Allen n'avait été qu'une vague connaissance — et vers la fin, il était même devenu une connaissance très déplaisante. Aussi quand Allen était mort, Tom avait-il décidé de le chasser de son esprit. Et maintenant, après tout ce temps, voilà que son souvenir lui revenait d'une façon des plus bouleversantes. Une illusion d'optique, quelque absurde combinaison de lumière, d'ombre et de reflet.

Puis Allen fut tiré de ses pensées de façon très brutale. Ce jour-là, son trajet en train qui se passait généralement sans incident fut interrompu par un vacarme déconcertant, une série de coups sourds, de bruits métalliques, de cliquetis suivis brutalement d'un arrêt bruyant. Une demi-douzaine de voitures environ avaient quitté la voie en franchissant un aiguillage défectueux. C'était un accident mineur ; aucune voiture ne s'était retournée, personne n'était blessé. Pourtant, cela créa un bel embouteillage ; et finalement, Appleby fut obligé de parcourir à pied plusieurs centaines de mètres avant de se retrouver sur la place de la gare. Là, il dut attendre longtemps avant de pouvoir monter dans un taxi, parmi tant de gens dont l'objectif était le même que le sien. Aussi arriva-t-il en ville avec plusieurs heures de retard, manqua-t-il un rendez-vous auquel il attachait beaucoup d'importance, et sa journée fut-elle gâchée.

Mais ce contre-temps chassa de son esprit Allen et ce moment troublant qu'il avait connu sur le quai. Et puis, trois semaines plus tard, l'incident se reproduisit.

Il se tenait debout, comme précédemment, quand levant les yeux, comme précédemment, il vit Allen qui lui faisait de nouveau signe. Cette fois, il le vit très nettement avec son gros visage rond et placide, ses cheveux prématurément blanchis, et ce demi-sourire qui n'en était pas vraiment un, mais l'expression qu'avait toujours eu Allen pour l'accueillir.

Cette fois, sous l'effet du choc, Appleby resta comme paralysé, l'esprit vide, ahuri. Et tandis que petit à petit la conscience lui revenait, il fonça en avant et courut le long du train, heurtant et bousculant les habitués, indifférent à leur étonnement, à leurs paroles irritées et à leurs regards indignés. Lorsque le train ralentit, il escalada le premier marche-pied venu et se mit à se frayer un chemin dans le couloir. Il allait voir de qui il s'agissait. Et son œil allait rapidement de place en place en fouillant les compartiments.

Il avait déjà parcouru deux voitures quand il aperçut dans la troisième une masse épaisse de cheveux blancs. Il se hâta vers elle en sursautant. La voiture fit une embardée, se cabra comme un cheval emballé et Tom se retrouva à genoux dans le couloir. Autour de lui, il vit d'autres voyageurs qui avaient été projetés de leur siège, et qui étaient tombés les uns sur les autres dans l'espace séparant les banquettes. Deux hommes s'affalèrent sur lui tandis qu'il oscillait à quatre pattes ; il entendit le vacarme des freins à air, le crissement métallique des roues, et il sentit la voiture s'ébrouer comme un chien qui rentre à la maison après une promenade sous la pluie. Le wagon s'inclina de façon affolante, puis rétablit son équilibre et s'immobilisa.

Appleby se releva et vit autour de lui des visages tendus aux grands yeux effrayés.

— Ça va ? lui demanda son voisin.

— Je crois que oui. Je crois que ça va. Que s'est-il passé ?

— Je n'en sais rien, dit l'autre, mais je vais sortir d'ici en quatrième vitesse.

C'était l'idée de tout le monde. Poussant, griffant, criant, les passagers se bousculèrent en direction des portes aux deux extrémités de la voiture. Il y avait de la panique dans l'air. Puis un robuste gaillard qui se trouvait près de la porte arrière se retourna et cria à tout le monde de se calmer et de laisser descendre ceux qui se trouvaient devant pour que tout le monde puisse évacuer. Sa voix avait un accent d'autorité ; on cessa de se bousculer et tous les voyageurs descendirent les uns derrière les autres.

Une fois en sécurité à terre, Appleby se mit à marcher sans savoir exactement où il allait ni pourquoi. Un cheminot le croisa ; il suffit à Appleby de lui jeter un simple regard pour voir qu'il était tout aussi secoué que n'importe lequel des voyageurs. Un autre regard, droit devant lui, lui en fit comprendre la raison. Le pont qui enjambait le fleuve était coupé. Le train, sorti de ses rails grâce à un système automatique de sécurité, ne s'était arrêté qu'à une douzaine de mètres du précipice.

Appleby fut secoué de la tête aux pieds. Il fit demi-tour et suivit ceux qui allaient dans l'autre direction. Quand il eut longé tout le train, il parvint enfin à un sentier qui escaladait le flanc de la colline et menait à une rue dans les faubourgs de la ville. Il erra sans but pendant un moment, les genoux comme en caoutchouc, les bras aussi légers et faibles que des plumes. Il avait un rendez-vous ce jour-là également, mais cette fois il n'aurait pu s'en désintéresser davantage. Inutile de téléphoner, inutile d'expliquer ; le client qu'il devait retrouver aurait certainement entendu parler de l'accident qui avait failli se produire. Après un temps qu'il aurait pu tout aussi bien évaluer à une heure qu'à dix minutes, il monta dans un taxi et donna son adresse personnelle.

L'hiver approchait, c'était une journée triste et grise. Le taxi était surchauffé et sentait le renfermé. Tom ouvrit son manteau, et se laissa aller en arrière dans un état d'épuisement presque total. Son cerveau en feu finit par se calmer, et sombrant dans un état de lassitude, il se mit à penser à Murray Allen.

Il le revoyait plus de trois ans auparavant, un jour d'été, entrant dans son bureau et demandant :

— Est-ce vous qui êtes propriétaire de cette terre à Chicken Run ?

C'était un homme grand, large d'épaules et robuste ; son visage rond et rose paraissait très lisse et son teint était celui d'un homme de vingt ans plus jeune. Mais sa caractéristique la plus frappante était son épaisse crinière d'un blanc de neige qui s'accordait si mal avec ses joues juvéniles et ses yeux bleu vif.

— Au-delà de Hulton Road, de l'autre côté du fleuve ? avait répliqué Appleby. Oui, c'est à nous.

Pendant un moment, Allen s'était contenté de rester là, debout, à le fixer droit dans les yeux d'un air pensif, presque méprisant. Puis il avait dit :

— Il se pourrait que je m'intéresse à un lot à cet endroit-là.

— C'est que j'ai l'intention d'exploiter ce lotissement, avait répondu Appleby, préférant donner le change. J'ignore encore si je vais le morceler. J'ai en tête deux ou trois projets pour en faire un quartier résidentiel vraiment agréable.

En fait, ce n'était pas un mensonge. Il y pensait. Il y pensait depuis qu'il avait acheté ce terrain, mais il n'était pas plus près maintenant de réaliser son plan qu'il ne l'était lorsqu'il avait acquis le titre de propriété. A ce moment-là, Appleby n'était encore que de la petite bière ; il n'avait pas le premier sou, ne fût-ce que pour le coup d'envoi d'un tel projet, et aucun espoir de trouver l'argent.

— Je ne veux pas d'une maison toute faite, avait dit Allen ; si je peux acheter ce terrain, j'envisage de faire construire le genre de villa qui me plaît, pour l'habiter.

Appleby espérait qu'Allen ne pouvait pas entendre son cœur battre. Tout signe d'intérêt que l'on manifestait pour ce terrain l'excitait. Il l'avait acheté avec de très maigres capitaux peu de temps après avoir ouvert son agence, et avait tout misé sur lui. Au terme de quatre années au cours desquelles personne n'avait montré le moindre intérêt pour ce secteur, il éprouvait sans cesse plus de difficultés pour payer ses traites et l'affaire commençait à ressembler à un fiasco.

Et maintenant, tandis qu'Appleby revivait en esprit cette entrevue, l'idée le frappa qu'il n'avait pas été facile de faire affaire avec Allen. Après s'être rendu plusieurs fois sur le terrain en sa compagnie, Appleby avait, en fin de compte, eu beaucoup de mal à obtenir de lui qu'il prît une option.

Quand, après l'accident de chemin de fer, Appleby rentra chez lui, il se rendit directement dans la cuisine et se mit à se préparer un verre. Sa femme l'entendit rentrer et descendit quelques minutes plus tard. Tom avait depuis longtemps pris l'habitude de préparer son dry dans son verre gradué. Au début, il se servait de ce verre pour mesurer, de façon très méticuleuse, le gin et le vermouth, mais cette fois, il ne prêta pas la moindre attention aux graduations ; il versa deux grands coups de gin sur la glace, inonda le tout de vermouth et remua rapidement. Il était en train de transvaser le breuvage dans un verre qu'il avait pris dans le réfrigérateur pour qu'il soit bien frais lorsque sa femme entra.

— Pourquoi es-tu rentré ? lui demanda-t-elle. Tu m'avais dit que tu avais un rendez-vous important en ville.

Il n'y avait aucune raison d'en faire un mystère. Il lui raconta la catastrophe qui avait failli se produire et lui dit à quel point cette affaire l'avait secoué. Lorsqu'elle comprit qu'il l'avait échappé belle, elle eut presque aussi peur que lui.

Midi approchait. Ils restèrent à parler dans la cuisine de ce qui s'était passé jusqu'à ce qu'elle eût préparé des sandwiches au bacon, à la laitue et à la tomate qu'ils mangèrent debout près de la table. Après cela, il ne sut trop que faire. Il essaya de regarder la télévision, mais s'aperçut qu'il était incapable de se concentrer. Au milieu de l'après-midi il se prépara d'autres verres. Et ainsi, en buvant sec, il parvint à oublier la suite terrifiante des événements qui s'étaient produits.

Maintenant, il avait la phobie des trains. Par la suite, pour se rendre en ville, il prit sa voiture qu'il laissait dans un parking situé dans les faubourgs, avant de faire le reste du trajet en métro. Petit à petit, son état redevint approximativement normal. L'époque de Noël, avec sa succession de réunions, facilita les choses. Il se rendait vaguement compte qu'il buvait beaucoup plus que d'habitude, mais il supportait bien l'alcool et il oubliait.

Un matin, à la fin de janvier, il neigeait légèrement lorsqu'il se leva. Cela ne semblait pas devoir être grand-chose, mais lorsqu'il eut terminé son petit déjeuner, bien que les rues fussent encore nettes, les pelouses étaient poudrées. Il sortit sa voiture et se dirigea vers la ville. Il conduisit lentement et précautionneusement, prenant garde d'éviter de s'arrêter ou de tourner brusquement. Et lorsqu'il eut atteint le parking, il attendit patiemment l'occasion d'y entrer. Sillonnée par de nombreux pneus, la grand'route était sèche, sans trace de neige, et les voitures qui s'y succédaient filaient devant lui aussi vite que s'il avait fait beau.

Après avoir attendu longtemps, Appleby saisit l'occasion favorable. Tandis que la dernière voiture passait dans un éclair, il appuya sur l'accélérateur.

L'entrée du parking montait légèrement et était recouverte par une fine couche de neige. Les pneus gémirent doucement, la voiture trembla mais ne bougea pas. Et juste à ce moment-là, une voiture qu'il n'avait pas remarquée, sortit du parking et passa de l'autre côté de la route que suivait Tom Appleby. Et tandis qu'elle était à sa hauteur, Murray Allen se pencha par la fenêtre et lui adressa un signe de la main.

Perdant la tête, Appleby appuya de toutes ses forces sur l'accélérateur. Les roues tournoyèrent, mordirent brusquement le sol et la voiture s'engagea d'un trait sur la grand'route. Dans un rugissement de klaxon, une conduite intérieure qui filait à vive allure braqua sec pour éviter Appleby et poursuivit son chemin ; son chauffeur gesticulait furieusement. Appleby freina brutalement. Sa voiture dérapa, fit un tête à queue et glissa latéralement en travers du côté droit de la route avant d'aller s'écraser de plein fouet sur un lampadaire métallique. Pâle, malade, Appleby descendit pour examiner les dégâts. La voiture était pliée au milieu comme un jouet qu'un enfant aurait frappé avec un marteau.

Appleby s'appuya du coude sur le capot et enfouit son front dans sa main. Il se moquait de la voiture. Il ne se souciait même pas de s'en être tiré indemne. Il n'était plus capable de se soucier de rien, sauf du désir de ne pas penser. Mais il continuait de voir Murray Allen lui faisant signe par la portière de l'autre voiture.

Au bout d'une demi-heure environ, une voiture de la police de l'État s'arrêta sur la route derrière sa voiture accidentée et deux agents en descendirent. Les réponses d'Appleby à leurs questions étaient confuses et il semblait être commotionné. Un des agents s'approcha tout près de lui pour sentir son haleine, mais ne détecta aucune odeur d'alcool. Après une longue discussion infructueuse, qui amena peu d'éclaircissements, ils le ramenèrent chez lui. Tom Appleby demanda aux agents de faire enlever l'épave par un garagiste et de lui envoyer la facture, puis il rentra chez lui en trébuchant. Il laissa tomber son manteau et son chapeau par terre et s'affala dans un fauteuil. Sa femme était sortie ; il était seul dans la maison.

Appleby habitait dans une vieille ville où les gens avaient des idées bien arrêtées — collet monté si l'on préfère. Mais c'était leur point de vue. Pour eux tous, la ville se réduisait à leur maison, seulement à cela, à rien de plus. Aussi avaient-ils un règlement foncier unique et extrêmement bizarre. Le conseil municipal pouvait, comme il le voulait, transformer un quartier résidentiel en quartier commercial, mais seulement si dans cette zone aucun citoyen n'avait acheté un terrain avec la garantie que ladite zone resterait résidentielle. C'était un contrat entre lui et la Ville, et la Ville respectait ses engagements. On pouvait trouver ridicule cet état de fait, dire que ce règlement faisait passer l'intérêt de l'individu avant celui de la communauté, mais c'est ainsi que les citoyens voulaient que les choses se passent.

Aussi lorsque Appleby eut enfin sa grande chance, Murray Allen se trouvait là, tel un bâton dans les roues, impossible à éliminer. Appleby avait été fou de joie lorsque Allen s'était présenté à son bureau pour prendre une option. Contrairement à ce que Tom avait espéré quand, allant aux limites de ses possibilités, il avait acheté les trois fermes délabrées qui constituaient Chicken Run, la ville n'avait pas manifesté le moindre intérêt pour ce quartier. Après s'être débattu et avoir raclé les fonds de tiroir pendant des années pour honorer ses traites, Tom avait presque été sur le point de renoncer. Puis

Allen s'était manifesté et, naturellement tout de suite après lui, il y avait eu les magasins Columbian.

Ces magasins envisageaient de créer un nouveau centre commercial et, après avoir beaucoup cherché, le terrain d'Appleby à Chicken Run leur avait paru être le meilleur endroit. Appleby qui pendant longtemps s'était donné beaucoup de mal pour que le terrain fût considéré comme quartier résidentiel, se trouvait donc à ce moment devant une proposition beaucoup plus importante et tout à fait inespérée. Cette unique affaire devait suffire à lui apporter la prospérité.

Mais il y avait Allen et son option.

Appleby lui avait téléphoné :

— Allô, Murray ? Tom Appleby. Comment allez-vous, mon vieux ? Bon. Dites donc, vous vous souvenez de ce terrain que vous avez visité il y a quelques semaines et sur lequel vous avez décidé de prendre une option ? Que diriez-vous si je vous la retirais ? Je vous rendrais votre argent et j'y ajouterais une bonne petite somme pour adoucir la transaction.

— Qu'est-ce qui vous prend ? avait grogné Allen. Vous essayez de me rouler ?

— Certainement pas, avait dit Appleby, quelque peu décontenancé. Il se trouve simplement que j'ai l'occasion d'exploiter ce terrain d'une façon qui vaudra mieux pour nous tous. Je veillerai à ce que vous vous y retrouviez.

— Pas question, avait rétorqué Allen. Je me suis mis en tête d'y construire ma maison.

— Je ne pense pas que vous vous y plairiez. Cette zone ne prend pas l'allure d'un quartier résidentiel comme je l'espérais. Elle conviendra mieux aux affaires, et c'est de cette façon qu'elle va être exploitée.

— Ça non, pas question. Mon option précise qu'il

s'agit d'une zone résidentielle, classe A ; les choses resteront ainsi.

Et aucun argument n'avait pu le faire changer d'un pouce. C'est ainsi que Murray Allen tenait alors Appleby. Il lui barrait positivement la route ; sans le lot d'Allen, le terrain ne présentait aucun intérêt pour les magasins Columbian. De toute façon, ils ne pourraient rien y faire aussi longtemps qu'Allen resterait sur ses positions. Bien sûr, si Allen avait renoncé, on aurait pu sans la moindre difficulté changer l'étiquette du quartier. Mais Allen était aussi obstiné qu'il est possible de l'être.

Appleby avait offert à Allen le double de son argent. Il lui en avait offert le triple. Il lui en avait offert le triple et par-dessus le marché, un lot résidentiel de choix. Mais Allen était incapable de dire autre chose que non.

* * *

Tandis qu'Appleby remuait toutes ses pensées, il n'eut même pas la force de se lever de son fauteuil lorsque sa femme rentra à la maison. D'une voix éteinte, il lui décrivit l'accident et lui demanda de téléphoner à ses collègues de bureau, en ville, pour leur dire qu'il ne viendrait pas pendant quelques jours.

Pendant près d'une semaine, il ne quitta pas son domicile. Puis il commença à se rendre à pied à la succursale de ses bureaux qui se trouvait dans le village et à travailler là. Il avait retiré ce qu'il pouvait de l'épave de sa voiture et en avait acheté une nouvelle, mais il était physiquement incapable de la conduire ou de monter dans un train. Il gardait le contact avec le bureau principal, qu'il avait ouvert en ville après que l'affaire avec les magasins Columbian avait fait de lui un important agent immobilier, mais il avertit William, son directeur, qu'il désirait rester près de chez lui jusqu'à ce qu'il se fût remis du choc que lui avait causé l'accident, et laissa donc les choses entre les mains dudit William.

Cet arrangement ne devait durer que quelques jours. En fait, il dura cinq semaines. Tout se passait assez bien, et Tom se demandait pourquoi il ne pourrait pas procéder de cette façon indéfiniment. C'est alors que Columbian lui retéléphona.

Les magasins se développaient rapidement et désiraient maintenant s'étendre jusqu'à la côte ouest. Mais leurs dirigeants s'étaient rendu compte que là-bas, les choses se passaient différemment. Après avoir pataugé pendant plusieurs semaines sans faire de progrès, ils avaient téléphoné à Appleby. Leur centre de Chicken Run se révélait être celui qui avait le plus de succès et ils avaient été frappés de la façon dont Appleby avait traité l'affaire. Ils étaient sûrs qu'il pourrait trouver la solution à leur problème et ils lui demandaient de venir voir comment se présentaient les choses afin de donner son avis — pour une rémunération qu'il ne pouvait décemment pas refuser.

Lorsque Appleby comprit qu'il ne pouvait vraiment se dérober, il se trouva confronté avec ce qui lui parut être un problème insurmontable. L'idée même de s'y rendre en train lui était insupportable. Y aller en voiture était également hors de question. La seule façon de voyager, naturellement, était l'avion. Si sa femme le conduisait jusqu'à l'aéroport, tout irait bien. Après quoi il y aurait quelques heures de vol, voilà tout ; il ne serait pas plus nerveux que lors de n'importe quel autre voyage en avion. Il irait en avion.

Il avait encore neigé, mais pas le soir où ils partirent pour l'aéroport. Les routes étaient dégagées, exception faite du raccourci par les collines pour éviter la circulation et même ce raccourci n'était pas trop mauvais. Juste quelques taches de neige par-ci par-là, aux endroits que le soleil n'avait pu atteindre. Tout irait bien à condition de conduire prudemment, or sa femme conduisait avec habileté et avec prudence. Tout autour de lui, les champs étaient argentés sous les rayons de la lune, les arbres noirs et nus. Cela lui rappela cette autre soirée lorsqu'il avait vu Murray Allen pour la dernière fois. C'est-à-dire la dernière fois qu'il l'avait vu pour de bon.

***

A cette époque Appleby tirait encore le diable par la queue. Tout en tentant de joindre les deux bouts, il se demandait ce qu'il pourrait bien faire pour persuader Allen de renoncer à son option. Allait-il se trouver dans l'impossibilité de régler ses traites pour l'ensemble de la propriété Chicken Run, et devrait-il tirer un trait sous ses pertes et tenter de redémarrer ailleurs ?

Juste à ce moment-là, pour comble de malchance, les freins de sa vieille voiture l'avaient lâché et il s'était vu dans l'obligation de les faire refaire. Quarante-cinq dollars supplémentaires qui allaient s'envoler en fumée.

Lorsque, pour la première fois il avait essayé les freins qu'il venait de faire réparer, le volant avait tiré sur la droite, comme si un homme vigoureux le tournait de façon soudaine et brutale. C'était horripilant. Le lendemain, il avait ramené la voiture, dit au gérant du garage que les freins n'étaient pas équilibrés et demandé qu'on les ajuste. Il avait récupéré sa voiture, sûr que tout irait bien désormais. Il était parti au volant et avait compris au premier coup de frein que le travail n'avait pas été fait — pas bien, en tout cas. La voiture était tout aussi fortement déviée, et il avait eu bien du mal à la manier.

Lorsque pour la troisième fois il l'avait remisée au garage, le gérant lui avait dit d'un air sombre qu'il devait y avoir quelque défaut sérieux dans la direction et qu'il craignait que la réparation ne fût coûteuse.

Appleby avait repris le véhicule le samedi à midi, juste au moment où le garage fermait. En s'éloignant à son volant, il était désespéré. Il ne savait vraiment pas où il trouverait l'argent pour une nouvelle grosse facture. Il s'était arrêté à sa station-service habituelle pour prendre de l'essence et Ben, le brave type qui s'en occupait, était sorti le servir. Il y avait des années qu'Appleby se fournissait là, et il avait toujours trouvé Ben serviable et aimable. Tout d'un coup, l'idée lui était venue de parler à Ben de ses soucis. Ben était un bon mécanicien. Appleby lui avait raconté les ennuis qu'il avait eus après avoir fait refaire ses freins.

Ben avait soulevé l'avant de la voiture, retiré la roue droite et examiné le frein.

— Tout va bien de ce côté, avait-il dit.

Il avait inspecté la roue gauche, passé la main sur le disque de frein et l'avait levée, tachée de graisse, en direction d'Appleby.

« Les voilà, vos ennuis. Quand ils ont effectué la réparation, ils ont cassé ce petit cylindre qui renferme le liquide des freins et ce liquide coule sur le disque. Quand vous freinez, c'est la roue droite qui prend, mais celle-ci glisse sur le liquide. Rapportez-leur la voiture et ne les laissez pas vous dire ce qui ne va pas ; montrez-le-leur vous-même. »

Il avait secoué la tête.

« Ces gens qui se prétendent mécaniciens ! »

Appleby s'était montré reconnaissant. On allait devoir lui arranger ses freins sans qu'il ait à débourser un seul centime. Il était remonté en voiture profondément soulagé.

— Écoutez, lui avait dit Ben, ne conduisez pas cette voiture pendant le week-end. Vous pensez peut-être que vous êtes capable de la diriger, mais vous pouvez être pris dans un embouteillage et ne plus parvenir à la contrôler. A mon avis, vous devriez la ramener chez vous et l'y laisser jusqu'à ce que vous la reconduisiez au garage lundi.

— Ne vous en faites pas, lui avait dit Appleby, je vais suivre votre conseil.

Mais il devait d'abord passer à son agence. Il avait garé la voiture devant l'immeuble et, assis dans son bureau, il avait attendu que s'écoule le long après-midi. Comme d'habitude, celui-ci lui avait paru interminable. Il avait observé les passants sur le trottoir et en avait vu deux ou trois s'arrêter pour regarder les photos des quelques maisons à vendre exposées dans sa vitrine — des photos peu alléchantes, c'était sûr.

La nuit tombait ; au dehors, les lumières commençaient à briller ; lui-même avait éclairé le bureau et il se préparait à fermer quand quelqu'un était entré. Il avait levé la tête, c'était Murray Allen.

Le cœur d'Appleby avait bondi. Murray avait-il finalement capitulé ? Appleby s'était levé pour le saluer, souriant avec effusion. Mais Allen avait parlé le premier.

— C'est votre voiture qui est là, dehors ? avait-il demandé.

— Oui, sûr.

— Ça vous ennuierait si je vous l'empruntais ?

— L'emprunter ? avait répété Appleby, étonné.

— C'est ça. Il faut que j'aille à l'aéroport. Un paquet que je dois expédier par avion exprès, immédiatement. Il faut qu'il arrive à San Diego lundi matin sans faute. Et mon fils est parti avec ma voiture pour le week-end.

Appleby était resté bouche bée. Sa voiture n'était pas en état d'être conduite pour un long trajet. Il avait dit à Ben qu'il allait la mettre au garage et l'y laisser. Mais l'occasion de rendre service à Allen pouvait tout changer. Comment Allen pourrait-il refuser d'entendre raison si Appleby l'aidait à se sortir d'embarras ? Mais tout en se disant cela, Appleby connaissait la réponse à sa propre question. Cette tête de mule d'Allen était parfaitement capable d'accepter un service sans la moindre gêne et de ne rien accorder en retour. Et presque au même moment, des profondeurs de son être, une autre pensée se fit jour petit à petit, comme des bulles de gaz qui se fraient un chemin dans l'eau stagnante et visqueuse d'un étang. S'il prêtait la voiture à Allen et que...

Il avait senti un frisson parcourir sa colonne vertébrale.

— Ça ne m'ennuie pas de vous prêter la voiture, avait-il dit lentement, mais je crois qu'il est dangereux que vous la conduisiez.

— Que voulez-vous dire, par « dangereux que je la conduise » ? Je peux conduire aussi bien que n'importe qui. Mieux que la plupart !

— Oh ! ce n'est pas ce que je veux dire, avait répondu rapidement Appleby. C'est de la voiture que je parle. Il y a quelque chose qui ne va pas avec les freins.

— Quoi ?

— Une des roues tire. Elles ne sont pas équilibrées. On est déporté sur la droite. Il serait vraiment dangereux que vous vous en serviez.

Appleby aurait dû prévoir la réaction d'Allen ; peut-être même l'avait-il prévue. Ce gars-là allait penser qu'il essayait de trouver un prétexte pour ne pas lui prêter la voiture.

— Des voitures, j'en ai conduit des centaines, avait-il grommelé, c'est rien du tout.

— Mais celle-ci, ce n'est pas pareil ; la roue déporte vraiment fort.

En fait, il aurait dû lui parler du liquide qui se répandait sur le disque. Mais il n'en fit rien.

— Je vais la prendre tout de même, avait dit Allen. C'est-à-dire, si vous n'y voyez pas d'inconvénient.

Et lentement, Appleby avait porté la main à sa poche, en avait sorti les clefs. Lorsque Allen les avait prises, il avait éprouvé une curieuse impression de lourdeur. La route qui serpentait dans les collines allait être glissante avec la neige, et par endroit elle était bordée de ravins. Les tempes d'Appleby battaient à tout rompre.

Allen avait traversé le trottoir, était monté dans la voiture, avait mis le moteur en marche. Appleby l'avait regardé faire du seuil de sa porte. Allen avait reculé, heurté de son pare-chocs la voiture placée derrière lui, s'était dégagé du trottoir et avait exécuté un demi-tour.

Tout d'un coup, Appleby était sorti en courant.

— Allen ! s'était-il écrié. Ne partez pas ! Non !

Par la vitre, Allen lui avait adressé de la main un geste méprisant et il était parti. C'était la dernière fois qu'Appleby l'avait vu. La dernière fois que quiconque l'avait vu avant que l'on ne l'extirpât de la voiture, au fond d'un ravin, et qu'on ne le transportât chez l'entrepreneur des pompes funèbres.

***

Ils étaient partis bien à l'heure. Sa femme conduisit lentement et ils arrivèrent à l'aéroport sans la moindre difficulté. Appleby se sentait soulagé. Ils se garèrent et prirent un verre au bar en attendant que l'avion fût annoncé. Puis il dit au revoir à sa femme en l'embrassant et suivit le long couloir. Il se sentait mieux tandis qu'il faisait la queue avec les autres voyageurs et commençait à se réjouir à l'idée de ce voyage. L'employé de la compagnie ouvrit la grille et laissa passer les passagers en vérifiant l'un après l'autre, les billets.

Appleby s'avança dans la demi-obscurité du terrain d'aviation ; il sentait le froid qui suit toujours une chute de neige, mais il respirait l'air pur. Il posa le pied sur les marches de la passerelle et leva la tête vers l'hôtesse qui accueillait les passagers à la porte. Alors, il vit une grosse masse de cheveux blancs s'enfoncer dans la carlingue.

Tout en lui se fondit en un liquide glacé qui se fraya un chemin jusque dans ses jambes. Il trébucha sur la marche, fit demi-tour, heurta la femme, qui le suivait et manqua la renverser en s'éloignant de l'appareil, titubant comme un homme ivre.

Appleby n'entendit pas l'exclamation indignée de la femme. Il fuyait vers l'aérogare.

Ceux qui s'avançaient encore vers l'avion le regardèrent tandis qu'il s'éloignait en vacillant dans la direction opposée. Il repassa la grille et suivit péniblement le couloir qui menait à la salle d'attente. Le grand hall fourmillait de monde. Il heurta certaines personnes de-ci, de-là, en se dirigeant aveuglément vers la sortie et se précipita dehors. Un taxi approchait ; du coude il bouscula un autre homme, grimpa dans le taxi et s'affala dans un coin. D'une voix haletante, il donna au chauffeur l'adresse de son domicile.

— Mais c'est à près de dix kilomètres, protesta le chauffeur.

— Ça ne fait rien, je vous paierai largement.

Le taxi s'éloigna en faisant une embardée. Il contourna l'aéroport et repartit le long de la grand' route, et Appleby regardait par la vitre d'un air ahuri. Il vit plusieurs avions décoller successivement. Il se demanda si l'un d'entre eux était celui qu'il venait de quitter — et si Allen était toujours à bord.

Le taxi suivit la grand'route, obliqua dans le raccourci et Appleby tenta de se calmer les nerfs. « Il faut que je me domine, pensait-il. Il faut que je cesse d'y penser, c'est de là que vient tout le mal. Nous partirons en voyage, nous irons quelque part dans un endroit calme et paisible pour un bon séjour de longue durée. »

Le taxi gravissait lentement la pente. Lorsqu'il parvint au sommet de la colline et qu'il se mit à descendre en serpentant sur l'autre versant, Appleby put voir en contrebas, le centre commercial des magasins Columbian. Maintenant qu'ils étaient fermés pour la nuit, ils s'étalaient, masse de béton, de briques et de verre, sombres et luisants sous les lumières sporadiques. D'une certaine façon, Appleby avait contribué à créer cet ensemble. « D'ici un petit moment, se dit-il, je serai chez moi. Cet homme est un bon chauffeur. » Et pour la première fois, il le regarda de près.

Ses sens défaillirent. Les parois du taxi semblèrent se refermer sur lui. Sous la casquette impertinente il y avait une épaisse masse de cheveux blancs. Le souffle court, Appleby se pencha en avant pour mieux le voir.

Le chauffeur se retourna et le visage d'Allen sourit méchamment, triomphalement. La voiture obliqua vers le bas côté de la route — en direction du ravin. En poussant un cri violent et rauque, Appleby plongea par-dessus le siège pour tenter de redresser le volant. Allen souriait maintenant de façon horrible ; il ouvrit sa portière et se glissa hors du taxi juste avant que la voiture dont Appleby agrippait follement le volant, s'élançât dans le précipice.

*
* *

Le chauffeur était assis sur une souche d'arbre en bordure de la route lorsque arriva la police de l'État. Tandis qu'un des policiers commençait une longue et laborieuse descente à flanc de côteau pour atteindre l'épave, l'autre essaya à force de patience et de questions de faire raconter son histoire au chauffeur.

Ce n'était pas une histoire facile à raconter. Le taxi qui renfermait encore son passager n'était plus qu'une masse tordue de métal au fond du ravin alors que le chauffeur était sain et sauf sur la route. Il répétait son explication pour la quatrième ou cinquième fois quand l'autre policier refit surface en glissant sur la neige et essuyant ses vêtements.

— Ce type était dingue, je vous le dis, affirma le chauffeur de taxi. Déjà que c'est pas commode de conduire ici, dans la neige. Et puis tout d'un coup, le voilà qui se penche par derrière et qui se met à tirer sur le volant. J'ai essayé de le repousser, mais il était complètement maboul. Tout ce que j'ai pu faire c'est éviter de faire le saut avec lui. Et ça a été de peu !

Le policier qui était remonté essuyait la neige de son uniforme.

— Exactement à l'endroit où un autre type est passé par-dessus bord il y a deux ou trois ans, dit-il. Juste au même endroit. Attendez, restez là une minute que je puisse vous voir. Vous lui ressemblez un peu. Ouais, sûr que vous lui ressemblez.

Don't look for me ; I'll find you.
Traduction de Nicolète et Pierre Darcis.

COUPS FOURRÉS

par A. de Rosso

Connu sous les noms de Défenseur de la République, Père des Pauvres, Providence des Indigents, et sous bien d'autres titres qu'il s'était attribués lui-même, le Général se montrait, ce matin-là, d'humeur irascible. Sa secrétaire craignait d'être responsable de cet état d'âme, car elle était nouvelle dans le métier et ne s'y était guère montrée efficace jusqu'alors. Aussi restait-elle discrètement assise dans son coin, tandis que le Général s'entretenait d'affaires avec son aide de camp, Duarte.

— C'est bon, c'est bon, disait le Général, marquant clairement que la solution du problème soulevé par Duarte lui paraissait évidente. Ainsi donc, Gallardo a osé, dans son journal, émettre des critiques à mon égard ! Quelles mesures allons-nous prendre contre lui ? Procéder à son arrestation : il n'y a rien d'autre à faire. Et que le motif invoqué ne soit pas d'ordre politique. Il n'y a pas de prisonniers politiques dans notre République. Nous n'avons pas les moyens de nous offrir des martyrs. Faites inculper Gallardo de détournement de fonds, ou de meurtre, ou de tout autre délit... Après...

Le visage au teint basané de Duarte avait pâli. L'aide de camp savait à quelles conséquences fâcheuses on s'exposait en déplaisant au Général. Celui-ci, dictateur de l'île de San Léon depuis plus de trente ans, y régnait encore en maître absolu alors qu'au cours des mêmes années, dans des pays voisins, bien d'autres dictateurs étaient venus au pouvoir et en avaient été chassés. Le Général gouvernait San Léon d'une main de fer.

Duarte toussota nerveusement :

— Nous devions nous occuper aussi, Excellence, de chercher un agent qui pénètre chez les rebelles afin de nous faire un rapport sur Salas et sur ses relations avec ce *hijo de puta* d'Archuleta.

— Ah ! c'est vrai, Salas ! dit le Général d'un ton un peu radouci bien que son regard demeurât glacial. Et vous avez trouvé cet agent ?

— Oui, Excellence. Il s'agit d'un Américain connu sous le nom de Riddle[1]. Il est très réputé en tant qu'agent double et nous a été adressé avec d'excellentes recommandations par notre ambassade sur le continent, qui a eu l'occasion d'apprécier ses services.

— Riddle, répéta rêveusement le Général, le regard perdu au loin. Vous êtes certain qu'il saura se montrer à la hauteur de sa tâche ? Vous êtes sûr que nous pouvons compter sur lui ?

— Autant qu'on puisse compter sur un agent double, Excellence.

— C'est vrai. Il y a là un risque à courir.

— M., de l'ambassade, s'est porté garant de Riddle ; sans cela, je ne l'aurais pas engagé, Excellence.

— Très bien. Veillez donc à ce que Riddle se mette au travail immédiatement.

L'aide de camp salua et s'apprêtait à quitter la pièce. Le Général l'arrêta.

1. Riddle - littéralement : Énigme.

— Eh, Duarte, reprit-il, gare à votre peau si quelque chose va de travers ! C'est compris ?

Le visage de Duarte redevint grisâtre. Le malheureux battit des paupières, salua de nouveau et répondit avec effort avant de sortir.

— Oui, mon Général.

Le Général se mit à rire tout haut, faisant sursauter la jeune fille qui le regarda avec surprise. Cette jeune fille avait été vendeuse dans un magasin jusqu'au jour où le Général, ébloui par sa beauté, lui avait offert de devenir sa secrétaire. Cette proposition l'avait trop effrayée pour qu'elle osât la refuser.

— Pauvre Duarte ! dit le Général en essuyant les larmes que le rire avait fait couler de ses yeux. Il a une telle peur de moi ! (Il se calma rapidement et fronça les sourcils.) A juste titre, d'ailleurs, ajouta-t-il. Je ne plaisantais pas en lui disant de prendre garde à sa peau.

Puis il jeta un coup d'œil sur la jeune fille et reprit, avec toute la douceur dont il était capable :

— Venez ici, mon petit. J'ai du travail pour vous aussi.

***

Riddle avait l'impression qu'il était suivi. D'une longue intimité avec le danger, de l'habitude de situations périlleuses dont il ne s'était tiré, parfois que de justesse, il avait acquis une intuition qui le trompait rarement. Dans son métier, il était indispensable, pour survivre, de posséder un sixième sens. Ce qu'était exactement ce sens, Riddle n'aurait su le dire, mais le frisson qu'il éprouvait à l'approche du danger suffisait à le mettre en garde.

Le sentier de montagne qu'il suivait était bordé, des deux côtés, d'arbres et de buissons. Silencieux comme un animal de la forêt, Riddle s'enfonça dans les fourrés pour s'y dissimuler. De sa cachette il pourrait observer sans être vu quiconque emprunterait le sentier. En tournant la tête, il aperçut dans le lointain la tache bleue de la mer des Caraïbes, et il se dit que ce paysage était bien différent de celui de son Ohio natal. Mais il écarta aussitôt ce souvenir avec irritation, car il faisait partie d'une période de sa vie qu'il ne tenait guère à évoquer.

Quelqu'un avançait le long du sentier et Riddle pensa tout d'abord que c'était un garçon, mais, en regardant mieux, il vit qu'il s'agissait d'une jeune fille. Il l'observa pendant un moment, vexé de constater que, cette fois, son intuition s'était trouvée en défaut. Sans doute fallait-il mettre cela sur le compte des nerfs : un homme exerçant le métier d'agent double, aussi bien entraîné soit-il, ne peut guère s'empêcher d'être nerveux de temps en temps.

Ayant attendu assez longtemps pour s'assurer que la jeune fille était seule et n'avait pas pour mission de servir d'appât, Riddle sortit de sa cachette et continua sa route. Il éprouvait un léger amusement à la pensée que c'était lui, à présent, qui suivait la jeune fille et il se demanda si elle aussi possédait un sixième sens.

Apparemment, il n'en était rien. La jeune fille s'était assise sur une grosse pierre au bord du sentier : elle tournait le dos à Riddle, sans se douter qu'il approchait d'elle au point de pouvoir la toucher en étendant la main. Mais une branche, craquant sous le pied de l'Américain, lui donna l'alerte.

Elle se leva d'un bond en étouffant un cri de frayeur et, tournant sur elle-même, s'apprêta à épauler le fusil qu'elle portait. Pour Riddle ce fut un jeu d'enfant que d'écarter le fusil, puis de l'arracher des mains de la jeune fille. Celle-ci restait debout devant lui, les yeux agrandis par la terreur, la poitrine haletante sous l'ample chemise kaki.

Riddle la regarda d'un œil approbateur. Jolie

silhouette, pensa-t-il, malgré la chemise et le pantalon trop larges. Et, sous la sueur et la boue qui lui couvraient le visage, elle devait être fort mignonne. Ses cheveux d'un noir corbeau étaient ramenés en chignon sur la nuque. Elle pouvait avoir une vingtaine d'années.

Riddle se redressa. Il était assez fier de sa haute stature et de son physique agréable. A trente-six ans, et bien qu'il mesurât un mètre quatre-vingt-cinq, il n'avait pas un gramme de graisse superflue. Sa moustache fauve lui donnait, à n'en pas douter, fière allure, et il dégageait un certain magnétisme auquel on pouvait attribuer ses nombreuses conquêtes au cours de ses années d'aventures à travers l'Amérique du Sud.

— Qu'est-ce qu'une jeune et jolie fille comme vous peut bien faire dans ces montagnes ? questionna-t-il.

La jeune fille le regarda fixement sans répondre. Il lui offrit une cigarette, qu'elle refusa d'un signe de tête. Riddle haussa les épaules et en alluma une pour lui-même.

— Pourquoi me suiviez-vous ? demanda-t-il encore.

Les yeux de la jeune fille s'agrandirent de nouveau, mais elle continua à garder le silence.

— On a perdu sa langue, *querida* ? Je sais que vous me suiviez.

— Ce n'est pas vrai, répondit-elle enfin d'une voix basse et veloutée. Comment aurais-je pu vous suivre, puisque vous venez d'arriver derrière moi ?

Riddle eut un léger sourire.

— Je me suis caché derrière des buissons jusqu'à ce que vous m'ayez dépassé. Vous continuez à nier ?

La jeune fille, sans rien dire, se mit à fixer obstinément le sol et Riddle, soupesant le fusil qu'il lui avait enlevé des mains, interrogea :

— Où avez-vous pris ça, *querida* ?

Elle répondit sans relever la tête :

— Je l'ai trouvé.

Riddle se mit à rire.

— Alors, je l'ai volé, reprit-elle avec véhémence, en le regardant, cette fois, d'un air de défi.

— Vous vivez près d'ici ? demanda Riddle.

— Qui êtes-vous donc pour me poser tant de questions ?

— Peut-être suis-je du parti de Salas, répondit Riddle avec douceur.

— C'est vrai ? questionna-t-elle, tandis qu'une lueur d'intérêt s'allumait dans son regard.

— Nous sommes à la limite du territoire contrôlé par le Colonel Salas. Vous ne le saviez pas ?

— Vous êtes vraiment un partisan de Salas ? demanda-t-elle d'une voix étouffée.

— Je vous l'ai déjà dit, il me semble.

— Voulez-vous me mener jusqu'à lui ?

— Pour quoi faire ?

— Je veux me rendre utile. J'ai entendu dire, dans la capitale, qu'il existait un mouvement de réaction contre la dictature du Général. Je veux aider à renverser ce tyran. Il paraît qu'il y a des femmes parmi les rebelles. Si tel est bien le cas, je veux me joindre à elles, sinon pour combattre, du moins pour me rendre utile en faisant la cuisine, la lessive, en soignant les malades et les blessés. Voulez-vous me conduire chez Salas ?

Riddle caressa sa moustache en grimaçant un sourire.

— Je veux bien... si je réussis à le trouver ! Voyez-vous, *querida*, je suis en route, moi aussi, pour me rallier à lui.

Un regard joyeux illumina le visage de la jeune fille auquel il rendit toute sa beauté.

— Alors, nous pouvons y aller ensemble, dit-elle. J'avais tellement peur, seule dans ces montagnes ! Je ne suis qu'une citadine. J'ai bien un fusil, mais je crains de ne pas savoir m'en servir... (Elle eut un petit rire tremblant.) Savez-vous où trouver Salas ?

— Non, répondit Riddle, mais c'est sans importance. Nous allons continuer à marcher jusqu'à ce que ce soit lui qui nous trouve, car nous venons de pénétrer sur son territoire. Je m'appelle Riddle, ajouta-t-il en forçant le charme de son expression. Et vous ?

— Felicia.

Il lui rendit son fusil et, tandis que la jeune fille prenait l'arme, leurs mains se touchèrent. Elle ne retira pas la sienne et eut même à l'adresse de Riddle un sourire très doux. Il lui sourit à son tour et se remit en marche le long du sentier en songeant que l'aventure promettait d'être beaucoup plus agréable qu'il n'avait osé l'espérer...

***

L'après-midi s'acheva sans qu'ils eussent découvert Salas ni aucun de ses hommes. Riddle et la jeune fille s'étaient arrêtés dans une ferme perdue dans la montagne pour se restaurer et prendre un peu de repos. A toutes les questions posées par l'Américain le fermier avait opposé la plus complète ignorance. Riddle était convaincu que cette ignorance était feinte, mais il ne pouvait en vouloir à l'homme de refuser de se compromettre s'il tenait à la vie.

Ils reprirent leur marche, suivant le sentier qui descendait en pente raide vers une large vallée. Le soleil se cachait derrière les montagnes ; il faisait sombre. La jeune fille commençait à se sentir lasse : bien que Riddle portât maintenant son fusil avec le sien, la fatigue la faisait trébucher de temps en temps.

— Nous nous arrêterons à la première maison que nous trouverons et nous y passerons la nuit, lui dit Riddle. Nous ne pouvons manquer d'en rencontrer bientôt : cette vallée doit être habitée au moins par quelques fermiers.

Une petite clairière surgie soudain au milieu des bois semblait confirmer ces paroles ; mais le terrain qui l'entourait était en friche et les deux jeunes gens durent poursuivre leur marche. Un peu plus loin, le sentier tournait brusquement et ils perçurent, en avant d'eux, un bruit de voix qui les firent s'arrêter court. Le ton sec et tranchant, était celui du commandement militaire.

Faisant signe à la jeune fille de le suivre, Riddle s'enfonça silencieusement dans la forêt. Felicia faisait trop de bruit en marchant et il lui recommanda de faire attention ; mais, une branche l'ayant frappée au visage, elle poussa un petit cri de douleur et Riddle lui ordonna alors avec colère de rester où elle était, tandis qu'il continuerait son chemin tout seul.

Guidé par le son des voix, il arriva bientôt en vue d'une autre clairière où la forêt semblait prendre fin. Là, devant une maison basse, étaient alignés trois hommes et, quelques mètres plus loin, cinq soldats de l'armée du Général leur faisaient face. Les trois hommes alignés devant la ferme portaient les chemises et les pantalons blancs des rebelles du Colonel Salas. Il s'agissait manifestement d'une exécution.

Riddle évalua rapidement ses chances. Il était accoutumé à prendre des risques : cela faisait partie de sa profession. Il n'y avait guère de temps à perdre. Un sergent se détacha du groupe des soldats pour se mettre en position de commander le peloton d'exécution.

Riddle abattit d'abord le sergent puis, vivement, sans laisser aux autres le temps de réagir, deux des soldats. Ceux qui restaient parvinrent à s'échapper, mais les trois hommes qui avaient été sur le point d'être exécutés se lancèrent à leur poursuite et les rattrapèrent avant qu'ils eussent atteint le refuge de la forêt. Arrachant le fusil des mains d'un des soldats, ils le tuèrent à coups de crosse. L'autre soldat réussit à abattre un des rebelles, mais fut rejoint par le troisième, qui lui tira une balle dans la poitrine au moment où il levait les bras pour demander grâce.

***

En réfléchissant, plus tard, à ce qui s'était passé, Riddle se dit qu'il avait tenté là un grand coup de chance. Mais, dans son métier, il faut être constamment sur ses gardes pour profiter de toutes les occasions qui peuvent se présenter. Le succès ou l'échec d'une de ses missions, la vie même de Riddle, n'avaient souvent tenu qu'à un fil et, s'il avait réussi à s'en tirer, c'était grâce à sa vigilance, à sa prévoyance et à ses réactions rapides et impitoyables face au danger.

Le fait d'avoir tué trois des hommes du Général alors qu'il était à la solde de celui-ci ne gênait pas du tout l'Américain. Au contraire, il en éprouvait un certain plaisir ironique. Il lui fallait constamment passer d'un camp dans l'autre et il s'était parfaitement habitué à ce rôle. Si son sens moral ou ses principes l'avaient troublé, il lui aurait fallu exercer un autre métier.

Les trois rebelles qu'il avait sauvés de la mort le conduisirent, naturellement, à Salas. Le Colonel était grand et maigre, avec le visage couvert d'une barbe de huit jours. Il fixait sur les hommes un regard perçant, comme s'il eût voulu les disséquer, et cela ne plut guère à Riddle qui avait trop de choses à cacher. Aussi soutint-il avec peine le regard droit et dur de Salas et se sentit-il soulagé quand celui-ci détourna les yeux et lui offrit une cigarette.

Pendant quelques instants, ils fumèrent en silence et Riddle évoqua pour lui-même la coutume indienne du calumet de la paix. Il se sentait plus à son aise, certain que Salas l'accepterait désormais sans le moindre soupçon. Certes, il n'aurait pu trouver une meilleure manière d'entrer en rapports avec le Colonel.

— Je vois que vous avez apporté un fusil et un pistolet, lui dit ce dernier. C'est une bonne chose. Les fusils et les munitions sont toujours trop rares chez nous. Souvenez-vous-en et, chaque fois que vous tuerez un soldat du gouvernement, ne manquez pas de vous emparer de toutes les armes et projectiles qu'il pouvait posséder. Cela vaut également pour tous ceux d'entre nous qui pourraient être abattus au cours des combats. Est-ce clair ?

— *Si, mi Coronel,* répondit Riddle.

— Vous parlez très bien notre langue, remarqua Salas, pourtant, vous êtes Américain ?

— Il y a dix ans que j'ai quitté les États-Unis.

Les yeux du Colonel se rapprochèrent légèrement.

— Vous avez combattu dans d'autres pays ?

Riddle sourit évasivement.

— J'étais enrôlé dans l'Armée des États-Unis et, depuis lors, j'ai combattu partout où il a fallu défendre la cause de la liberté.

— Je ne veux pas connaître vos opinions politiques, grommela Salas. Tout ce que je vous demande, c'est de vous montrer loyal envers notre cause. Il est hors de doute que nous avons besoin de combattants expérimentés.

— Vous trouverez en moi un combattant très expérimenté, *mi Coronel,* et un sujet loyal.

Le Colonel bougonna de nouveau puis jeta un coup d'œil vers la jeune fille qui était demeurée silencieuse aux côtés de Riddle.

— Elle est venue avec vous ? questionna-t-il.

— Oui, répondit Riddle.
— Très bien. Installez-vous tous les deux comme vous le pourrez.

***

Au cours des deux semaines qui suivirent, tout se passa au mieux pour Riddle et celui-ci put considérer qu'il remplissait sa mission de façon tout à fait satisfaisante. Nul n'ignorait que Salas entretenait des rapports cordiaux avec Feliz Archuleta, lequel s'était mis à la tête du gouvernement de l'île de Nueva Sevilla après avoir renversé le précédent dictateur. Et tout le monde à San Léon et ailleurs se rendait compte qu'il n'existait guère de sympathie entre le Général et Archuleta. Ce dernier avait, par voie de radio et de télévision, fait serment que le Général serait le prochain tyran à être renversé. Le mouvement révolutionnaire dont Salas avait pris le commandement était modelé sur celui d'Archuleta et financé en grande partie par celui-ci. Riddle ne se préoccupa donc pas outre mesure de ce mouvement d'opposition, puisque le Général était parfaitement au courant de tout ce qui le concernait.

L'Américain fit porter ses efforts sur la recherche de renseignements à rapporter dans la capitale, où il était fort impatient de retourner. Il nota les allées et venues de troupes, qui se produisaient généralement de nuit, les rondes, les escarmouches entre rebelles et soldats du gouvernement, les parachutages et les débarquements de nouvelles recrues. Il eut l'occasion de parcourir la plus grande partie du territoire occupé par les rebelles et d'évaluer le nombre d'hommes soumis à l'autorité de Salas, et eut même la chance de se renseigner sur l'identité de deux importants hommes d'affaires de San Léon qui vinrent, une nuit, rendre une longue visite au

Colonel. Toutes ces informations se révéleraient sans nul doute du plus haut intérêt pour le Général et vaudraient peut-être une gratification à celui qui les lui aurait fournies.

Les rapports de Riddle avec la jeune fille étaient également bien meilleurs qu'il ne l'avait espéré. Elle paraissait très éprise de lui et avait pris l'habitude de le suivre partout où il allait, de sorte qu'il était impossible à Riddle de rester longtemps éloigné d'elle.

En dehors de son nom — Felicia Ochoa — il n'apprit pas grand-chose à son sujet. Elle se montrait très réticente quand il s'agissait d'elle-même, ce qui surprenait un peu Riddle. La seule raison qu'elle eût donnée pour s'être jointe aux rebelles était que son frère avait été arrêté par la police secrète du Général et était mort sous la torture parce qu'on le soupçonnait d'activités révolutionnaires. Cette explication suffit d'ailleurs à satisfaire Riddle, car il considérait son association avec Felicia comme tout à fait provisoire. Il avait bien l'intention d'abandonner la jeune fille à son sort dès que lui-même pourrait retourner dans la capitale.

Tout allait donc très bien pour l'Américain et celui-ci considérait cette mission de contre-espionnage comme la plus facile qui lui eût jamais été confiée. Lorsque son univers s'écroula, il n'y était nullement préparé.

Il revenait d'une patrouille au cours de laquelle les rebelles avaient attiré les soldats du gouvernement dans une embuscade pour s'emparer de deux wagons remplis de munitions et de ravitaillement, et il était impatient de retrouver l'ardente étreinte de Felicia. En son absence, plusieurs recrues étaient arrivées pour se joindre aux rebelles. L'un des nouveaux venus parut surpris en voyant l'Américain et s'approcha de lui pour mieux le regarder. Riddle n'eut pas l'impression de connaître ce jeune homme petit et replet, mais un étrange pressentiment de malheur lui fit passer un frisson dans le dos.

— Oui, s'écria le soldat au même moment, c'est bien lui ! C'est un espion du Général. Je le reconnais maintenant.

Riddle s'efforça de crâner et, se redressant, il demanda d'un ton de colère :

— Que signifient ces dégoûtants racontars ?

— Oui, répéta le jeune homme, s'excitant au fur et à mesure que les rebelles s'assemblaient autour de lui et de Riddle. Je me le rappelle. Il avait été engagé par l'ambassade de San Léon sur le continent. Il nous a dénoncés alors que nous cherchions à faire sortir du pays des armes pour le Colonel Salas. C'est un espion.

L'Américain jeta un coup d'œil autour de lui. Il était encerclé par les rebelles. Un des officiers tenait son revolver braqué sur lui. Il fit cependant une tentative pour se justifier :

— Allez-vous ajouter foi à ce que dit cet homme que nul d'entre nous ne connaît ? s'écria-t-il. Toi, Perez, demanda-t-il à l'un de ceux qu'il avait sauvés de la mort, est-ce que tu doutes de moi ? As-tu donc oublié ce jour où les soldats du gouvernement allaient te passer par les armes ? Serais-tu encore en vie aujourd'hui si je n'étais pas intervenu ?

Perez parut troublé et mal à l'aise. Le soldat se mit à hurler.

— Espion ! Traitre ! Boucher ! Que Dieu me fasse mourir sur l'heure si je mens ! Sur la tombe de ma sainte mère, je jure que cet homme est un espion !

— Salas ! cria Riddle. Qu'on fasse venir Salas. C'est lui qui sera juge.

Les soldats étaient tous d'avis de tuer Riddle sur-le-champ, mais leurs officiers les retinrent. L'Américain fut placé sous bonne garde dans un baraquement. Felicia vint le voir, mais dut rester à la porte car les gardiens ne la laissèrent pas entrer. Elle était pâle et regardait Riddle avec de grands yeux effrayés.

— Va me chercher Salas, lui dit celui-ci dont les doigts tremblaient tandis qu'il allumait une cigarette. Dépêche-toi. Il est parti faire une inspection, mais il faut absolument que tu le trouves et que tu l'amènes ici pour que je puisse m'expliquer avec lui. Va vite.

Il semblait à Riddle que de longues heures s'étaient écoulées depuis le départ de la jeune fille et il commençait à penser que celle-ci l'avait abandonné à son triste sort. Mais il se rendit bientôt compte que c'étaient sa frayeur et son impatience qui lui faisaient paraître les minutes interminables. Peut-être Felicia n'avait-elle pas trouvé Salas. Ou peut-être avait-elle fui pour se mettre elle-même à l'abri. Riddle sentit sa bouche s'emplir d'un goût amer.

Il allait renoncer à tout espoir quand un bruit de voix se fit entendre à l'extérieur du baraquement. Le gardien s'écarta de la porte pour laisser paraître la haute silhouette de Salas. Ce dernier resta un moment debout, les mains sur les hanches, à regarder Riddle étendu à terre pieds et poings liés.

Il ne prononça pas un mot, et l'Américain sentit son cœur se serrer d'angoisse.

— *Mi Coronel*, dit-il sans éprouver la moindre honte à se montrer suppliant, il faut que vous m'écoutiez. C'est vrai, je suis à la solde de Duarte et du Général, mais ce n'est pas pour eux que je travaille en réalité. Je suis agent double : je travaille pour Nueva Sevilla et Archuleta. Voilà la vérité. Je le jure.

Salas ne fit aucun commentaire et Riddle sentit la sueur couler lentement le long de ses joues.

— J'ai été engagé par Archuleta pour espionner le gouvernement de San Léon, reprit-il. Je suis donc allé sur le continent où j'ai rendu de grands services à l'ambassade de San Léon, qui m'a finalement envoyé ici, dans l'île. Puis Duarte m'a donné pour mission de lui faire un rapport sur les mouvements révolutionnaires dont vous êtes le chef. Il m'a bien fallu obéir, mais je n'ai fait que réunir des informations anodines. J'ai transmis celles-ci à Duarte pour qu'il me rappelle dans la capitale et que je puisse de nouveau adresser des rapports à Nueva Sevilla. Vous le voyez, *mi Coronel*, vous et moi travaillons pour le même homme : Archuleta.

Salas leva une main pour caresser son menton où la barbe continuait à pousser.

— Je ne m'attends pas à ce que vous me croyiez sur parole, *mi Coronel*, poursuivit Riddle, mais il y a pour vous un moyen certain de savoir si je dis la vérité. Vous avez des contacts par radio avec Nueva Sevilla. Appelez et demandez des renseignements à mon sujet. Donnez mon nom de guerre : Domingo. Vous saurez bien, alors, si je mens ou non.

Salas se détourna brusquement et quitta le baraquement, Riddle l'appela, mais n'entendit pour toute réponse que le bruit des pas qui s'éloignaient.

***

Riddle commençait à s'abandonner au désespoir. La nuit était tombée sans que Salas reparût. On avait placé une lanterne dans le baraquement pour permettre aux gardiens de mieux surveiller le prisonnier. Celui-ci se prit à penser à sa maison, là-bas, dans l'Ohio, et à se demander comment il avait pu la quitter pour rouler sa bosse dans ces pays sans sécurité ni stabilité politique. Mais il s'efforçait de chasser ces souvenirs nostalgiques qui lui donnaient envie de pleurer comme un enfant.

Il n'attendait plus rien quand, soudain, reparut Salas qui se dirigea vers le prisonnier et coupa vivement les liens qui lui enserraient les membres.

Riddle s'apprêtait à le remercier avec effusion, mais le Colonel le fit taire d'un geste.

Les gardiens regardaient la scène avec une curiosité évidente, mais n'osaient souffler mot : Salas était le commandant suprême. Devant la porte attendait une jeep ; le Colonel y fit monter Riddle, et celui-ci tressaillit de surprise en voyant Felicia assise à l'intérieur de la voiture. Il grimpa à côté de la jeune fille. Salas prit le volant et mit la jeep en marche.

Le Colonel conduisait à toute allure, prenant les tournants en épingle à cheveux avec une effrayante témérité. Felicia, sans mot dire, regardait fixement devant elle. Riddle voulut lui prendre la main, mais elle la retira et demeura étrangement froide et distante.

— Où allons-nous ? demanda Riddle à Salas. Ne pouvez-vous pas me dire au moins cela ?

— A l'aérodrome. Un avion va venir vous y prendre.

— Pour me conduire chez Archuleta ? Est-ce là que je dois aller ?

Salas répondit par un grognement indistinct.

Ni le Colonel ni la jeune fille ne dirent mot pendant le reste du voyage. Riddle fit encore quelques tentatives de conversation, mais dut renoncer à les faire parler. La lune brillait dans le ciel quand ils arrivèrent enfin à l'aérodrome. Riddle fut surpris de constater que le terrain d'atterrissage n'était pas gardé.

— Ce n'est pas la peine de le faire garder, expliqua Salas, cet aérodrome est rarement utilisé. La plupart de mes hommes ne soupçonnent même pas son existence.

Il tira de la jeep quelques feux d'atterrissage pour les disposer, avec l'aide de Riddle, de chaque côté de la piste, puis, ayant consulté sa montre, il annonça que l'avion allait bientôt arriver.

Riddle sentit son cœur battre d'excitation. Il ne comprenait pas pourquoi l'étrange intuition d'un malheur prochain, intuition qui le trompait si rarement, s'était emparée de lui en ce moment. Il n'avait plus rien à craindre. L'avion atterrirait bientôt. Il monterait à bord et, deux heures plus tard, il serait à Nueva Sevilla, sain et sauf et tout près à affronter de nouvelles aventures. Il avait, une fois de plus, réussi à s'en tirer.

Un vrombissement d'abord faible, mais qui s'enfla progressivement, annonça l'arrivée de l'avion. Transporté de joie, Riddle regarda l'appareil décrire un cercle au-dessus de l'aérodrome, puis atterrir, avec une maîtrise parfaite, entre les deux rangées de feux parallèles. Mais c'est alors qu'il s'aperçut, avec un sursaut de terreur, que l'avion appartenait au gouvernement de San Léon.

Il se tourna vers Salas et vit que ce dernier braquait sur lui son revolver. Riddle se sentit défaillir. Salas souriait légèrement. D'un sourire sans joie.

Trois hommes descendaient de l'avion. Deux d'entre eux, qui portaient des mitraillettes, demeurèrent à quelque distance. Le troisième, d'un certain âge et d'allure imposante, vêtu d'un complet veston et tenant à la main un pistolet, se dirigea vers Salas et Riddle.

— Vous pouvez remettre votre revolver dans son étui, Salas, dit-il. Je vais vous relayer.

— Bien, *mi General*, répondit le Colonel en saluant militairement.

Adressant un sourire à la jeune fille, le Général lui dit :

— Je vois, ma chère enfant, que vous avez très bien accompli votre mission ; vous êtes toujours auprès de l'Américain... Comment s'appelle-t-il déjà ? Ah ! Riddle. Vous ne pensiez tout de même pas, ajouta-t-il en scrutant celui-ci d'un regard glacial, que j'allais vous faire confiance, Riddle ? Je n'ai jamais fait confiance à personne. C'est pourquoi je suis toujours en vie et que je suis resté le maître de mon pays, contrairement à tant d'autres dictateurs. Je vous ai envoyé ici afin que vous puissiez me rendre compte des faits et gestes de Salas, parce que je n'avais pas confiance en lui non plus, et j'ai délégué cette jeune fille auprès de vous pour vous surveiller. Est-il vrai que vous soyez à la solde de ce cochon d'Archuleta ?

Riddle, la gorge sèche, ne parvenait pas à articuler les mots qui lui venaient à l'esprit.

— C'est sans importance, d'ailleurs, reprit le Général en voyant qu'il ne répondait pas. Vous en savez trop, et il n'y a qu'une seule mesure à prendre à votre égard. De la main gauche, il fit signe à la jeune fille de s'écarter de Riddle. Salas s'apprêtait à s'éloigner aussi, mais, d'un ton froid et tranchant, le Général lui dit :

— Non, Salas ; restez avec Riddle.

Salas s'arrêta court, raidi et stupéfait.

— Mais, *mi General*, balbutia-t-il, ne vous ai-je pas bien servi ? N'ai-je pas mené à bien toutes les missions que vous m'avez confiées ? Ne vous ai-je pas informé du véritable rôle joué par Riddle ? N'est-ce pas moi qui ai organisé cette rencontre ?

Le Général poussa un soupir avant de répondre.

— C'est vrai, Salas, et je suis peiné de devoir agir comme je le fais, mais c'est ma peau que je défends... Je ne suis pas semblable à ces dictateurs stupides et incompétents ! Je tire des leçons des erreurs qu'ils ont commises. J'ai été très adroit en vous donnant mission de prendre le commandement du mouvement révolutionnaire, car vous avez pu, de cette façon, me fournir les noms de tous ceux qui se sont montrés assez fous pour appuyer ce mouvement. Vous m'avez également donné des renseignements fort utiles quant au nombre et à la puissance des forces rebelles. Ma propre armée est prête à entrer en action et, dans vingt-quatre heures, le mouvement révolutionnaire sera écrasé. Vous avez fait du bon travail, Salas, et c'est ainsi que je voulais vous voir agir. Mais je m'étais rendu compte, avant de vous détacher auprès des rebelles, que vous n'aviez pas toujours été de mes partisans. J'ai su que vous aviez eu affaire à certains éléments d'opposition qui ne se sont même pas ralliés à ce cochon d'Archuleta. C'est dans le but de découvrir quels étaient ces éléments et en quoi consistaient vos rapports avec eux que je vous ai envoyé ici, en vous faisant surveiller par mes propres agents. Ai-je besoin d'en dire davantage ?

— Mais ce qu'ont pu vous rapporter vos agents n'est que mensonge, *mi General* ! Je vous suis toujours resté fidèle.

— Peut-être, mais comment puis-je en être sûr ?... répondit tristement le Général. Regardez les choses en face, Salas. Vous constituez maintenant une menace pour moi car, depuis que vous avez pris la tête du mouvement révolutionnaire, vous êtes devenu très populaire à San Léon. J'ai compris depuis longtemps que vous étiez pour moi un rival en puissance. Je ne puis courir le risque de vous voir me remplacer un jour, Salas, ajouta-t-il en secouant la tête. Je le regrette, j'en suis peiné, croyez-le bien.

Il fit quelques pas en arrière, tenant toujours son revolver braqué sur Salas et Riddle. Quand il fut hors de la ligne de tir, il appela les deux soldats porteurs de mitraillettes :

— Tomas ! Pedro !

La jeune fille avait tourné le dos pour ne pas voir l'exécution, mais l'écho des coups de mitraillettes résonnait encore à ses oreilles. Elle s'efforçait de contenir les larmes de frayeur et d'horreur qui lui montaient aux yeux, car elle n'osait pas laisser paraître son émotion.

Le Général fit signe à Tomas et à Pedro de

remonter dans l'avion, puis posa une main sur le bras de Felicia pour l'aider à franchir la passerelle.

— Vous vous êtes très bien acquittée de votre tâche, petite fille, dit-il d'un ton satisfait. Je vous ferai de jolis cadeaux quand nous serons de retour en ville. Vous aurez l'occasion d'apprécier ma générosité.

Pendant ce beau discours, la jeune fille pensait : il se pourrait bien que le Général veuille me tuer, un jour, tout comme il a tué Salas... Je suis seule à connaître la vérité au sujet de celui-ci : Tomas et Pedro n'ont pas entendu ce que lui disait le Général, parce qu'ils étaient trop loin et que le bruit des moteurs couvrait celui des paroles. Je suis jeune, je tiens à la vie et, cependant, c'est ma vie à moi, maintenant, qui est en jeu. J'ai terriblement peur du Général. Je ne suis qu'une jeune fille et je ne sais trop comment m'y prendre... Mais je me promets bien, si l'occasion s'en présente, de faire en sorte que ce soit lui qui y laisse sa peau...

An agent named Riddle.
Traduction de Denise Hersant.

UNE NUIT D'EXÉCUTION

par MANN RUBIN

Darcy attendit que les gardiens aient fini de lui raser les jambes et que l'aumônier soit assis en face de lui, prêt à ouvrir la Bible, avant de passer à l'action. Il disposait de cinq minutes d'ici l'arrivée du directeur de la prison.

Le pistolet qu'il sortit était un petit automatique rouillé qui lui avait été passé en fraude par un ami trois semaines plus tôt, un ami qui lui était resté fidèle pendant tout son procès et, ensuite, au long de l'interminable lutte pour échapper à la chaise électrique, douze années durant, dans une cellule de deux mètres sur deux du quartier des condamnés.

Darcy fit jouer le cran de sûreté avec un cliquetis pour les aviser qu'il réclamait leur attention. Les deux gardiens étaient en train d'entasser sur un plateau les restes de son dernier repas et l'aumônier ajustait ses lunettes quand le faible bruit métallique grinça dans la cellule comme du papier de verre. Leurs trois têtes se tournèrent simultanément.

— Désolé, messieurs, mais votre étonnement est assez fondé. Ce pistolet est chargé. Veuillez coopérer, et personne n'aura de mal.

Fred, le plus âgé des deux gardiens, fut le premier à se ressaisir. Le corps tremblant, il leva les mains en l'air, oubliant la tasse de café à moitié pleine qu'il tenait, de sorte qu'elle se brisa sur le sol, éclaboussant son pantalon. Il avait l'air abasourdi, comme s'il avait surpris son meilleur ami en train d'embrasser sa femme.

— Vous êtes fou. Vous ne vous en tirerez jamais.

— Nous verrons, dit Darcy imperturbable. Attendons et nous verrons.

Puis ce fut l'aumônier, un homme grand, aux cheveux blancs, au comportement calme, sans affectation. Darcy avait constaté qu'il était extrêmement érudit, et d'une conversation très agréable ; il espérait qu'il ne susciterait pas de complications.

— Posez le pistolet, William, vous n'avez aucune chance.

— Je vous en prie, mon Père, restez en dehors de ceci. Vous me connaissez maintenant assez pour comprendre que j'ai pesé et repesé tous les détails. Étant donné ces circonstances, je sais exactement quelles sont mes chances pour ce que je veux faire.

Du coin de son œil gauche, Darcy perçut l'amorce d'un geste et il se tourna brusquement, tenant son arme si fermement qu'elle semblait faire partie de lui-même. C'était Brick, le plus jeune gardien, celui que Darcy pensait devoir être le plus inquiétant. Garçon de ferme, grand, sympathique, il était fier de son poste et, pendant toutes ces années, il avait traité Darcy plus en ami personnel qu'en meurtrier condamné. Ces relations et la quasi-impossibilité qu'un détenu du quartier des condamnés à mort puisse se procurer une arme avaient provoqué le relâchement qui avait rendu possible pour Darcy de se procurer le pistolet.

Le jeune Brick était figé, prêt à s'élancer pour intervenir, plus parce qu'il se jugeait trahi que par colère ; les larmes emplissaient ses yeux.

— Ne faites pas l'idiot, prévint Darcy.

— Espèce de salaud ! s'écria le garçon. J'avais confiance en vous. Je vois maintenant qu'ils avaient raison. Ils auraient dû vous exécuter depuis des années !

— Croyez bien qu'ils ont essayé, répliqua Darcy avec un rictus, en se levant. Il brandit le pistolet d'un air menaçant. Allez, vous tous. Le dos au mur là-bas ; et que vos mains soient toujours visibles. Quand je partirai d'ici, je ne veux pas avoir votre sang sur les miennes.

Ils obéirent en silence, leurs yeux gardant la même expression hébétée devant la brutalité de son acte. Chacun se sentait personnellement trahi. Darcy s'en rendait compte et souhaitait sincèrement que ces gens comprennent qu'il n'agissait pas sous le coup d'une impulsion ou d'un caprice soudain.

— Si cela vous chante, la cafetière près de mon lit est encore chaude. Je vous recommande aussi les gâteaux.

Personne ne broncha.

Il haussa les épaules, prit une cigarette dans sa poche de chemise, l'alluma, et se dirigea vers le devant de sa cellule, où il pouvait observer les deux extrémités du couloir extérieur sans être aperçu. Après dix années, c'était une vue familière, et un coup d'œil rapide suffit à lui indiquer que tout marchait selon ses plans. A gauche se trouvait la lourde porte d'acier par laquelle devait venir le directeur de la prison, et à droite, à une vingtaine de mètres de distance, il y avait la petite porte verte qui s'ouvrait sur la chambre d'exécution.

Ses yeux s'arrêtèrent sur un objet qui était dans le voisinage immédiat : un appareil téléphonique placé sur une table de bois à mi-chemin entre sa cellule et la chambre d'exécution. Il savait que le poste était branché sur une ligne directe aboutissant à la demeure du Gouverneur. Il l'avait entendu sonner bien des fois pour bien des hommes, de même qu'il avait entendu son silence prononcer la condamnation définitive d'un nombre égal d'hommes qui avaient passé devant le poste pour aller vers la porte verte — et ne jamais revenir. Maintenant, c'était l'instrument essentiel du plan de Darcy ; de lui dépendait le succès ou l'échec de toute son entreprise.

— Quelle est l'heure fixée ? demanda-t-il par-dessus son épaule.

— Il vous reste moins de dix minutes, répondit l'aumônier, d'une voix solennelle, implacable.

— Quand faites-vous votre coup ? demanda le jeune gardien.

— Soyez patient.

— Vous serez repris.

— Peut-être.

— J'espère qu'il vous en cuira.

— Vos bons sentiments me touchent.

Il jeta sa cigarette ; rien n'avait bon goût ce matin. Il regarda l'aumônier.

— Et vous ? Vous n'avez pas un petit quelque chose à ajouter ?

— Vous avez dit que vous ne vouliez pas de mes conseils.

— N'importe. Je peux lire dans vos yeux. Je vous déçois tellement. Je n'ai pas respecté les règles ; je ne me suis pas conformé à ce qu'on attend de quelqu'un ayant vécu douze ans dans le quartier des condamnés à mort. Qu'est-il advenu de mon fair-play ? De ma loyauté ?

— Je ne vous condamne pas, William. Il s'agit de votre vie. Vous devez savoir ce que vous faites.

— C'est exact, aumônier. Il s'agit de ma vie. De chaque misérable seconde de ma vie. Je ne dois rien à personne. C'est pourquoi ma décision est prise. Je vais m'évader cette nuit.

De nouveau le silence. Des regards qui l'observent, des regards intrigués, vagues, effrayés.

— Et si le Gouverneur téléphonait ? S'il y avait un sursis ? demanda quelqu'un.

Darcy eut un rire cynique.

— Vous voulez dire : comme la dernière fois ?

— Oui, répondit l'aumônier soudain ému comme s'il sentait une faiblesse dans l'armure de Darcy. Exactement comme la dernière fois, et la fois précédente, et toutes les autres fois avant celle-là. J'estime que les autorités de l'État ont été des plus clémentes pour vous.

— Je suis d'accord. Des plus clémentes.

— Alors, laissez-leur encore une chance.

— Non. Cette nuit, je suis décidé.

Il fit les cent pas en silence devant eux. Au dehors, une petite pluie tombait, mais le vent était fort et sinistre, des nuages sombres croisaient dans le ciel, rendant la nuit plus noire que d'habitude. Il se demandait ce que faisaient les gens de New York, Chicago, San Francisco. Ce qu'on pourrait toujours dire de lui, c'est qu'il était citadin jusqu'à la moelle des os : il aimait le jazz, les lumières et la vie animée. C'est pourquoi ces douze années avaient été un tel cauchemar. C'était comme d'être enterré vif, pelletée de terre après pelletée de terre, jusqu'à ce qu'il ne reste plus rien de vivant en vous, même pas des souvenirs.

Il alluma une autre cigarette. Celle-là aussi était sèche et lui râpait la gorge. Il toussa, la jeta au loin. Ses paumes suaient comme des robinets qui fuient. Ses nerfs semblaient tirés hors de son corps. Quel idiot il était ; il n'y arriverait jamais, jamais ! Il se maudit, maudit les interminables journées de torture et de désespoir qui l'avaient conduit à cela.

Tout à coup, retentit le bruit qu'il guettait : le glissement du verrou d'acier sur la porte du quartier des cellules et qu'on tirait lourdement de sa position fermée. Le directeur arrivait.

— Darcy, pour la dernière fois...

— La ferme !...

Il aspira profondément et son pistolet recommandait à ses prisonniers de garder un silence absolu. Voilà, c'était la dernière pièce du jeu de patience. Si seulement on observait le même processus que toutes les autres fois ! Il écouta les pas révélateurs.

Jusqu'ici, le directeur ne manquait jamais d'entrer seul, de conférer tranquillement quelques minutes avec Darcy et l'aumônier, tandis que les deux gardiens de service restaient en arrière. Puis le directeur ordonnait à un fonctionnaire dans la chambre d'exécution de faire entrer le groupe nombreux de reporters et de dignitaires de l'État qui désiraient assister à sa mort dans une salle spéciale, de l'autre côté de la chaise électrique, d'où ils pouvaient observer les derniers moments dans un confort insonorisé.

C'est généralement à cet instant que le Gouverneur téléphonait pour accorder un nouveau sursis à Darcy. Les spectateurs partaient, ses gardiens et le directeur le félicitaient de sa chance, et on le ramenait dans sa cellule pour attendre le résultat de nouvelles manœuvres légales, de nouveaux défilés de protestation, de nouvelles manchettes de journaux le désignant comme le plus vil, le plus infâme meurtrier qui eût jamais trouvé place dans les annales du crime.

Il attendit. Tout près, mais hors de son champ de vision, la porte du quartier des condamnés s'ouvrit, des ombres se profilèrent sur les murs du couloir ; une rafale de murmures animés cessa brusquement, la lourde porte grinça sur ses gonds et fut refermée. Darcy s'enfonça davantage dans l'ombre. Tout dépendait de la répétition exacte de la routine habituelle.

Encore le silence. La sueur dégouttait de son menton. Les hommes en face de lui se tenaient immobiles, guettant avec la même attention que lui le prochain bruit de pas. Y en aurait-il un ou plusieurs ?

Puis on entendit un seul pas se répercuter dans le couloir. Le directeur était entré seul. Parfait. Darcy se reprit à respirer et eut un bref sourire vers ses captifs.

En l'espace de quelques secondes, il aperçut la silhouette boulotte du directeur. C'était un homme dodu se déplaçant avec lenteur et très fier de la manière progressiste dont son pénitencier était administré.

— Bonsoir, Darcy, dit-il.

— Bonsoir, directeur, répondit Darcy et il montra le pistolet. C'est gentil à vous de vous joindre à la réunion.

Le gros homme devint blême ; il était déjà entré dans la cellule, où son poids excessif rendait toute idée d'agile réaction totalement impossible.

— Où... ?

— Disons qu'il est venu de l'au-delà, directeur. L'essentiel, c'est que je l'aie, avec six balles dedans.

— Vous devez avoir perdu la tête !

— Pas possible.

— Sacrebleu, Darcy, vous ne vous rendez pas compte qu'il y a une armée de gens ici ce soir ? Des journalistes, des photographes, les autorités de la prison, des patrouilles ; même la milice d'État a été appelée cette fois. Vous ne feriez pas cinquante centimètres au-delà du quartier des condamnés sans que quelqu'un vous remarque et donne l'alarme.

— Je le sais.

— Alors, abandonnez cette idée ridicule. Évitez de verser du sang innocent.

— Je n'ai pas l'intention de faire du mal à qui que ce soit.

— Alors, donnez-moi votre pistolet.

— Pas avant que je sois sorti d'affaire.

— Onze heures moins trois, William, dit l'aumônier. Que pouvez-vous espérer obtenir maintenant ?

— Ne le savez-vous pas encore ? Est-ce qu'aucun de vous ne le sait ?

Ils le regardaient fixement, à environ un mètre de lui, avec des visages ahuris, perplexes, visiblement hostiles. Darcy voulait leur crier sa détresse et les secouer jusqu'à ce que l'un d'eux, au moins, se sente envahi par la douleur et la terreur jusqu'au plus profond de lui-même. Il y avait douze ans qu'il vivait ainsi ; combien pénible de découvrir que ce legs de terreur n'était pas transmissible !

Le directeur s'agitait ; il commençait à s'échauffer et pensait davantage à sa réputation qu'aux circonstances immédiates.

— Je vais être la risée du pays quand cela se saura. Il faut que nous nous emparions de lui.

Il fit un pas en avant.

— Directeur, je vous en prie, dit Darcy. Ne m'obligez pas à faire quelque chose que nous regretterions ensuite tous les deux.

Le directeur passa la main sur son visage cramoisi, suant. Il jeta un regard plein d'espoir vers les deux gardiens.

— Nous y allons, les gars ?

— Un instant. Encore un instant, demanda Darcy en se rapprochant du mur. Son cœur battait à grands coups sourds contre ses côtes.

— Pourquoi ? Qu'est-ce qui va se passer ? Vous attendez de l'aide ?

— Peut-être.

— Il bluffe, les gars, dit le directeur esquissant un autre demi-pas en avant.

Darcy atteignit le coin le plus éloigné de la cellule et sentit l'acier froid des solides barreaux pénétrer sa chemise de coton ; il ne pouvait aller plus loin.

Les deux gardiens, nerveusement, avancèrent petit à petit. L'air était suffocant, silencieux.

— Ecoutez-moi ! cria Darcy. Douze ans j'ai vécu dans cet enfer...

— Brick, vous le prenez par la gauche, dit le directeur. Et vous, Fred, vous frappez à droite.

— Oui, j'ai cambriolé une banque, et un homme a été tué.

— Laissez-moi le milieu, les gars, continua le directeur.

— Certains ont cru que le meurtre a été accidentel. D'autres, non. Quant à moi... je n'en sais plus rien. Si j'ai volontairement pressé la détente, ou si le coup est parti tout seul quand on m'a maîtrisé par derrière, c'est bien vague dans mon esprit, douze ans après...

Les trois hommes progressaient vers Darcy lentement, précautionneusement.

— Vous comprenez, je ne me rappelle pas ce que je ressentais quand le coup est parti. Aucune image du passé ne se précise. Mais qu'importe. Ce qui compte, c'est qu'un jury m'a estimé coupable, un juge m'a condamné à mort, et...

C'est alors que retentit brusquement la sonnerie du téléphone qui se répercuta tout au long du quartier des condamnés.

L'aumônier fut le premier à réagir.

— Dieu merci ! dit-il soulagé en faisant un pas en avant, la main tendue pour recevoir le pistolet de Darcy.

— Non, lança Darcy d'un ton ferme, le poing plus crispé que jamais sur son arme.

L'aumônier s'arrêta net.

Le téléphone sonna une seconde fois.

— Darcy, c'est le Gouverneur. C'est votre sursis, s'écria rageusement le directeur, repoussant les autres de son chemin tandis que le téléphone sonnait une troisième fois. Il vous a sauvé une fois de plus. Que diable, laissez-moi répondre !

Darcy tenait son pistolet braqué sur le front du gros homme.

— Un pas de plus, et je vous tue, directeur. Je le jure.

— Bougre d'imbécile, gémit un gardien.

— Combien de temps croyez-vous qu'il va continuer de sonner ? s'écria l'autre.

— Saisissez-le, les gars. Il a perdu la tête. Cette fois, attrapons-le, ordonna le directeur qui se disposa à charger.

Un bras se tendit, lui agrippa le poignet, pour le retenir. C'était l'aumônier.

— Attendez. Je crois que j'ai compris. C'est son va-tout. C'est la manière dont lui, en tant qu'individu, a choisi de partir.

Il regarda Darcy, quêtant une confirmation.

— Aumônier, vous et moi parlons le même langage. Merci.

Darcy sourit avec satisfaction.

Le directeur se dégagea de l'étreinte de l'aumônier, observa les deux hommes d'un air railleur.

— Vous êtes aussi idiot que lui, dit-il à l'aumônier. Si je ne décroche pas cet appareil, il le paiera de sa vie.

— Je crains que cela ne dépende plus de nous, dit tristement l'aumônier. Il eut un signe de tête à l'adresse de Darcy.

— Continuez, William, expliquez-vous.

En arrière-plan, le téléphone continuait à sonner. Darcy alluma une cigarette, exhala posément la fumée, comme il l'avait toujours fait.

— Ainsi que je vous l'ai déclaré, directeur, je n'ai aucune mauvaise intention contre qui que ce soit. Que ce soit juste ou non, j'ai été déclaré coupable et condamné à mort. A maintes reprises, je me suis préparé à cette fin. Neuf fois, je me suis tenu prêt, et neuf fois, au tout dernier moment, j'ai été épargné.

— Alors, pourquoi... ?

— Parce que, tout à coup, la mort est plus facile à affronter que de vivre dans le vide. C'est mourir à petit feu, et je ne peux pas subir cela de nouveau. Ne comprenez-vous pas que même les assassins ont une limite de résistance ? Ne me condamnez pas à une nouvelle éternité de vie infernale. Donnez-moi la punition à laquelle j'ai été condamné, mais pas ce chevalet de torture, de néant sans fin. Je ne suis pas un pantin. Je ne veux pas permettre à un gouverneur ambitieux, en une année d'élection, de se servir de moi pour maintenir son nom en vedette. Je veux en finir. Je veux en finir de la façon qui a été décidée par ceux qui ont jugé. Je vous en prie, directeur, ne répondez pas à ce téléphone. Cette fois, laissez le gouverneur en suspens ; qu'il sache ce que c'est qu'une cause perdue ; qu'il attende, attende...

Dans le couloir, le téléphone sonna encore quatre fois, puis devint silencieux. Pendant un long moment, personne ne bougea, ni ne parla ; chacun semblait oublier les autres, comme s'il était isolé par un mur intérieur de pensées et de souvenirs intimes trop personnels pour en discuter.

— C'est terminé, dit enfin Darcy en abaissant le pistolet. Il va appeler votre bureau et quelques autres endroits avant d'essayer de nouveau cette ligne. Néanmoins, il est possible qu'il rappelle aussitôt.

Il attendit, mais les autres continuaient à ne pas réagir.

— Alors, directeur ? Procédons-nous comme prévu ?

— Vous ne parlez pas sérieusement ?

— Sinon, ne pensez-vous pas que j'aurais utilisé ceci pour mon usage personnel depuis longtemps ?

Il regarda le pistolet, puis, le plaçant sur sa paume, il le tendit précautionneusement à ses prisonniers.

— Je vous ai dit que j'attendais de l'aide. La vôtre. Car voyez-vous, à la vérité, je suis un peu lâche. Je vous en prie, dites ce qu'il faut.

Le directeur hésita, se frotta de nouveau le visage qu'il avait gras et brillant, essayant de capter le regard d'un des autres. Tous se dérobèrent ; c'était lui seul qui devait décider. Il prit une profonde inspiration et se rapprocha de la fenêtre de la cellule. Pendant un instant il écouta le vent déchaîné et regarda la masse de nuages sombres qui couraient dans un ciel déjà noir. Au bout d'un moment, il se retourna.

— Une vilaine nuit, murmura-t-il. Je parie que le vent a abattu des lignes de téléphone dans tout l'État.

Il jeta un coup d'œil à sa montre, puis à Darcy.

— De toute façon, je n'ai jamais eu de sympathie pour notre gouverneur. Pas une fois au cours des années où il a téléphoné ici, il n'a demandé à qui il parlait.

Il eut un clin d'œil, revint vers Darcy, hésita une fois encore, puis saisit vivement le pistolet dans sa main. Il eut vite vidé le chargeur et enfoui l'arme au fond de sa poche. Un instant, les deux hommes s'affrontèrent sans parler.

— Adieu, mon garçon, dit enfin le directeur. Vous allez me manquer. Vous étiez fort au jeu de dames.

— Il y en aura d'autres, répliqua Darcy.

— Je le suppose.

Brusquement, le directeur fit demi-tour, ouvrit la porte de la cellule, passa dans le couloir et fit signe au fonctionnaire qui se trouvait dans la chambre d'exécution d'admettre dans la salle la foule impatiente des journalistes et des témoins. Il regarda une dernière fois encore Darcy et murmura : « Quand vous serez prêt. »

Darcy rectifia sa tenue, abandonna ses chaussures. Les deux gardiens lui effleurèrent l'épaule en lui faisant franchir la porte. L'aumônier s'avança, le prenant doucement par le bras.

— Priez, aumônier.

— Pour votre âme, William ?

— Pour mon âme... et pour que ce téléphone ne recommence pas à sonner, dit Darcy et il suivit les autres dans le couloir.

Le téléphone resta silencieux.

Night of an execution.
Traduction d'Arlette Rosenblum.

L'AVOCAT A LA VEDETTE

par Henry Slesar

Plongé dans un rêve qui ressuscitait le passé, Miles Crawford était vautré dans un fauteuil de la bibliothèque et, malgré ses cheveux grisonnants, il avait l'air d'un petit garçon, d'un véritable petit garçon. Jenny, sa bonne, gloussa maternellement en le regardant, avant de le secouer pour l'éveiller.

— Monsieur Crawford ! Vous savez que M. Brody vous attend à côté depuis une demi-heure ? Vous aviez oublié qu'il devait venir ?

— Sam ?

Miles se leva avec une agilité qui démentait ses soixante ans et se dirigea vers la porte.

— Que diable fiches-tu là ? Pourquoi ne m'as-tu pas réveillé ?

Du canapé sur lequel il était étendu, Sam Brody leva vers lui des yeux de chien courant et le salua de la main qui tenait un verre.

— Tu prends de l'âge, dit-il. Tu as besoin de repos.

— Ça te va bien de parler comme ça, grogna Miles.

Il alla prendre sur le dos de son fauteuil un épais tricot de laine et cria d'une voix de stentor :

— Jenny ! Montez le thermostat, c'est une vraie glacière, ici.

Il se laissa tomber sur un siège en frissonnant.

— Qu'en penses-tu, Sam ? Si nous allions vers l'ouest et le soleil, cette année, toi et moi ?

— Des nèfles ! dit Sam. Pour qui me prends-tu ? Que je te laisse seulement approcher à dix miles d'une caméra et tu vas me parler de retour à l'écran. Contente-toi de ton métier d'avocat, ce n'est pas si mauvais.

— Ça ne nous enrichit guère, grommela Miles. Sais-tu que j'ai obtenu le règlement de l'affaire Dearborn, aujourd'hui ? La vieille dame qui lui a esquinté sa voiture lui a offert trois cents dollars et il a accepté. Avec un peu de chance, nous en obtiendrons bien cent du tribunal.

— Qu'espérer de mieux, dans une ville comme celle-ci ? Si ce sont des affaires qui rapportent gros, que tu cherches, tu t'es trompé d'associé.

— Non, je ne me suis pas trompé, fit Miles en souriant. Qui d'autre perdrait aux cartes comme toi ? Allez, faisons une partie.

En riant sous cape, Miles alla jusqu'au bonheur-du-jour et prit dans le tiroir du haut un jeu neuf. Il en faisait sauter la bande quand la porte d'entrée claqua ; il échangea avec Sam un regard où la curiosité le disputait à l'inquiétude.

— Ce doit être Tod, murmura-t-il. Bizarre. Il n'est pas tard.

Vivement, il gagna le vestibule. C'était bien Tod et Miles sentit grandir son inquiétude à la vue du visage blême de son fils. Tod avait un peu plus de vingt ans ; bâti aussi légèrement que son père, il avait cependant une demi-tête de plus. Ses yeux bruns étaient ceux de sa mère, Elena, la seconde femme de Miles, mais les orbites profondes qui en masquaient la chaleur lui venaient de Miles.

— Que se passe-t-il ? Tu as fait un vœu ? demanda Miles avec une légèreté forcée. Dix heures seulement et te voilà déjà ?

Tod soutenait le coude de son bras gauche. Sans répondre, il regarda son père d'un air sombre avant de se diriger vers l'escalier assez raide qui conduisait à l'étage.

— Tod ! (Ne te mets pas en colère, s'adjurait Miles, tu connais le caractère de cet enfant.) Tu pourrais au moins me répondre. Ne fût-ce que d'un mot.

— Je monte, dit Tod.

Ce qu'il fit, en courant, et Miles entendit claquer la porte de sa chambre. En se retournant, il trouva Sam à ses côtés, aussi soucieux que lui.

— Qu'est-ce qui se passe ? demanda-t-il. Ça va, le gosse ?

— Bien sûr, que ça va, dit Miles d'une voix brève. Comme ça va pour un tigre, quand il vient de t'enlever un bifteck. Tu ne connais donc pas encore mon fils ?

Sam alla jusqu'à l'escalier.

— Alors, on y va ? Qu'est-ce que tu attends ? questionna Miles avec irritation. Tu es venu pour jouer aux cartes ; jouons !

— Miles ? dit Sam.

— Quoi ?

— Regarde un peu. Je deviens fou, ou bien y a quelqu'un qui saigne, par ici.

Miles revint jusqu'à Sam, se pencha sur l'endroit qu'il lui désignait, palpa le tapis là où il le touchait et considéra sans comprendre le bout de ses doigts taché de rouge. Après quoi, il suivit les traces des pas du jeune homme jusqu'à la porte d'entrée et releva d'autres marques écarlates. Sam demanda :

— Tu veux que je monte avec toi ?

Miles secoua la tête. Il monta les marches deux par deux et, contrairement à son habitude, ne marqua aucune hésitation devant la porte de la chambre de Tod. Dans cette chambre, il n'était jamais accueilli à bras ouverts mais, cette fois, il entra sans attendre d'invitation.

Tod s'était débarrassé de sa veste et sortait de la salle de bain. Il avait relevé la manche gauche de sa chemise et une serviette blanche lui enveloppait le bras. Il jeta vers son père un regard aigu, comme s'il lui en voulait de son intrusion ; mais ses yeux exprimaient en même temps un mélange de honte et de culpabilité. La serviette en prit un caractère indécent, humiliant.

— Que s'est-il passé ? dit Miles. Comment t'es-tu blessé ?

— Une égratignure, marmonna Tod. Un petit accident de voiture, rien de grave. Ça ne te ferait rien de me laisser, papa ? J'ai envie de me coucher.

— Ce n'est pas une égratignure, insista Miles. Ça saigne beaucoup. Fais voir.

Il tendit la main et Tod se détourna brusquement.

— Je te dis que ce n'est rien ! arrête de m'embêter.

Un coin de la serviette se releva et Miles aperçut l'extrémité de la blessure. Il fit la grimace et esquissa un geste d'impuissance.

— Laisse-moi appeler un médecin. Tu pourrais attraper une septicémie, avec ça. Comment t'es-tu blessé ? As-tu renversé quelqu'un ?

— La voiture n'a rien.

— Je ne te parle pas de la voiture ! Je veux savoir ce qui s'est passé !

Il fit un pas en avant, trop rapidement pour que le garçon pût l'éviter, et le saisit par l'épaule.

— Quel genre d'accident, Tod ?

— Oh ! ça va ! Ce n'est pas un accident ! C'est une bagarre !

— Une bagarre ? Quel genre de bagarre ?

— Comme toutes les bagarres !

Dehors, des pas lourds se firent entendre : Sam, le souffle court, arrivait au palier. Il tenta de reprendre son souffle et de parler en même temps, sans trop y parvenir.

— Miles, dit-il, tu devrais descendre.

— Qu'est-ce qu'il y a ?

Haletant, Sam s'appuyait au chambranle.

— Une voiture vient de s'arrêter. Une voiture de police. Ils seront là dans une minute. Et Tod, ça va ?

Ses yeux de myope fouillaient la chambre. Tod faisait maintenant les cent pas et grondait sourdement.

— La police ? dit Miles.

Il jeta vers son fils un regard accusateur et menaçant.

— Une petite bagarre, hein ? Pour l'amour du ciel, Tod, qu'est-ce que tu as fait ?

— Rien, je te dis !

— Miles, insista Sam, tu ferais mieux de descendre.

— Je viens, je viens !

Ils descendirent ensemble. Tod ne prit pas la peine de refermer la porte derrière eux. Ils arrivaient à peine dans le vestibule quand on sonna à la porte d'entrée.

L'officier de police se montra courtois :

— Je suis bien chez Tod Crawford ? Excusez-moi, monsieur Crawford, votre fils est-il là ? Il est arrivé un petit accident sur la Nationale 4. C'est-à-dire, non, un peu plus, sans doute, qu'un petit accident. Je voudrais lui poser quelques questions.

Et ils entrèrent tous les deux, toujours courtois mais méfiants, les mains sur leur ceinturon de cuir bien astiqué.

— Tod ! cria Miles. Descends, Tod !

Il n'obtint aucune réponse et se tourna vers Sam d'un air suppliant : tous deux partageaient les mêmes craintes à propos de ce que Tod était capable de faire.

C'est alors que Tod apparut. Il les regardait du haut du palier du premier étage, la serviette nouée autour du bras gauche, sa veste jetée sur l'épaule droite. Son visage arborait le sourire de mépris d'un dur de l'écran mais Miles savait reconnaître à première vue un rôle de composition. Derrière Miles, l'un des policiers fit sauter le bouton de sa gaine de revolver. Mais tout allait se passer sans fracas. Tod descendait.

— Vous vous appelez bien Tod Crawford ?

— C'est bien ça.

— Écoutez, monsieur l'agent...

Miles s'était interposé et les deux agents froncèrent les sourcils, dansèrent avec gêne d'un pied sur l'autre et le prièrent de ne pas se mêler de ça. Tod trouva l'objurgation comique et sourit à cette ironie du sort.

— Vous ne connaissez pas mon paternel ? dit-il. Vous ne connaissez donc pas Miles Crawford, l'acteur de cinéma ?

Là-dessus, ils accordèrent à Miles un rapide regard, dépourvu d'intérêt et sans la moindre lueur de reconnaissance.

— Ça va, dit Tod. Je ne vous donnerai pas de mal. Faut-il que je prenne quelques affaires ?

— Qu'a-t-il donc fait ? cria Miles. Pour l'amour du ciel, vous n'allez tout de même pas l'arracher de chez lui sans un mot d'explication ! Avez-vous un mandat d'amener ?

— Oui, monsieur, nous avons un mandat. Votre fils s'est disputé avec un garçon nommé Juley Herman, ils se sont battus sur la Nationale 4. Le jeune homme a été sérieusement blessé.

— A quel point ? demanda Miles.

— Prenez ce qu'il vous faut pour la nuit, dit à Tod l'autre policier. Votre père pourra vous apporter demain matin tout ce dont vous aurez besoin. Désolé, il faut partir, maintenant.

— Attendez, attendez ! dit Miles, vivement. Je viens avec vous.

En deux enjambées, il atteignit le placard du vestibule et se mit à chercher son pardessus.

— Où allons-nous ? De quel commissariat êtes-vous ?

— Le huitième, monsieur Crawford. Mais il va falloir que vous preniez votre voiture. Vous feriez peut-être mieux d'attendre à demain matin ; on ne va pas faire grand-chose ce soir.

— Je viens avec vous ! répéta Miles. Ne t'en fais pas, dit-il à Tod. Je t'apporte le nécessaire pour ce soir. Demain à la première heure, nous te ferons libérer sous caution.

— Monsieur Crawford...

Miles regarda le policier en clignant des yeux.

— ... Écoutez, ne vous faites pas trop d'illusions. A propos de caution et tout ça. Vous me comprenez : vous êtes avocat, vous connaissez ce genre de choses...

— Que voulez-vous dire ?

— Ce garçon, ce Juley Herman, il est mort.

Sam attrapa Miles par l'épaule et serra.

— Tu ne prendras pas le volant, dit-il. C'est moi qui vais te conduire au commissariat. Tu conduis déjà très mal, quand tout va pour le mieux. Allez, Miles, viens.

Sam alla chercher son pardessus. Il dut faire sortir Miles en le guidant comme un enfant.

Il était plus de deux heures du matin quand ils rentrèrent. Ils n'avaient pas pu faire grand-chose. Ils n'avaient pas même vu Tod : on l'avait écroué, on avait relevé ses empreintes digitales et on l'avait isolé, comme un contagieux. Un inspecteur, nommé

Raphaël, leur avait accordé dix minutes mais ils n'en avaient guère tiré que des faits dépouillés, sans fioritures. Tod et deux autres jeunes gens se livraient à une orgie d'alcool et de vitesse ; ce n'était pas la première fois. Une discussion avait éclaté ; l'affaire s'était réglée sur le bas-côté de la route, au couteau, avec des lames de dix centimètres. Tod était sorti victorieux de la dispute et Juley Herman, le vaincu, était maintenant allongé à la morgue du commissariat, tandis que sa mère, une divorcée, sanglotait sur son corps en s'en prenant à son salaud de mari.

Sam et Miles étaient rentrés et, maintenant, Miles s'accusait.

— Qu'est-ce que je pouvais faire ? demandait-il d'un ton suppliant à son associé. Qu'est-ce que j'aurais pu faire d'autre ? Tu sais quelle existence de fou j'ai menée, Sam ? D'abord, cette histoire d'Hollywood, et puis la dépression et ensuite, ce méchant cabinet d'avocat que j'ai ouvert...

— Ça va bien comme ça, gronda Sam. Ne te ronge pas les sangs. A quoi cela te servira-t-il ?

— Ensuite il y a eu mon divorce avec Elena. Ça n'a pas facilité les choses. Tu sais que c'est pour cela que je me suis remarié, pour le bien de Tod. Tu le sais, Sam.

— Ouais, fit Sam, en baissant ses yeux de chien courant.

— Je sais, Fern n'avait pas la fibre maternelle, mais crois-tu qu'elle n'a pas fait d'efforts ? C'est un gosse changeant, maussade. Je ne peux pas lui en vouloir, à elle, d'avoir renoncé.

— Tu devrais être couché, dit Sam.

— Je pensais que tout allait changer, quand j'ai quitté le cinéma. J'ai cru que j'allais lui donner une vie normale, agréable. Mais cette *froideur,* Sam : chez lui, c'est comme une maladie chronique. C'est pour ça qu'il boit tant. Ils disent qu'il avait bu, ce soir, qu'il ne savait plus ce qu'il faisait. Ça plaidera en sa faveur, non ?

— Tu connais la loi, Miles. Qu'on soit ivre ou à jeun, les jurys n'aiment pas les meurtriers.

Miles frappa du poing sur la petite table basse.

— Je leur parlerai moi-même, Sam, je leur dirai quel fichu père je fais. Alors, ils verront qui est le coupable. Moi !

Il enfouit son visage dans ses mains et Sam se leva et s'approcha de lui. Mais Miles ne pleurait pas, il dissimulait seulement son visage. Sam alla éteindre les lampes, pour engager Miles à aller se coucher. Quand il se retourna, Miles considérait les dessins du tapis.

— Et pourquoi pas ? dit-il doucement. Pourquoi ne pourrais-je pas le faire, Sam ?

— Faire quoi ?

— Défendre Tod ? Devant le tribunal.

— Écoute, Miles, tu n'es pas avocat d'assises. Pour des liquidations, des hypothèques, des procès de droit civil, des trucs comme ça, d'accord. Mais pas une affaire pareille.

— Et pourquoi pas ? répéta Miles, les yeux étincelants. Je suis inscrit au barreau ; aucune loi n'interdit de défendre un membre de sa propre famille. Et qui pourrait mieux le faire ? Oui, bien sûr, je ferai appel à un spécialiste des affaires criminelles, pour me préparer le dossier. Mais tu sais ce qu'est un jury, Sam, tu en as vu assez. Ce sont douze personnes, douze personnes qu'il faut convaincre. Des gens dont il faut gagner la sympathie. Qui, mieux qu'un père, pourrait y parvenir ?

— Un père ? Ou un acteur ?

— Est-ce donc si terrible ? s'écria Miles avec véhémence. Dieu sait que j'ai incarné des avocats dans une bonne douzaine de films. C'est ce qui m'a donné l'idée de faire mon droit, après mon départ d'Hollywood. Je peux le faire, Sam, je sais que je le peux !

— Écoute-moi. De quoi penses-tu qu'il s'agit ? D'une superproduction ? C'est un véritable procès, Miles !

Miles se leva.

— Demain, j'appelle Charles Macklemore. Je lui demanderai de me recommander un bon avocat criminel. Ensuite, nous verrons.

Il alla en boitillant vers la porte, abandonnant ses chaussures sous le canapé. Il était tard, lui-même se sentait las, mais il gravit l'escalier majestueusement, avec dignité, comme une grande vedette.

***

Macklemore n'eut pas l'air très satisfait d'être réveillé par Miles, le lendemain matin, à huit heures. Mais, quand il connut la raison, il ne fut plus que sympathie. Ils parlèrent pendant une demi-heure. A la fin de la conversation, Miles nota sur le bloc du téléphone le nom d'un avocat : EDWIN C. RUTHERFORD, 74 Wall Street. Macklemore ne témoigna guère plus d'enthousiasme pour le projet de Miles que n'en avait montré Sam la veille au soir, mais il ne prolongea pas la discussion. De toute évidence, il préférait laisser ce soin à Rutherford.

Rutherford était un grand type dégingandé à l'allure nonchalante, qui semblait chevaucher son bureau comme il eût fait d'un pur-sang. Pendant que Miles parlait, il s'agitait, marmonnait, se grattait le visage et la poitrine. Il chassait les mouches à grandes tapes, ingurgitait à grand bruit du café contenu dans un gobelet de carton et ses gros doigts maladroits cassèrent deux crayons tandis qu'il prenait des notes. Mais, quand Miles eut terminé son exposé, Rutherford le surprit en faisant une analyse concise et précise de la position légale de Tod et des moyens de défense possibles ; par ailleurs, ce qui était pour le moins inattendu, il se montra compréhensif à l'égard de l'idée de Miles de faire équipe avec lui.

— Je ne vois pas pourquoi ce ne serait pas possible, dit-il d'un ton bourru. Vous êtes avocat de plein droit, bien que vous ne vous soyez jamais occupé de cas semblables. Évidemment, votre intérêt personnel dans l'affaire pourrait devenir gênant. Vous connaissez l'antique adage : "Celui qui assure sa propre défense a un sot pour avocat."

Miles lui rendit son sourire.

— J'ai une meilleure citation à vous proposer, monsieur Rutherford. "Les hommes comprennent rarement les lois s'ils ne les *ressentent* pas." Lord Halifax.

Rutherford écrasa une mouche imaginaire sur son sous-main.

— Et c'est là ce que vous croyez pouvoir faire, monsieur Crawford ? Les obliger à *ressentir* ? Éveiller leurs émotions ?

— Je suis le père du garçon.

— Mais il y a autre chose aussi, n'est-ce pas ? Voyez-vous, Charlie Macklemore m'a dit un jour que, dans le temps, vous étiez plus ou moins acteur. Au cinéma.

— Il y a longtemps de ça, monsieur Rutherford. Dans les années 20. J'ai tourné mon dernier film en 1933. J'ai été admis au barreau en 1940 et depuis, je ne me suis pas occupé d'autre chose.

Rutherford le considérait avec curiosité.

— Bon, dit Miles. Peut-être est-ce en effet ce que j'avais en tête. J'ai été comédien. Je savais éveiller la sympathie des gens, c'était mon métier.

— Je vois.

— Je n'ai pas l'intention de conduire l'affaire à votre place, poursuivit Miles. Je tiens simplement à jouer mon rôle.

L'expression était peut-être malheureuse. Rutherford grimaça et se gratta avec une évidente irritation, mais Miles ne prit pas la peine de rectifier.

— Nous verrons, dit l'avocat. Nous verrons comment ça marche. Pour moi, le grand point d'interrogation, c'est le garçon. Comment s'appelle-t-il ?

— Tod.

— Tod, répéta Rutherford. A mon avis, il a son mot à dire là-dedans, lui aussi. Comment pouvez-vous savoir s'il acceptera que vous fassiez ça ? Il est accusé de meurtre. Il a l'âge d'aller s'asseoir sur la chaise. Le moins que vous puissiez faire, c'est de lui demander s'il est d'accord.

Miles se sentit saisi d'une brusque incertitude.

— Oui, dit-il. Vous avez raison, bien sûr. Il faut que je le lui demande.

Il vit Tod le lendemain matin. Après son inculpation par la Chambre des mises en accusation, le jeune homme avait été transféré à la prison du comté, dans Fleet Avenue, et, déjà, il s'était accoutumé sans heurts à ce nouveau genre de vie. Quand il entra dans le parloir, la chemise et le pantalon gris lui allaient presque trop bien et il avait un grand air de docilité.

— Comment vas-tu ? demanda Miles. Comment te traite-t-on ?

Tod haussa les épaules. Il paraissait déjà excédé de cette visite.

— Tout ira bien, reprit Miles. J'ai parlé de l'affaire avec Rutherford, l'avocat que tu as vu hier après-midi. J'ai bien peur qu'on ne puisse obtenir ta libération sous caution, mais...

— Quand a lieu cette mise en accusation dont il m'a parlé ?

— Un jour de la semaine prochaine. C'est à ce moment que nous ferons valoir l'homicide par imprudence. Tu saisis la différence, je pense ?

Tod regardait ses mains.

— Tu comprends, tout est affaire de préméditation, expliqua Miles en baissant la voix. C'est là que réside la grande différence entre le meurtre et l'homicide par imprudence : la préméditation, la provocation. Comprends-tu de quoi je parle ? Une bataille entre deux adversaires, du moment qu'elle n'a pas eu pour cause le désir de tuer, voilà ce qu'on appelle un acte de provocation. Rutherford ne t'a pas expliqué ?

— Il a parlé pendant deux heures, dit Tod avec indifférence. Je ne le suivais pas très bien.

Miles se pencha plus près encore.

— Écoute-moi, Tod. Je veux te demander quelque chose. Quelque chose d'important.

— Quoi ?

— Que dirais-tu si j'assumais moi-même ta défense ? Moi, personnellement. Oh ! pas tout seul : Rutherford ferait le véritable travail. Je ne serais que le porte-parole. Que dirais-tu de ça, Tod ?

Le jeune homme eut l'air décontenancé.

— Je ne comprends pas. Tu n'es pas avocat criminel...

— Non, en effet. Je ne serai peut-être pas très habile, je commettrai peut-être des erreurs stupides. Rutherford sera là pour m'aider, il est même possible que j'aie l'air assez ridicule. Pourtant, je crois que je pourrai forcer le jury à *m'écouter*, Tod. Je crois que je pourrai leur faire... comprendre.

Il se tut un instant, douloureusement saisi par le visage sans expression de son fils.

— Je ne le ferai pas si tu n'es pas d'accord. C'est une affaire très grave, inutile de te le dire. Tu as le droit de refuser.

— Tu ferais ça pour moi ? dit Tod doucement.

Le regard de Miles croisa le sien. Il avait les yeux pleins de larmes.

— Oh ! papa, dit Tod.

Il tendit les mains et serra celles de son père. Il les garda entre les siennes, fermement, et leva vers le visage de Miles un regard où il y avait un grand étonnement et, aussi, une sorte de découverte.

***

Aussitôt après la mise en accusation de Tod, un changement se produisit en Rutherford. Son attitude nonchalante, hésitante disparut, son regard de douceur ensommeillée devint dur et étincelant. Le programme de droit criminel qu'il faisait avaler à Miles se révéla comme une véritable épreuve, un amalgame de conférences, de réprimandes et d'éreintement. Chaque jour, il déclarait à Miles qu'il était en train de commettre une erreur, qu'il jouait avec la vie de son fils, qu'il allait se rendre ridicule au tribunal. Il traitait Miles de pourvoyeur d'ambulance et, une fois, avec un profond mépris, il le traita d'avocat de cinéma. Il alla jusqu'à menacer d'abandonner l'affaire si Miles se laissait aller au tribunal à des attitudes théâtrales dignes de Hollywood. Mais, pendant ce temps, il fit en sorte de mettre sur pied un système de défense et il prépara Miles Crawford à présenter cette thèse devant un jury.

Rutherford fournissait des références par douzaines. Il extrayait des citations du langage des tribunaux et forçait Miles à écouter paragraphe après paragraphe.

— « *L'intention doit précéder le fait d'un laps de temps appréciable. Mais il n'est pas nécessaire que ce laps de temps soit long. Il doit être suffisant pour qu'intervienne la réflexion, la délibération, le choix entre tuer et ne pas tuer, la formation d'une intention déterminée de tuer.* » Ceci est tiré de *L'affaire Majone*, dit Rutherford. Tout dépend de ce qu'on peut appeler la délibération. Là-dessus repose toute notre affaire. Avec ou sans préméditation, voilà ce qu'il faut prouver.

— Mais le pourrons-nous ? Vous avez entendu ce qu'a dit Tod. Ils ont rangé la voiture, ils sont descendus et se sont battus. Ils savaient ce qu'ils faisaient, Ed !

— Croyez-vous ? Nous devons prouver qu'il n'en est rien. La frontière est bien mince, entre le meurtre et l'homicide par imprudence, et nous devons la définir. Nous devons montrer qu'il ne s'est pas écoulé d'intervalle permettant la réflexion, pas une minute. Et ce ne sera pas facile. Je connais ce type, Hanley, l'avocat général. C'est un dur à cuire. Il est de l'école « œil pour œil... »

— Vous avez peut-être raison, dit Miles, l'air sombre. Vous feriez peut-être mieux de défendre la cause tout seul...

— Parlez-vous sérieusement ? demanda Rutherford, le regard mauvais.

— Non ! Vous l'avez dit vous-même, il ne s'agit pas là d'une simple accumulation de faits. Ce qu'il y a d'important, c'est ce qui s'est passé dans le cœur de Tod. Et c'est là que je peux intervenir. Je peux le leur expliquer !

Rutherford laissa échapper un soupir résigné.

— Demain, même heure, dit-il.

Ce soir-là, en rentrant chez lui, Miles trouva une Jenny fort énervée et quatre reporters installés devant sa porte. Il dut se forcer un passage parmi eux et Jenny protesta vigoureusement contre cette invasion. Sam l'attendait également, dans la salle de séjour ; il proposa de faire le nécessaire pour se débarrasser des journalistes. Mais Miles refusa, en disant qu'il voulait mettre la presse de son côté, que ce serait un atout pour Tod ; Sam, les sourcils froncés, s'installa dans un coin du canapé. Les reporters furent introduits, sur un fond sonore d'objurgations de la part de Jenny : « Essuyez vos pieds ! » et « attention à vos cendres ! » Ils soumirent Miles à un feu roulant de questions : ils voulaient connaître son plan de défense pour Tod. Quand ils abordèrent le sujet du cinéma, Sam, sur son canapé, s'agita en grognant, mais Miles les laissa parler.

— Dites donc, monsieur Crawford, dit l'un. Est-ce que vous n'avez pas incarné souvent des avocats dans vos films ?

— Oui, c'est exact, mais cela n'a rien à voir avec l'affaire qui nous occupe aujourd'hui.

— Depuis combien de temps avez-vous abandonné le cinéma, monsieur Crawford ? Bientôt vingt-cinq ans, n'est-ce pas ?

— Oui, à peu près.

— Miles !

Sam s'était levé en secouant la tête, comme pour le prévenir d'un danger.

— Débarrasse-toi d'eux, Miles ! Tout de suite !

— Et alors, monsieur Crawford ? Vous croyez que votre expérience cinématographique peut être de quelque secours à votre fils ?

— Mais non, naturellement.

— Avez-vous jamais perdu une cause à l'écran ?

— C'est une question absurde...

— Vous envisagez un retour à l'écran, monsieur Crawford ?

— Ne soyez pas ridicule ! dit-il, avec un regard de colère pour le jeune reporter qui lui posait cette question. Je suis avocat, jeune homme, je le suis depuis vingt ans.

Le journaliste lui sourit aimablement.

— Mais ne s'agit-il pas là d'une sorte de retour, monsieur Crawford ? Autrement dit, si vous jouez bien votre rôle devant le tribunal, ne pourrait-il se faire qu'un producteur...

La gifle résonna alors que personne ne s'y attendait. L'écho demeura en suspens dans la pièce soudain silencieuse, alors même que la marque des doigts de Miles s'effaçait de la joue du reporter. Sam fut le premier à réagir. Il prit les choses en main, reconduisit les reporters jusqu'au vestibule, apaisa leur indignation et les fit sortir sans répondre ni à leurs questions ni à leurs paroles de colère.

Quand il rentra dans la salle de séjour, Miles, demeuré à la même place, considérait la main qui avait donné la gifle.

— Bois un coup, dit Sam. Et, la prochaine fois, ne parle pas tant. Plaide ta cause devant le tribunal et pas dans les journaux.

Miles leva les yeux vers lui.

— Sam, dit-il, qu'en penses-tu ?

— Je pense que tu es très fatigué.

— Je te jure, Sam, que ce n'est pas pour ça que je le fais. Pour le cinéma, pour revenir à l'écran. Il y a belle lurette que j'ai renoncé à cette idée. Tu le sais, n'est-ce pas ?

— Du moment que toi, tu le sais, fit Sam Brody.

Et il s'en fut remplir les verres.

***

Miles s'était déjà trouvé devant des tribunaux. Il avait affronté des jurés, des juges, pour défendre ses clients. Mais jamais auparavant il n'avait attaché un tel prix au résultat. Quand l'audience fut ouverte, il eut presque envie de dire à Rutherford qu'il avait changé d'avis, qu'il n'avait pas la compétence nécessaire pour jouer son rôle, que sa place était parmi les spectateurs et non pas à la barre.

Mais il ne dit rien. L'audience commençait, les jurés prenaient leur place, le juge entrait, solennel dans sa robe noire. Rutherford alla jusqu'à l'estrade et tendit un exemplaire des conclusions qu'il avait préparées, tandis que le procureur Hanley, un homme d'une cinquantaine d'années, à l'air étonnamment bénin, avec des cheveux blonds et une allure d'érudit qu'accentuaient encore des lunettes sans monture, se levait pour faire sa déclaration préliminaire. Il s'exprimait doucement, sans passion, et ses phrases simples, sans détours, concernant les événements de la nuit en question, parurent intéresser les jurés sans les émouvoir. En l'écoutant, Miles reprit espoir : cet homme parlait d'un ton trop contenu, il en devenait ennuyeux. Il murmura son opinion à Rutherford et l'avocat secoua la tête pour exprimer son désaccord. Miles, alors, se fit plus attentif et comprit que, si Hanley se gardait délibérément de tout accent sur les faits, c'était afin de réserver aux dépositions des témoins les détails dramatiques, afin aussi de laisser pour la fin des révélations et des preuves concluantes. Quand le procureur s'assit enfin, les jurés n'étaient toujours pas émus mais ils ne demandaient qu'à se laisser convaincre.

Miles et Rutherford étaient convenus de réserver leur déclaration au jury pour la conclusion du réquisitoire. Le moment était venu d'entendre le premier témoin.

Hanley se montra audacieux. Il appela à la barre le témoin le plus important de tous, l'accusé, Tod Crawford.

Tod semblait plongé dans une sorte d'hébétude. Il parut surpris de se trouver dans le box des témoins ; il ne s'était pas attendu à être cité comme tel. Quand Hanley le pria de raconter les événements de cette nuit-là, il bredouilla son récit, sans ordre ni logique, et le procureur dut le remettre sur la voie. Il parla d'excès de boisson et reconnut que cela se produisait fréquemment. Il nomma les deux jeunes gens qui l'accompagnaient et donna les raisons de la dispute.

— Nous allions voir des filles, dit-il. Elles habitaient à l'autre bout de la ville et elles recevaient des amis. Juley avait emporté une bouteille en voiture et nous avons tous bu. Je ne voulais pas le laisser faire, parce que c'était lui qui conduisait et que ce n'était pas ma voiture mais celle de mon père. Là-dessus, il s'est mis en boule et d'une chose, on en est venu à d'autres. Il a été question d'une des filles que nous fréquentions. C'est à ce moment-là qu'il a arrêté la voiture et qu'il a voulu qu'on se batte. L'autre gars, Ruddy, nous a séparés, mais nous étions très montés. C'est alors que quelqu'un a suggéré qu'on règle ça sur le bord de la route.

— Qui ? demanda Hanley.

— Je ne sais pas. Je ne me rappelle plus. Mais nous sommes descendus et je ne savais pas que Juley voulait qu'on se batte au couteau ; je ne l'ai su qu'en le voyant sortir le sien. Alors, j'ai sorti le mien.

— Vous vous promenez souvent avec un couteau ?

— Presque toujours.

— Continuez.

— C'est tout. Nous nous sommes battus. Juley m'a blessé le premier et après, ça a été mon tour. Je ne savais pas qu'il était mort. Je suis remonté en voiture et je suis rentré à la maison. Je n'étais pas dans mon assiette. Je les ai laissés là tous les deux.

— Vous avez laissé le couteau dans la plaie ?

— Oui, dit Tod. C'est bien ça.

Sur les conseils de Rutherford, Miles ne demanda pas à questionner à son tour le témoin ; ils avaient l'intention, par la suite, de citer Miles comme témoin à décharge. Miles eut pour la première fois l'occasion de se faire entendre quand l'accusation appela Rudy Trask à la barre. Hanley lui demanda de s'identifier comme le troisième passager de la voiture cette nuit-là et lui fit ensuite donner sa version des faits. Elle corroborait en tous points celle de Tod, mais Hanley ajouta une question vitale.

— Monsieur Trask, avant la nuit du meurtre

s'était-il déjà produit des querelles entre Tod Crawford et Juley Herman ?

— Oui, Monsieur, marmonna Trask.

— De quel genre ? S'étaient-ils déjà battus ?

— Pas avec des couteaux. A coups de poing.

— Il existait donc entre eux une animosité caractérisée ?

— Par moments.

— A quoi étaient dues ces querelles ?

— A des tas de choses. Des filles, quelquefois. D'autres fois, il s'agissait du paternel de Tod.

Parmi les murmures des spectateurs, Miles, à la table de la défense, s'agita et toussa. Trask continua :

— Juley aimait bien mettre Tod en boîte. Il lui demandait souvent pourquoi il ne partait pas pour Hollywood, afin de devenir vedette de cinéma, comme son père, dans le temps. Ça mettait toujours Tod hors de lui. On ne pouvait jamais beaucoup plaisanter avec Tod, il n'aimait pas ça.

— Ces bagarres à coups de poing, étaient-elles sérieuses ?

— Une fois, Tod a foulé le poignet de Juley.

— L'incident a-t-il été rapporté à la police ?

— Non, fit Trask, déconcerté.

— C'est tout, dit Hanley.

C'était au tour de Miles. Il se leva, avec un frémissement intérieur pire que tout ce qu'il avait jamais ressenti devant une caméra. Très conscient de l'intensité des regards fixés sur lui, il se dirigea vers la barre des témoins.

— Monsieur Trask, depuis combien de temps, à votre avis, mon... Tod Crawford connaissait-il Juley Herman ?

— Huit à dix mois, peut-être.

— Se voyaient-ils souvent ?

— Environ deux, trois fois par semaine.

— C'étaient donc plutôt des amis, vous ne croyez pas ? Et pas des ennemis ?

Hanley se leva pour suggérer avec douceur que la question de Miles était tendancieuse. Le juge soutint l'objection.

— Revenons à ce combat aux poings, reprit Miles. Celui qui eut pour résultat cette foulure du poignet. Avaient-ils alors décidé d'avance de se battre, comme ils « décidèrent » de se battre au couteau ? Vous devez le savoir.

— Non. C'est arrivé comme ça, par hasard.

— Brusquement, sans que rien l'ai fait prévoir ?

— Ouais, je crois qu'on peut dire ça. Juley a sauté sur Tod et...

— Vous dites que c'est *Juley* qui a sauté sur lui ? C'est Juley qui a commencé ?

— C'est-à-dire que Tod a traité Juley de...

— Qu'il l'ait traité de n'importe quoi n'a aucune importance. Juley Herman a bien été l'agresseur ?

— C'est exact.

— Est-ce que les choses se sont produites de la même façon, dans la nuit du 14 septembre ? Vous avez été témoin du combat, monsieur Trask. N'est-ce pas Juley Herman qui, cette fois encore, a été l'agresseur ? N'a-t-il pas frappé le premier ?

— C'est difficile à dire.

— Juley Herman n'a-t-il pas blessé Tod au bras ? N'était-ce pas là la première blessure ? Est-ce que vous suiviez le combat, Monsieur Trask, ou bien vous en désintéressiez-vous totalement ?

— Bien sûr, que je le suivais ! Tod a été blessé le premier, c'est vrai, mais...

— C'est tout, monsieur Trask !

Miles tourna les talons et revint rapidement à la table de la défense. Son cœur battait à tout rompre et ses yeux se brouillaient mais il put tout de même saisir l'expression du visage de Rutherford. C'était un infime sourire, mais un sourire, malgré tout, et Miles connut ainsi qu'il s'en était bien tiré.

Ce fut le deuxième jour que les ennuis commencèrent. Quand Hanley fit son entrée ; il s'était en grande partie dépouillé de sa réserve d'érudit. Son premier témoin fut une jolie fille un peu vulgaire, aux lèvres écarlates, nommée Barbara Riordan ; elle arborait une attitude insolente et un maquillage trop accentué pour son jeune âge, dix-sept ans à peine. C'était elle, la fille à propos de laquelle Juley et Tod s'étaient disputés et Miles se sentit un peu écœuré à la vue de la petite traînée pour laquelle son fils s'était battu. Soit qu'il fût misogyne, soit qu'il parlât par expérience, Rutherford l'avait mis en garde contre les femmes témoins ; il avait prétendu qu'elles étaient par nature de parti-pris, enclines à une loyauté violente et sans mélange envers celui qu'elles avaient décidé d'aider. Son avertissement se révéla justifié en ce qui concernait Barbara Riordan.

— Vous avez vu Juley Herman et Tod Crawford se quereller ? demanda Hanley. Vous les avez même vus se battre ?

— Ça, sûrement, dit-elle en rejetant ses cheveux en arrière. Ils se disputaient tout le temps et pour n'importe quoi. Pour moi, quelquefois, ajouta-t-elle en souriant.

— Néanmoins, ils étaient constamment ensemble, n'est-il pas vrai ? Ne trouviez-vous pas cela étrange ?

— Il y a parfois des gens qui sont amis parce qu'ils se détestent.

Elle avait énoncé la phrase à la manière d'un aphorisme et parut fort satisfaite d'elle-même.

— Vous pensez qu'ils se détestaient ?

— Je le sais.

— Comment pouvez-vous en être aussi sûre ?

— Ce n'est pas seulement à cause des disputes. C'est à cause de ce que Tod me disait souvent. Il m'a dit une fois qu'un jour, il tuerait Juley. Qu'est-ce que vous dites de ça ?

Elle jeta vers Tod un regard de défi et accueillit avec satisfaction les réactions de l'auditoire.

— Voulez-vous dire qu'il a vraiment proféré des menaces de mort contre Juley Herman ?

— Plus d'une fois, c'est la vérité vraie. Il me disait que, si Juley continuait à me tourner autour, il lui couperait la gorge.

Rutherford donna à Miles de rapides conseils sur les questions à poser au témoin ; mettre en doute sa bonne réputation, suggérer une rancune à l'égard de Tod, qui justifierait son témoignage hostile. Mais, quand il tenta de faire admettre à la jeune fille qu'elle en voulait à Tod, elle répondit avec un sourire suave :

— Mais voyons, j'aime bien Tod, je l'ai toujours bien aimé. Je ne voudrais pas le voir dans l'ennui. Mais je ne pouvais tout de même pas mentir à propos de ce qu'il m'avait dit, n'est-ce pas ?

Consciente d'avoir marqué un point, elle dévisageait Miles avec audace.

Il y eut encore trois témoins pour l'accusation ; tous trois témoignèrent du caractère violent et de la conduite irréfléchie de Tod Crawford, ainsi que de l'évidente animosité entre le mort et lui. Des policiers apportèrent leur témoignage à propos de la scène de la querelle, du couteau que Tod avait laissé dans le corps de Juley Herman, de son retour précipité chez lui, de son arrestation, de ses aveux spontanés et ce qu'il y avait peut-être de plus grave, de son manque apparent de remords.

L'accusation employa encore deux jours pour présenter son interprétation des faits et, avec chaque heure écoulée, la muraille des preuves se faisait plus haute, plus épaisse, plus impénétrable. Les contre-interrogatoires de la défense se révélèrent dangereux, ainsi que l'avait prédit Rutherford. Des témoins préjudiciables pouvaient le devenir doublement quand leurs témoignages étaient répétés et, parfois renforcés par les questions de la défense. Mais il n'y avait pas d'alternative ; la défense n'avait aucun témoin ; elle devait mettre à profit ce qu'elle avait sous la main.

Les deux avocats avaient fondé tous leurs espoirs sur Tod.

A l'appel de son père, il vint à la barre et, durement, exagérant même la brutalité pour mieux démontrer son objectivité, Miles le questionna sur le meurtre de Juley Herman.

— Aviez-vous *l'intention* de tuer Juley Herman quand vous êtes descendu de voiture ?

— Non.

— Aviez-vous même l'intention de le blesser ? Ou tentiez-vous simplement de vous défendre ?

Tod hésita.

— Je ne sais plus à quoi j'ai pensé. J'étais ivre, je ne savais plus où j'en étais.

Miles respira un grand coup.

— Détestiez-vous Juley Herman ?

— Non.

— Pourtant, vous vous querelliez sans cesse. Pourquoi ?

— Je ne sais pas. On aurait dit qu'on se portait sur les nerfs l'un de l'autre. Mais toutes les fois, on se réconciliait. (Il marqua un temps.) Tout allait mieux avant qu'on la rencontre.

— Vous voulez parler de Barbara Riordan ?

— Oui.

— Étiez-vous amoureux de cette jeune fille ?

— Je ne sais pas. Un peu, peut-être.

— Lui avez-vous jamais dit que vous vouliez tuer Juley ?

— Je ne me rappelle pas avoir jamais rien dit de pareil.

— Alors, à votre avis, pourquoi prétend-elle que vous l'avez dit ?

Tod haussa les épaules.

— Elle aimait bien Juley. Elle me déteste pour ce qui est arrivé. Elle veut se venger.

L'accusation protesta contre cette réponse et le juge soutint l'objection.

Miles transpirait à grosses gouttes ; la sueur ruisselait de son front dans ses yeux, il s'épongeait constamment.

— Vous est-il *jamais* arrivé de penser à tuer votre ami ?

Tod baissa les yeux vers le sol.

— Non, dit-il, je vous l'ai déjà dit.

— La pensée de le tuer vous est-elle venue à l'esprit la nuit du meurtre ?

Tod ne répondit pas. Le silence ne plaidait pas en sa faveur ; Miles serra les dents et se pencha en avant.

— Je vous prie de répondre à la question !

— Je ne sais pas, dit Tod. Je ne sais absolument plus à quoi je pensais quand c'est arrivé.

— Mais pensiez-vous à *tuer* ?

Les épaules de Tod s'affaissèrent.

— Je ne pensais à rien de précis. J'ai fait simplement ce qu'il fallait faire. C'est tout.

Dans la salle d'audience, le silence était lourd, oppressant. L'atmosphère même semblait avoir changé. Au fond de la salle, quelqu'un toussa et ce fut comme une explosion.

— C'est tout, murmura Miles à son fils.

Il revint à la table et Rutherford prit l'initiative. L'avocat se leva et annonça que la défense en avait terminé. Puis il sollicita du juge un verdict immédiat d'homicide par imprudence. Le juge répondit négativement et demanda à Miles et à l'avocat de présenter leurs conclusions pour le jury cet après-midi même.

— Tout ira bien, dit Miles à Rutherford en sortant de la salle d'audience. Vous verrez, Ed. Je les forcerai à éprouver de la sympathie pour Tod, vous verrez !

*
* *

A deux heures, cet après-midi-là, Miles se leva pour plaider. Jusqu'à ce moment, les jurés n'avaient été pour lui que des visages, tour à tour hostiles ou favorables ; ils formaient maintenant un tout, un auditoire indivisible. Miles resta un moment muet devant eux, comme réduit au silence par le poids du fardeau qu'il portait. Il s'écoula bien dix secondes avant qu'il se mît à parler, d'une voix basse et monocorde.

— Mesdames et Messieurs les jurés, un jeune garçon est mort, et ceux qui ont la charge de rendre la justice humaine crient vengeance. Vous les voyez ici, devant vous, réclamant vie pour vie, et cela, au nom de cette statue qui se dresse, un bandeau sur les yeux, à la porte de ce tribunal. Quand vous sortirez de cette salle, vous aurez la lourde responsabilité d'accepter ou de refuser le châtiment capital qu'ils exigent. Mais, avant que vous preniez votre décision, je voudrais vous demander de vous poser une question encore.

Existe-t-il vraiment une justice parfaite ? Complète, impartiale, étrangère aux préjugés comme aux intérêts particuliers ? Si une telle justice existe, alors je dis : Loué soit Dieu ! Loué soit Dieu, que nous, êtres humains imparfaits, ayons reçu en partage un tel don, une si généreuse mansuétude à l'égard de nos propres péchés que nous soyons capables d'appliquer à d'autres pécheurs une infaillible justice.

Si vous n'avez jamais péché, pas même au-delà des limites où la loi pouvait vous atteindre, alors, ce que je vais dire ne vous est pas destiné. Si vous êtes sans reproche, si vous n'avez jamais commis une erreur, jamais fait tort à personne, jamais nui, soit physiquement, soit moralement, à votre prochain, vous avez le droit de choisir en toute liberté le châtiment qui doit échoir à ce garçon.

Sa voix monta, s'enfla.

Si vous vous sentez en mesure de liquider tous les comptes au nom de Tod Crawford... de déclarer que l'acte d'un instant, un battement de paupières, un geste de sa main, une seconde d'égarement dans son existence ont suffi à lui retirer le droit de vivre, de respirer, de regretter, de s'amender, de réparer ses fautes passées et présentes... tant mieux pour vous.

Mais ayez bien conscience de ce que vous faites !

Avez-vous jamais prononcé, à l'adresse de votre femme, de votre mari, de votre enfant, une parole de colère que vous avez regrettée aussitôt ? Ce n'est pas difficile, n'est-ce pas ? Un baiser, quelques mots gentils et tout est arrangé. Avez-vous jamais jeté une pierre, brisé une assiette, lancé une injure ? Frappé une joue ? Battu un enfant ? Prononcé un mensonge ? Rompu une promesse ? Quel a été votre châtiment ? Des remords, des tourments, des récriminations ? Mais jamais on n'a refermé le livre sur vos erreurs, jamais on n'a tourné la clef dans la serrure, sans vous laisser la moindre chance de dire : « Je regrette, je suis désolé, je ferai en sorte de m'amender. »

Ce garçon, lui, a fait plus que briser une assiette ou rompre un serment. Il a pris une vie. En un instant, aveuglé par la rage folle de vivre dans un monde qu'il ne comprenait pas, il a pris une vie. Crime prémédité ? Pas plus que la parole de colère, l'assiette brisée, la pierre lancée, la joue frappée. Crime prémédité ? Alors qu'il a tué devant témoin, sous les yeux de Dieu, sous le regard impitoyable d'une loi vengeresse ?

Il se surprit à crier et fit effort pour reprendre

son sang-froid. Il baissa la voix, s'appuya à la balustrade qui le séparait du jury.

Vous avez le droit de solder le compte de Tod Crawford. La loi vous confère ce droit. Il a vingt-trois ans. Peut-être est-il assez âgé pour affronter une justice plus divine que la nôtre.

Mais souvenez-vous de ce que je vous dis. Devant ce tribunal divin, Tod Crawford devra déclarer : Ma dernière action sur terre a été de tuer un homme qui était mon ami. On ne m'a pas laissé le temps de faire autre chose de mon existence.

Miles relâcha l'étreinte de ses doigts sur la balustrade et se détourna lentement. Il revint à la table de la défense, terriblement conscient du silence qui s'était abattu sur la salle mais incapable d'en discerner la signification.

Mais alors éclatèrent les applaudissements. Le vacarme se déchaîna comme une brusque tempête parmi les spectateurs et Miles fit effort pour dissimuler la joie triomphante de cet instant, il essaya de reprendre sa place au côté de Rutherford sans que changeât l'expression de son visage. Le juge eut un moment d'hésitation avant de prendre son marteau pour un rappel à l'ordre. Les applaudissements s'éteignirent rapidement mais l'écho en demeura.

Hanley était debout. Il avait perdu son calme ; la péroraison avait éveillé en lui une émotion, certes, mais qui n'était rien d'autre qu'une colère concentrée.

— Votre Honneur...

— Oui, monsieur Hanley ?

— Votre Honneur, étant donné la magnifique réaction des... euh... spectateurs à la plaidoirie de M. Crawford, j'aimerais que soit reportée à demain matin la réponse de l'accusation.

— Fort bien, monsieur Hanley. L'audience est suspendue et reprendra demain à dix heures.

Miles n'entendit pas les dernières phrases de la

journée. Il observait Rutherford qui, lui, observait le jury. En sortant de la salle d'audience, l'avocat pressa le bras de Miles et murmura quelques mots que celui-ci ne put saisir. Il les répéta dehors, dans le couloir.

— Je ne croyais pas ça possible, dit-il. Je ne voulais pas le croire. Mais j'ai l'impression que vous avez fait là du bon travail, monsieur Crawford !

Hanley, la bouche pincée, sa serviette serrée sous son bras, les dépassa ; puis il s'arrêta et revint vers eux, et ses lèvres minces se retroussèrent pour un sourire de félicitation.

— Excellente plaidoirie, dit-il à Miles. Vous avez beaucoup de talent, monsieur Crawford, j'ai toujours été de cet avis.

— Merci, dit Miles.

— Oui, de tout temps, j'ai fait partie de vos admirateurs, reprit Hanley, dont le regard avait un bizarre éclat. Vous vous en souviendrez, n'est-ce pas ? Même après la journée de demain ?

Il eut un petit rire sec et s'éloigna à grands pas. Rutherford le suivit d'un regard soucieux.

— Qu'y a-t-il ? Qu'est-ce qui vous tracasse ? demanda Miles.

— Je ne sais pas. Mais je connais bien Hanley. Et, à mon avis, ce qu'il vient de dire contenait une menace.

La table de l'accusation avait un aspect différent, le lendemain ; en s'asseyant près de Rutherford, Miles considéra d'un œil curieux les objets disparates qui l'encombraient avant d'éprouver un choc en saisissant le rôle qu'ils allaient jouer. Déjà, Hanley était debout et s'adressait à la Cour.

— Votre Honneur, avant de prononcer mon réquisitoire, je voudrais vous présenter une demande assez inhabituelle. Je le fais dans la sincère conviction que cette affaire, comme n'importe quelle autre, doit être jugée d'après les faits et non d'après les exhibitions sentimentales des participants.

Le juge eut un sourire mi-figue, mi-raisin.

— Je suis persuadé que nous en sommes tous convaincus. Présentez votre requête, je vous prie.

Hanley reprit distinctement son souffle.

— Votre Honneur, j'aimerais obtenir l'autorisation de montrer à la Cour un fragment de film.

Rutherford jeta vers Miles un regard chargé d'appréhension ; Miles avait les yeux fixés sur l'écran portatif et le projecteur posés sur la table.

— Cette présentation doit-elle jeter sur l'affaire de nouvelles lumières, monsieur Hanley ?

— Non, Votre Honneur. Il s'agit de la dernière séquence d'un film intitulé « *Le Coupable* », produit en 1931 par les Allied American Studios. J'ai eu la chance de retrouver le film dans un entrepôt de Long Island. C'était, j'en ai peur, un film de ce qu'on est convenu d'appeler « Catégorie B ». Il a fait une très brève carrière, en complément de programme. Je pense néanmoins que ce film est significatif, en ce qui concerne sinon le cas Tod Crawford, du moins la façon dont est conduite sa défense.

Hanley s'avança de quelques pas et baissa la voix pour prendre un ton confidentiel.

— Sincèrement, Votre Honneur, le contenu de ce film serait même de nature à jeter un doute sur la qualité de ce procès et je crois qu'il est de l'intérêt de tous, ici, qu'il soit connu. Puis-je venir jusqu'à vous ?

Le juge acquiesça d'un signe.

Hanley alla le trouver et dit quelques mots à l'homme en toge noire. Celui-ci parut stupéfait et finit par consentir à la projection.

Rutherford observait Miles, qui s'était tassé sur son siège, les yeux vitreux, l'air absent. L'avocat le questionna à voix basse mais Miles ne répondit pas. Aidé de l'huissier, l'un des employés du bureau de l'avocat général installa l'écran devant l'estrade du tribunal et plaça le projeteur sur une petite table, au milieu de l'allée centrale. L'auditoire frémissait de murmures ; le rectangle blanc de l'écran posait un grand point d'interrogation. Seul, Miles gardait un air indifférent, les yeux perdus dans le vide.

— Nous sommes prêts, annonça l'employé, tandis que l'huissier diminuait l'éclairage de la salle.

Et, sur l'écran, apparut une autre salle d'audience.

Un jury composé d'acteurs siégeait dans sa tribune. Un comédien aux cheveux gris présidait gravement, en qualité de juge. Et, tout prêt à s'adresser aux jurés de cinéma, plus jeune, plus mince, les cheveux noirs, s'avançait Miles Crawford. Age : trente ans. Profession : vedette.

Il y eut quelques difficultés avec la bande sonore. Puis, dans toute sa force, la voix s'éleva du haut-parleur, sonore, chargée d'émotion, vibrant dans toute la salle d'audience du film.

— Un jeune garçon est mort ! disait l'avocat de cinéma. Un jeune garçon est mort, et ceux qui ont la charge de rendre la justice humaine crient vengeance. Vous les voyez ici, devant vous, réclamant vie pour vie, et cela, au nom de la statue qui se dresse, un bandeau sur les yeux, à la porte du tribunal...

Rutherford agrippa Miles par le bras. Sur l'écran, le jeune avocat, fort séduisant malgré les épaules trop carrées et les revers trop larges qui étaient à la mode pendant les années 30, couvrait de sa main ses yeux embués par l'émotion.

— Une justice complète ? Impartiale ? demandait l'acteur à la caméra.

Dans la salle, les murmures allaient s'accentuant : on réalisait ce qu'on était en train de voir et d'entendre, on en saisissait la terrible signification.

— ... mais si vous n'avez jamais péché, pas même au-delà des limites où la loi pouvait vous atteindre, alors, ce que je vais dire ne vous est pas destiné. Si vous êtes sans reproche, si vous n'avez jamais commis une erreur, jamais fait tort à personne, jamais nui, soit physiquement, soit moralement...

— Faites cesser cette exhibition, dit Miles à l'avocat. Pour l'amour du ciel, Ed, faites qu'ils arrêtent !

— Votre Honneur ! cria Rutherford. S'il vous plaît, Votre Honneur...

— ... un battement de paupière, un geste de sa main, une seconde d'égarement dans son existence ont suffi à lui retirer le droit de vivre, de respirer, de regretter, de s'amender, de réparer ses fautes passées et présentes...

— *Arrêtez* ! hurla Miles.

Hanley dit quelques mots à son employé ; il y eut quelques gestes rapides du côté des commutateurs, au fond de la salle, une main actionna le dispositif qui obscurcissait l'écran et le film fit place à une blancheur aveugle, indifférente.

Hanley revint à la barre, ses traits empreints de gravité.

— Votre Honneur, je ne vois plus aucune raison de poursuivre la projection et je suis heureux d'accéder à la requête de la défense.

Il se tourna vers Miles. Son visage n'exprimait ni triomphe ni regret.

— J'ai toujours été un ardent admirateur de M. Crawford. En écoutant sa remarquable plaidoirie, je n'avais pu me défendre d'une impression de déjà connu. Par bonheur, je me suis rappelé où je l'avais entendue une première fois. Si j'ai projeté ce film, ce n'était pas dans le but de causer quelque embarras à M. Crawford mais, ainsi que je l'ai dit tout à l'heure, afin que le dénouement de cette affaire soit amené par les *faits* et non pas grâce à la puissance d'émotion d'un ... excellent acteur.

Il regagna sa place.

Miles était toujours debout et regardait avec une

lassitude impuissante les visages tournés vers lui, ces visages qui exprimaient des questions muettes, trop difficiles pour qu'il pût y répondre.

— Votre Honneur, dit-il d'une voix rauque, Votre Honneur, c'est exact. Je n'étais pas l'auteur de cette plaidoirie. On l'avait écrite pour moi, il y a des années. Je m'en suis servi parce que, à ce moment et maintenant encore, elle était pour moi chargée de sens. Je m'en suis servi parce qu'elle exprimait tout ce que j'avais envie de dire...

Seul, le silence lui répondit. Il vit le visage de Tod, de nouveau inexpressif, indifférent, résigné. En ces quelques instants, il avait gâché son rôle de défendeur de son fils ; il était le Comédien, la Vedette que méprisait Tod.

— Je vous ai trompés, reprit Miles. J'ai été cause que vous vous sentez ridicules et je me suis rendu plus ridicule encore. Mais n'en faites pas supporter le prix à Tod. Non. Pas à mon fils. Ne le punissez pas, alors que c'est moi que vous devriez punir...

Tourné vers le jury, il affrontait les visages froids, impassibles qu'il avait redouté d'y voir. Il ne pouvait rien dire de plus. Il fit un pas vers sa place. Mais il s'arrêta.

— Attendez, dit-il. Attendez un peu.

Il désignait l'homme qui était en train de retirer le projecteur installé dans l'allée centrale.

— Votre Honneur, si je pouvais dire un mot...

— Allez-y, monsieur Crawford. Personne ne vous en empêche.

Il s'approcha de l'estrade.

— Votre Honneur, au nom de l'équité...

Le juge se raidit.

— Puisque vous avez eu la bonté de permettre à l'accusation de projeter ce film, voulez-vous autoriser qu'on le projette jusqu'à la fin ? Voulez-vous y consentir ?

— Je vois mal où vous voulez en venir, monsieur Crawford.

— Il reste une séquence, Votre Honneur, après celle du tribunal. La dernière séquence. Peut-on la voir ?

Avec un grognement, Hanley alla aider à démonter l'écran.

— Votre Honneur, je n'avais pas l'intention de transformer ce tribunal en salle de cinéma. Je voulais simplement montrer...

— Je vous en prie ! insista Miles. Ce n'est que justice ! laissez le film se dérouler jusqu'au dénouement. Laissez-les voir ce qui se passe. Ce qui arrive au jeune garçon de l'histoire. Je vous en supplie !

Le juge se passa un doigt sur les lèvres ; il se trouvait devant un curieux problème d'absolue équité. Il soupira et dit enfin :

— Soit. Puisque j'ai accédé à la première requête, il n'est que juste, peut-être, que j'accède à la vôtre. Monsieur Hanley, voulez-vous demander à votre assistant de projeter le film jusqu'à la fin.

— Mais, Votre Honneur...

— Je vous en prie, monsieur Hanley.

L'avocat général haussa les épaules et fit signe à son employé d'un geste négligent. Le projecteur fut de nouveau mis en place et Miles alla lui-même placer la bobine ; il garda le doigt sur le bouton qui commandait le son. Les lumières furent baissées et il déclencha le dispositif qui envoyait les images sur l'écran.

— C'était la fin de la scène du procès. Les jurés, en file indienne, regagnaient leurs places et leur président se levait pour présenter le verdict au tribunal.

— Nous, jurés, déclarons l'accusé coupable sur tous les chefs...

Suivait un fondu-enchaîné sur la cellule des condamnés à mort.

Sur l'étroite couchette, le jeune homme, assis, attendait le moment de l'ultime jugement.

La porte de la cellule s'ouvrit et l'aumônier de la prison entra, le visage grave : il venait offrir, non l'espérance, mais la consolation. Il posa une main sur l'épaule du jeune garçon qui se mit à pleurer. L'aumônier ouvrit la Bible qu'il portait et entreprit de lire les paroles qui accompagneraient le condamné dans la vie éternelle.

Le directeur de la prison entra à son tour, flanqué de deux gardiens. Il n'était pas question d'une remise de peine. L'heure de l'exécution était fixée à onze heures. Il s'en fallait encore de dix minutes.

Le jeune homme se leva. Il tendit les bras en un geste suppliant. Il sanglota, jura qu'il se repentait, demanda, au nom de sa mère morte, qu'on lui fît grâce. Le directeur était visiblement ému mais il ne pouvait rien. Doucement, il se dégagea et dit quelques mots aux gardiens.

Il était temps de préparer le condamné. On lui ôta ses souliers pour le chausser de pantoufles. On fendit son pantalon. Les gardiens le prirent par les bras et il s'affaissa entre eux.

La marche funèbre commençait. Lentement, au rythme sépulcral des prières que marmonnait l'aumônier, au bruit de la voix brisée de sanglots du jeune homme, qui suppliait qu'on lui accordât le droit de vivre un jour encore, une heure, rien qu'un instant...

Le cortège atteignit la petite porte au bout du couloir et disparut. Le battant se referma avec bruit, et l'image s'effaça sur le mot FIN.

***

Les lumières se rallumèrent et, dans la salle soudain immobile et muette, le regard d'Ed Rutherford alla chercher les visages des jurés pour y trouver, si possible, le résultat d'un verdict encore inexprimé.

Ils prirent leur décision après moins d'une heure de délibération. Cette décision infligeait à Tod Crawford une peine de prison de vingt ans pour homicide par imprudence. Miles Crawford l'accueillit avec des larmes mais il les essuya bien vite pour envelopper son fils dans une tendre étreinte.

Starring the defense.
Traduction de Renée Tesnière.

LA VICTIME

par BRYCE WALTON

En tout cas, à présent, je ris.

Je ris même comme un petit fou.

Et, entre-temps, au cas où vous l'auriez ratée, voici mon histoire, telle que l'a publiée l'*Evening News* :

... Mon nom est Ellis Thompson. Personnage sans importance. Un simple employé d'aviation qui a dépassé la quarantaine et qui grisonne au sommet. Du moins, *j'étais* un employé d'aviation jusqu'au moment où je suis revenu dans mon appartement, ce lundi soir. J'ai commis une erreur banale, pensant que cela n'aurait pas de conséquences, et que rien de grave ne pourrait m'arriver. Ce fut une faute fatale, et la première d'une série. Parce que brusquement, j'ai pris le chemin de la chaise électrique et tout ce que je disais ou faisais semblait graisser les rouages qui m'y entraînaient. Mais bien sûr, je sais qu'ignorer la loi n'est pas une excuse. Il arriva donc que je trouvai la loi devant ma porte.

J'avais tué le début de la soirée dans un bar du voisinage et j'étais revenu chez moi, vers dix heures. Je décidai de regarder la télévision et de boire un autre verre de bière avant d'aller me coucher. Jusqu'alors ce jour avait été comparable à bien d'autres jours pour la monotonie. C'est à ce moment que j'entendis frapper à ma porte.

Et je fis, ce qui plus tard se révéla être un acte de bravoure, j'allai droit à la porte et je l'ouvris. Pourquoi pas ? Le quartier était respectable, je n'étais débiteur envers aucun créancier d'une somme assez importante pour craindre qu'il ne se livre à quelque extrémité afin de récupérer son argent. Je m'étais fait quelques ennemis, mais il était probable qu'ils avaient oublié mon nom. J'avais été élevé dans une ferme du Missouri où la cordialité envers des visiteurs, même étrangers, était une sorte de tradition.

J'ouvris donc la porte. Je souriais même un peu. Ils étaient deux, en complets sombres et aux traits épais. Tous deux plus grands que moi. Ils me repoussèrent à l'intérieur de la pièce. Le plus âgé ferma la porte. L'autre continua à me repousser jusqu'à ce que je fusse adossé au mur. Ces deux individus se sont trompé d'appartement, me dis-je. Ils me prennent pour quelqu'un d'autre.

J'avais cessé de sourire.

Ils me retournèrent et me collèrent la tête contre le papier peint. Ils me fouillèrent, épluchèrent mon portefeuille. Qui ne me fut pas rendu. L'un d'eux commença à sortir mes vêtements du placard.

Finalement, je trouvai le courage de leur demander ce que cela signifiait.

— C'est nous qui posons les questions, mon gars, dit le plus jeune.

— Bon, rétorquai-je. Eh bien, allez-y...

Le jeune me donna sur les côtes une petite tape d'avertissement qui me fit tousser.

— Je suis l'inspecteur Martin. Et voici l'inspecteur Santino.

— Vous devez faire erreur, dis-je. Mon nom est Ellis Thompson.

Santino avait pris mon imperméable gris et mon chapeau et les examinait avec grand intérêt.

— Nous savons qui vous êtes, Thompson. L'erreur, c'est vous qui l'avez commise.

Ils souriaient à présent tous les deux.

Les droits de l'homme ? Ça ne me fait mal que quand j'en ris.

Ils ne me montrèrent même pas un mandat de perquisition, je ne parle pas d'un insigne. Tout ce qu'ils me montrèrent c'est qu'ils avaient le droit pour eux. Armée d'un revolver, l'autorité a toujours raison. C'est comme ça. Ouvrez simplement votre porte et vous perdez votre liberté. Puis je me rappelai avoir lu la chose, ou peut-être l'avais-je vue à la télé.

— Et où est votre mandat de perquisition ? questionnai-je.

Ils ne souriaient plus. Ils riaient.

— Est-ce que vous ne nous avez pas invités à entrer, Thompson ? fit Santino. Et est-ce que vous n'allez pas avoir besoin de votre imperméable et de votre chapeau ? Il pourrait pleuvoir.

— Et alors ?

— En ce cas, prenez vos précautions. Mettez l'imper et le chapeau. Nous sortons.

Ils me les firent mettre de force et me traînèrent vers la porte. Je résistai. Quelque chose commençait à ramper en moi : la peur.

— Mais pourquoi ? Qu'est-ce que je suis censé avoir fait ?

— Écoutez, Thompson, n'êtes-vous pas disposé à collaborer avec la police ? Et votre conscience de citoyen ? Vous ne refuserez pas de répondre à quelques questions, n'est-ce pas ?

Santino éteignit les lumières et referma la porte. Je ne revis jamais cet appartement. Ils m'escortèrent jusqu'au vestibule et me firent monter dans une voiture de police. La logeuse m'observait de sa fenêtre du premier étage, dont les rideaux étaient entrebâillés.

— Qu'avez-vous à me demander ? insistai-je.

— Attendez qu'on soit dans les locaux de la Police, dit Santino. Ce n'est guère l'endroit ici pour une discussion sérieuse ? Hein ?

Je ressentais ce que vous auriez ressenti en pareille circonstance. La peur, l'ahurissement. J'étais abruti. Ça, c'est les flics. Vous n'avez rien fait de mal, sauf peut-être de griller un feu rouge, la semaine précédente, n'empêche que vous vous sentez coupable. Déjà, je commençais à penser qu'ils avaient de bonnes raisons de m'arrêter, sinon, pourquoi l'auraient-ils fait ? Mais ce devait être simplement une petite erreur, me répétai-je sans arrêt. J'avais raison et tort à la fois. C'était bien une erreur, mais elle n'était pas petite.

Ce n'est pas tant à Martin et à Santino que j'en veux. Ils me croyaient déjà coupable et la faute en incombait au bureau du District Attorney. Je blâme la négligence et l'ambition de l'organisme officiel qui m'a persécuté. Je blâme tous ceux qui ont eu leur part de responsabilité dans ce qu'on m'a fait, en particulier le Préfet de Police et le bureau du D.A[1].

Je n'en veux même pas tellement à Mlle Dorothy Travis. Peut-être qu'on l'a payée pour qu'elle témoigne contre moi. Rares sont ceux qui peuvent résister à appât d'un gain important. Ou peut-être était-elle folle, tout simplement.

* * *

Je fus conduit, en état de transe, au bureau du

1. District Attorney.

commissaire principal Hoffmann, à la Préfecture de Police. Il y avait là également le directeur de la police Borge, le D.A. McDonald, un certain nombre de détectives et un sténographe. J'avais gardé mon imperméable et mon chapeau et je commençais à transpirer. La pièce mal aérée puait la fumée de cigarettes et le vieux mégot de cigare.

Où étais-je à une heure et demie du matin, dimanche dernier ? Où étais-je samedi soir ? D'où venaient les taches de boue sur mon imperméable et sur mon chapeau ?

Je leur dis la seule chose qui me vint à l'esprit. Et pourquoi aurais-je pensé à autre chose ? Je leur dis la vérité. Samedi soir, je m'étais promené en voiture. Après quoi, j'étais entré au bar du Trèfle, dans King's Road, pour boire quelques demis.

Alors vous avouez être allé au bar du Trèfle, samedi soir ?

Pourquoi pas ? Il n'est pas plus moche que les autres bistrots sur le bord de la route, n'est-ce pas ? Et la boue a pu provenir de n'importe où, n'est-ce pas ? La boue c'est toujours la boue, hein ? Puis je me souvins que j'avais eu un pneu crevé, samedi soir, et que je l'avais changé. C'était comme ça que j'avais sali mon imperméable... Mais je ne me rappelais exactement ni où ni quand j'avais changé un pneu. Quelque temps après minuit ou peut-être avant d'entrer au bar. J'avais un peu bu, et mes souvenirs étaient confus. Mais je pensais que ça avait dû être quelque part dans King's Road.

Où étais-je allé en sortant du bar ?

Eh bien, je m'étais promené encore un peu. Puis j'étais rentré chez moi, au Marathon Arms, et je m'étais couché.

A quelle heure ?

Je ne savais plus. Sans doute vers deux heures du matin. Je ne me rappelais plus et ça n'avait pas d'importance. Car, bien qu'ils ne l'aient pas encore dit, ils avaient déjà décidé que j'étais coupable. Ils ne me l'avaient pas dit et ils ne m'avaient pas rappelé non plus que j'avais droit à un avocat ; ni que je n'étais pas forcé de répondre à des questions qui tendaient à m'accabler. A quoi bon s'occuper de tout ça lorsque vous êtes déjà coupable, jugé et condamné à la chaise électrique ?

Ils firent venir la blonde bien en chair, aux cheveux teints et au maquillage trop accentué, avec des paupières vertes. Quand le commissaire Hoffmann me désigna du doigt et demanda à la blonde si j'étais l'homme en question, elle recula comme à la vue d'un serpent.

— Oui, c'est bien lui ! C'est lui !

Elle en était sûre ?

— Certainement, mon chou. Est-ce qu'on oublie jamais l'odeur d'un putois ?

— Merci, Mlle Travis. Ce sera tout pour le moment.

Ils firent entrer le petit bonhomme rabougri, aux yeux entourés de rides, et à la petite moustache rousse. Je me souvenais de lui. Le barman du Trèfle se souvenait de moi.

— Ouais, c'est lui. Il est venu au bar plusieurs fois, cette semaine. Même tête, même manteau, même chapeau. Impossible de s'y tromper.

A quelle heure étais-je arrivé ?

— Vers neuf heures et demie.

A quelle heure étais-je parti ?

— Un peu après minuit, je crois.

Et quand la fille, Helen Logan, avait-elle quitté le Trèfle ?

— A peu près en même temps.

On remercia M. Dunlap et on lui dit qu'il pouvait disposer. J'essayai d'expliquer que ma femme et moi avions divorcé, un an auparavant, et que je ne m'étais pas encore remis du choc. Que j'avais le cafard. Que je ne savais que faire de moi-même. C'est pourquoi je me baladais en voiture et fréquentais les bars. Oui, j'avais été au Trèfle, mais je ne savais pas exactement combien de temps j'y étais resté. Je voulais tuer le temps, et non compter les minutes. Peut-être étais-je resté de 9 h 30 à minuit.

Mais je n'avais suivi aucune fille. Étant donné le genre de femmes qui fréquentaient le Trèfle, on avait des raisons de se méfier.

Vous l'avez suivie, Thompson. Nous savons tout.

Je m'essuyai le visage. Je me disais que ce serait un réconfort d'avoir un avocat qui me dirait de quoi il retournait. Puis je décidai de ne rien réclamer. J'allais me montrer cordial, j'allais coopérer avec eux. Si je gueulais pour obtenir un avocat, ne s'imagineraient-ils pas que j'avais la frousse parce que j'étais coupable de quelque chose ?

C'était possible. Je n'avais rien fait de mal, donc, je m'en tiendrais à la vérité. C'est ce que je me disais.

Et la vérité était la pire des choses que je pouvais leur raconter.

— Quelle fille ? demandai-je. De quoi parlez-vous ?

— Une gamine de dix-sept ans. Des cheveux bruns sombres. Un chandail rouge. Helen Logan. Peut-être que le nom vous a échappé, Thompson. Vous ne l'avez pas fréquentée très longtemps, hein ?

— Je ne la connais pas. Je ne l'ai jamais vue...

Mais j'entendis les mots. Des mots qui me concernaient. J'écoutai et ma gorge se dessécha, mon estomac me donna l'impression de faire la pirouette.

... *Vous l'avez suivie quand elle a quitté le bar, elle est montée dans votre voiture. Vous l'avez conduite à Jonathan's Grove, derrière la taverne, n'est-ce pas, Thompson ?*

— Non, dis-je. De quoi parlez-vous ?

Il faisait chaud dans la pièce, étouffant. Je n'arrivais pas à respirer à fond.

... *Avouez, Thompson, mettez-vous à table. Dites la*

vérité. Ce sera plus facile pour tout le monde, vous compris.

Nous savons tout, de toute façon. Dites-nous ce qui s'est passé, mon garçon. On vous écoute.

— De quoi parlez-vous ? répétais-je sans arrêt.

... Nous pouvons le prouver, Thompson. Mlle Travis a tout vu.

J'entendais les mots. Ils sortaient des ténèbres. Ils n'avaient aucun sens, mais ils ne cessaient pas de m'arriver aux oreilles. Ils racontaient ce que quelqu'un avait fait. Des choses horribles. Une agression. Une victime assassinée à coups de pierre sur la tête.

Je continuais à leur demander de quoi ils parlaient, puis soudain je me tus. J'avais fini par comprendre.

Ils parlaient de moi.

***

J'ai eu des cauchemars de ce genre, mais ça, c'était pire. Néanmoins, j'allai jusqu'au bout, comme un somnambule. Je ne pouvais pas m'offrir un avocat et d'ailleurs, je me disais qu'aucun ne pourrait me venir en aide. Je me sentais battu, impuissant. Je n'avais jamais eu de chance dans ma vie. Ils avaient peut-être 180 millions de gens à leur disposition et c'était à moi qu'ils s'en prenaient. Le destin m'avait spécialement choisi pour un tour de sa façon. Résister était inutile, après toute une vie de déveine, on me rouait méthodiquement de coups pendant que j'étais à terre.

Je ne me donnai pas le mal de me relever. Pas à ce moment-là. Je crois que je n'arrivais pas encore à comprendre ce qui m'arrivait. Les rêves sont comme ça. Je veux parler du genre de rêves élaborés par de hauts personnages tels que le D.A. et le directeur de la police.

Ils me laissèrent dormir et rêver pendant des heures. Ils me réveillèrent pour m'annoncer officiellement qu'on m'envoyait en cour d'assises. Ils me firent sortir de la Préfecture, menottes aux poignets par une matinée grise et pluvieuse.

Un type maigre et voûté, portant des lunettes à monture d'écaille et qui ne devait pas avoir plus de vingt-cinq ans, m'attendait dans la salle du Tribunal. Avec l'air de s'excuser, il m'avoua qu'il avait été désigné d'office comme mon avocat. Son nom était Hal Mercer. Ce qu'il m'aurait fallu, c'était quelqu'un pour me défendre contre lui. L'avoir pour défenseur équivalait à plaider tout de go coupable. Je suis absolument persuadé que le D.A. désigne des avocats comme Hal Mercer, pour défendre ceux qu'il considère comme bons pour la chaise électrique.

J'ai appris depuis que la majorité des gens accusés d'un crime sont pauvres. Et les pauvres ne peuvent pas s'offrir les services d'avocats compétents. Les avocats compétents sont rarement enthousiastes à l'idée de travailler pour rien. Par conséquent, la Cour désigne des défenseurs qui travaillent à bas prix, et bien entendu, ce n'est pas avec des clopinettes qu'on attire les ténors du barreau. Ce sont généralement de jeunes avocats qui acceptent volontiers des affaires de ce genre, afin d'acquérir un peu d'expérience.

L'expérience, ils l'acquièrent. Et les pauvres accusés sont condamnés à la prison à vie — ou à la chaise électrique — pour des crimes qu'ils n'ont jamais commis. Mais ne refusons pas à des jeunes gens tels que Hal Mercer la possibilité de s'instruire.

Il s'entretint avec moi pendant un quart d'heure. Je lui racontai mon histoire. Je lui répétai ce que j'avais dit aux policieirs et ce qu'ils m'avaient dit. J'avouai que je n'avais aucun témoin pour corroborer mes déclarations. Mais la Loi, elle, en avait pour corroborer ses accusations. Je ne pouvais pas prouver que je me promenais en voiture à l'heure où j'étais censé avoir assassiné Helen Logan. Je ne me rappelais pas m'être arrêté pour prendre de l'essence, ce qui aurait fourni un témoignage. Je n'avais pas eu besoin d'essence. Personne ne m'avait aidé à changer un pneu. J'étais seul. J'avais admis avoir passé toute la soirée au bar du Trèfle. Et être rentré chez moi vers deux heures du matin. D'après Mlle Travis, le crime avait eu lieu à une heure.

Je n'avais pas non plus d'amis dans cette ville. Ni de relations influentes. Je ne connaissais aucun homme politique important. J'étais sans le sou.

Je n'avais pas non plus d'avocat. Je n'avais que Hal Mercer.

Tout était contre moi.

Mercer referma vivement sa serviette de cuir et sortit précipitamment. Il ne jeta pas un regard en arrière. Deux jours plus tard, la Chambre des Mises en Accusation m'inculpa d'assassinat.

***

La Chambre n'entendit que quatre témoins. Tous cités par l'Accusation. J'étais arrivé récemment dans cette ville pour travailler à l'usine d'aviation. Je n'avais pas un seul témoin qui pût dire un mot en ma faveur. Mercer affirma qu'il avait essayé d'en trouver un, mais personne ne semblait me connaître assez pour jurer que j'avais le cœur pur. Je suppose que ça ne sert jamais à grand-chose. Il y a des gens qui ont une réputation excellente et qui n'en sont pas moins des crapules. Ma logeuse n'avait rien à dire sur mon compte, si ce n'est qu'elle m'avait toujours trouvé louche. Je vivais seul, j'étais divorcé, je buvais de la bière tous les soirs, je fréquentais les bars et je rentrais tard chez moi. D'ailleurs, dit-elle, est-ce qu'on m'aurait arrêté si je n'avais rien fait de mal ?

Martin et Santino attestèrent que j'avais refusé de répondre à leurs questions. Ils avaient trouvé mon imperméable gris et mon chapeau dans mon placard, avec des taches d'une boue identique à celle qu'on avait découverte sur le lieu du crime et sur le cadavre meurtri de la victime. Les mêmes traces de boue maculaient ma voiture.

Disaient-ils.

Mlle Dorothy Travis déclara qu'elle s'était trouvée dans une voiture en stationnement, en compagnie d'un monsieur, dans Jonathan's Grove, le samedi soir. Elle avait vu arriver une voiture qui s'était arrêtée et était demeurée dans les parages jusqu'à environ une heure moins le quart. Il n'y avait pas à s'y tromper. C'était bien ma voiture. Même marque, même style, même couleur. Bleu foncé. La nuit était claire et je m'étais arrêté juste devant eux. Sans doute n'avais-je pas aperçu leur voiture, à cause des arbres et des broussailles, mais Mlle Travis, elle, pouvait voir la mienne distinctement. Elle m'avait vu faire descendre Helen Logan, qui hurlait. Elle n'avait rien manqué du spectacle. Elle avait tout vu et tout entendu depuis le début jusqu'à la fin. Elle et son petit ami avaient été trop terrifiés pour intervenir. Quand ils eurent compris ce qui se passait, il était trop tard. La façon dont elle me décrivit, tenant à la main une pierre ensanglantée, courant et hurlant sous la lune, me fit dresser les cheveux sur la tête. Puis je me rendis compte que c'était de moi qu'elle parlait. A l'entendre, tout le monde comprenait pourquoi elle et son ami s'étaient tenus peinards. Après mon départ, ils étaient allés jeter un coup d'œil sur les lieux. Un coup d'œil très rapide. La petite Logan était morte.

Pourquoi n'avaient-ils pas prévenu la police tout de suite ? Pourquoi avaient-ils attendu jusqu'au lundi ?

Ils avaient eu la trouille. Mais après réflexion, elle s'était dit qu'il était de son devoir de citoyenne d'aller trouver la police, même au risque de sa vie et de celle de son ami. Ce dernier ne fut pas cité comme témoin. Personne ne semblait se soucier de lui.

Non, il n'y avait aucun doute sur ce point. J'étais l'homme en question ou plutôt un monstre à face humaine. Même visage, même stature, même couleur de cheveux. Même imperméable et même chapeau. J'avais perdu celui-ci, ajouta-t-elle, et j'étais revenu sur mes pas pour le récupérer avant de m'éloigner.

Dunlap, le barman, déclara que j'étais au bar du Trèfle, le samedi soir. J'y avais déjà passé plusieurs soirées. Il se souvenait de moi. Même visage, même stature, même manteau et même chapeau. Le même monstre. J'étais là lorsque Helen Logan et son jeune compagnon étaient entrés et s'étaient querellés. J'avais quitté le bar vers minuit. A quelle heure Helen Logan en était-elle partie ?

— A peu près en même temps, peut-être un peu avant.

Moi ? Je ne pouvais répéter que ce que j'avais déjà dit : la vérité ! Je jurai que je disais la vérité. Que j'étais innocent, que je n'avais jamais vu de fille répondant au signalement d'Helen Logan.

J'avais passé la soirée dans le même bar qu'elle et je prétendais ne pas la connaître !

Mais c'était un bar crasseux, dis-je. Et aussi grand qu'une grange désaffectée. Des tas de gens s'y pressaient dans la fumée des cigarettes. Même si j'en avais remarqué un certain nombre, je ne pouvais pas me souvenir d'eux. Mais je n'étais pas convaincant. Je ne pouvais leur proposer que la vérité, et je n'étais pas très bon vendeur. En fait j'étais même un très mauvais vendeur, et je ne les aurais pas convaincus, même si j'y avais mis tout mon cœur, car il ne s'agissait pas d'une marchandise à vendre et le cœur n'y était pas. J'avais l'impression que tout cela arrivait à quelqu'un d'autre qu'à moi-même. Peut-être était-ce une sorte de rêve. En tout cas, j'étais victime d'une erreur terrible.

On n'envoie pas les innocents à la chaise électrique. La loi ne commet pas de semblables erreurs. Ça non plus, ce n'était pas très convaincant. Mais le D.A. l'était, lui. McDonald, un homme puissant, à la voix persuasive, qui aurait vendu des glaces aux Esquimaux (en l'occurrence, il ne vendait pas de glaces ; il livrait du bétail humain à l'abattoir). Il s'étendit sur le témoignage de Mlle Travis. Il prononça un discours retentissant sur mes sorties nocturnes à la recherche de filles désemparées. De nouveau, j'écoutais des paroles qui n'avaient aucun sens pour moi. Des mots qui parlaient d'un monstre à face humaine, d'un sadique impitoyable. Le monstre errait à la recherche de victimes. Il assistait à la dispute entre Helen Logan et son jeune ami, il voyait ce dernier s'en aller seul, et Helen Logan quitter le bar du Trèfle ; il comprenait que c'était une occasion d'assouvir ses instincts infâmes, et emboîtait le pas à la jeune fille. Suivaient d'autres détails sur mon crime, des détails très intéressants sur tout ce que j'avais fait. Les paroles étaient celles d'un prédicateur décidé à envoyer un homme à la damnation et s'exprimant avec une conviction absolue. Il mettait les gens au défi de réfuter ses accusations. Le seul qui aurait désiré le faire, c'était Mercer et il n'osait pas. McDonald prouverait le bien-fondé de ses accusations et réclamerait une condamnation à mort.

Je sortis de nouveau de mon état second pour me rappeler qu'ils étaient encore en train de parler de moi, Ellis Thompson.

Mon défenseur déclara que je n'avais rien à dire, sinon la vérité. Je l'avais déjà dite. Cela ne servait à rien de gâcher le précieux temps du tribunal en le répétant. Je n'avais ni preuves, ni témoins. Rien que la vérité !

Mais elle ne vous libère pas. Elle vous condamne au feu de l'Enfer. Et ce n'est pas parce que vous avez le cœur pur que votre force est multipliée par dix.

L'appel de Mercer pour que la vérité se fît jour déclencha une seule réaction violente, celle du juge qui le pria avec impatience de parler plus fort. Mercer refusa d'ajouter autre chose. Je n'y voyais pas d'inconvénient. Il était inutile d'aggraver encore mon cas.

Je fus donc inculpé d'assassinat.

On m'enferma dans une cellule pour attendre le jugement. La photo parut dans tous les journaux. Je ne suis déjà pas joli garçon et les photos n'étaient guère flatteuses. On publia aussi des portraits de la victime, avant et après. On m'accusait d'être un monstre inhumain, rôdant la nuit à la recherche d'une proie, et on réclamait à grands cris ma mort sur la chaise électrique. Les fanatiques de la peine capitale me citèrent triomphalement comme exemple de ce qui arriverait à la société si cette peine était supprimée. On espérait que l'humanité serait à l'avenir protégée contre les incurables brutes de mon acabit.

Des photos de mon ex-femme parurent également, accompagnées de commentaires sur l'opinion qu'elle avait de moi. Ils n'étaient pas flatteurs non plus.

Il n'en aurait pas fallu beaucoup plus pour me convaincre que tout le monde avait raison et que la planète serait un lieu plus sûr et beaucoup plus respectable si j'étais, une fois pour toutes, retranché de sa population.

Mercer vint me voir dans ma cellule : il semblait désolé pour nous deux.

— Vous êtes dans le pétrin, me dit-il.

— Vous plaisantez, répondis-je. Quel dommage que je ne puisse vous payer un avis aussi autorisé.

— Plaidez coupable, faites appel à la clémence du tribunal ; peut-être échapperez-vous à la peine de mort ? conseilla-t-il.

— Mais je suis innocent ! lui rappelai-je vivement.

— Alors je ne sais que faire, dit-il comme s'il s'agissait d'une révélation de première grandeur. Sans un miracle, on va vous électrocuter.

Alors je réagis comme si je sortais d'une crise de somnambulisme et que quelqu'un avait enfoncé une aiguille dans ma chair. Je bondis de ma couchette, comme d'une chaise de dentiste, une fois terminée l'action de l'anesthésique. Je saisis Mercer aux épaules, je le secouai, je hurlai des mots à son visage stupide. Il devait être fou ! Tout le monde était fou ! Je n'avais rien fait de mal !

Mercer recula.

— Nous n'avons aucun élément en votre faveur, gémit-il, tandis que je me rasseyais, tremblant, inondé de sueur (c'était l'effet de mon épuisement et aussi de mon envie frénétique de hurler que c'était de la folie et que j'étais innocent.) Tout est contre nous, Thompson. Nous n'avons pas de témoin. Pas d'argent, pas d'alibi. Il n'y a rien à redire sur leur témoin oculaire, la femme Travis. Je me suis renseigné. Elle travaille comme serveuse au *Al's Diner*, près du bar du Trèfle. McDonald est ambitieux : lui aussi veut vous faire condamner comme assassin. Et puis, mai, juin, juillet, ce sont de mauvais mois pour la défense. C'est l'époque où le box des accusés est bourré d'assassins. Il y a trop de criminels qui attendent de passer en jugement. Il faut s'en débarrasser le plus vite possible. L'accusation et le tribunal veulent un procès rapide, sans histoire, et une condamnation pour assassinat. Et puis on passe à l'affaire suivante, sans interruption.

— Mais je suis innocent ! hurlai-je.
— Que puis-je faire d'autre ?

Je lui dis d'aller au diable et de ne jamais revenir. S'il revenait, je ne serais plus responsable de mes actes, car comme on dit, « on ne peut être pendu deux fois ».

Il se hâta de vider les lieux. J'ignore où il alla, mais je ne le revis plus.

Je me sentais pris au piège, réduit à l'impuissance, affolé par la peur et le désespoir. J'aurais voulu hurler, battre les murs. Cela ne m'aurait servi à rien. Je ne pensais qu'à une chose : j'étais seul, j'allais mourir tout seul, sans une chance de m'en sortir.

On allait m'assassiner.

Je me réveillai au milieu de la nuit, en pensant à un nom.

Jim Ferras.

L'avocat des grandes causes criminelles considérées comme perdues. Le nom venait de surgir de mon subconscient. J'étais tout à coup complètement réveillé et je me souvenais d'avoir lu, quelques mois auparavant, un article sur Ferras dans un magazine. Ferras était un avocat qui se chargeait d'affaires auxquelles d'autres types ne voulaient pas toucher pour une raison ou pour une autre malgré la tradition qui veut que chaque accusé soit également défendu. Il s'occupait des gens abandonnés de tous, sans aucune chance de s'en sortir. On disait qu'il réussissait des miracles pour les minables traînés devant les tribunaux.

C'était lui qu'il me fallait ! La seule chose intelligente que Mercer avait dite, c'était que seul un miracle pouvait me sauver. J'écrivis donc une lettre que je confiai à mon gardien ; j'avais autant d'espoir que le gosse blasé qui envoie une lettre au Père Noël.

Cher Monsieur Ferras : Je vous écris en dernier recours. Je ne vous connais pas personnellement, et bien entendu vous ne me connaissez pas. J'ai été accusé d'assassinat mais je suis innocent. Le tribunal m'a donné un avocat, mais c'est une nouille appelée Mercer. Il m'a laissé tomber, de toute façon. On va m'électrocuter. Il me semble qu'on n'a aucune preuve, simplement les déclarations d'un seul témoin, une certaine Dorothy Travis. Mais elle n'a pas pu me voir commettre le crime, parce que je ne l'ai pas commis. Je n'étais pas sur les lieux. Je n'ai pas d'argent, mais voulez-vous venir à mon secours ?

Ellis Thompson.

Sam Ferras était un homme mince, de taille moyenne, l'air calme, assuré, souriant. Il vint me voir dans ma cellule dès le lendemain après-midi.

Il m'offrit une cigarette. Cordial, sympathique, les yeux vifs et brillants, il m'écouta sans dire un mot. Puis il se leva et me serra la main.

— Ai-je une chance... ? demandai-je.

— Tant qu'il y a de la vie, il y a de l'espoir. Peut-être y en a-t-il même après la mort, dit-il. Je vais me procurer une copie des dossiers de la Chambre des Mises en Accusation et interroger tous les gens mêlés à l'affaire. Nous avons déjà un point en votre faveur, Thompson. Un témoin oculaire, comme vous l'avez écrit dans votre lettre est la seule preuve qu'ils possèdent. Je vais d'abord m'occuper d'elle.

— Merci, dis-je.

— Ne me remerciez pas. Ce sera pour plus tard.

Ferras ne dormit pas pendant trois jours. Il étudia toutes les possibilités, les circonstances et les acteurs de l'affaire. Il interrogea les témoins. Il trouva l'homme qui, d'après Dorothy Travis, s'était trouvé avec elle, dans la voiture arrêtée près de l'endroit où le crime avait eu lieu. Il obtint une déclaration de cet homme. Et de Dunlap, le barman. Il porta ces déclarations, plus des renseignements obtenus au bureau local de la météorologie, directement à la Chambre des Mises en Accusation.

Le juge Winters écouta Ferras. Il lut les dépositions. Il fit venir trois hommes pour vérifier leurs dires. L'un d'eux était Dunlap. Il dit qu'il n'avait jamais affirmé m'avoir vu quitter le bar *après* la petite Logan. Dunlap avait juré m'avoir vu sortir vers minuit, mais à présent, il n'était plus sûr de l'heure exacte ni de celle à laquelle Mlle Logan était partie. Il ne put pas donner plus de précisions que cela. Il n'avait jamais été plus précis ; c'était le D.A. qui *avait donné l'impression* que Dunlap se montrait affirmatif. Et Dunlap n'avait jamais dit non plus qu'il m'avait vu au bar avec la petite Logan.

Ce soir-là, Ferras revint me voir.

— Et mon affaire ? demandai-je.

— Quelle affaire ?

Je le regardai fixement. Il sourit.

— Il n'y a pas d'affaire Thompson. Il n'y en a jamais eu. Vous êtes libre. Venez, je vous offre à boire.

Je voulus le remercier, mais mes jambes se dérobèrent sous moi et je tombai sur le sol.

Le juge Winters m'avait innocenté de l'accusation d'assassinat. Le miracle s'était produit. En me disculpant, il déclara indigne de foi le témoin du crime, cité par l'Accusation, Dorothy Travis, une femme qui avait affirmé s'être trouvée dans une autre voiture en compagnie d'un homme.

Ce témoin discrédité avait donné les noms de deux hommes différents comme ayant été ses compagnons au moment du crime. Elle avait bu. Questionnée par Ferras, elle admit qu'elle était ivre et qu'elle ne savait plus lequel des deux hommes l'accompagnait. Mais l'un des deux affirma qu'il ne l'avait pas vue du tout ce soir-là. L'autre déclara qu'il était présent, mais qu'il n'avait rien remarqué de suspect. Il n'aurait rien pu voir, ajouta-t-il, parce qu'il faisait noir comme dans un four. D'après le bulletin de la météo il avait raison. Cette nuit-là, la lune ne brillait pas comme l'avait prétendu Mlle Travis. Le ciel était couvert d'épais nuages et la lune était invisible.

L'homme déclara également que lorsque Dorothy Travis était ivre, elle voyait souvent des choses que personne d'autre ne pouvait voir, et qu'elle avait tendance à raconter des histoires fantastiques.

Elle m'avait vu, en fait, avant ce soir-là au bar du Trèfle. Elle m'y avait vu plusieurs soirs. Elle avait pu se trouver au bar un peu plus tôt dans la soirée du samedi et savoir que j'y étais. Elle était donc à même de me dépeindre, de dire de quelle couleur étaient mon manteau, mon chapeau et ma voiture. Mais Ferras fit remarquer que personne n'aurait pu discerner la couleur d'une voiture sombre en pleine nuit, même s'il y avait eu clair de lune. Personne ne peut, la nuit, distinguer la différence entre le vert, le bleu, le noir et le violet. De toute façon, en tant que témoin, Mlle Travis était discréditée.

Ferras m'affirma qu'il y avait là un cas évident de négligence criminelle de la part de l'État, et que tous les responsables de ma condamnation s'étaient rendus coupables de cette négligence. Je buvais ces paroles comme du petit lait. Et Ferras alla même plus loin. Il me dit que leur conduite était inexcusable. Le terme de « négligence criminelle » était encore un euphémisme. On n'avait fait aucun effort pour vérifier la bonne foi du seul témoin oculaire. Et le traitement que j'avais subi était également sans excuse.

Ainsi parla Ferras. Il prêchait un convaincu.

Après tout, c'était moi qui avais failli être assassiné.

J'avais été entre la vie et la mort et seul un miracle m'avait sauvé. J'aurais aussi bien pu servir de bouc émissaire à un D.A. ambitieux qui avait cherché à obtenir une nouvelle condamnation pour assassinat afin de se bâtir une réputation et de pouvoir devenir un jour maire ou gouverneur.

Incroyable ? Pas pour moi. J'étais passé par cette épreuve horrible. Mais combien d'innocents ont-ils été assassinés par l'État ?

Je n'ai aucun moyen de le savoir. Je sais seulement que je pourrais être mort et enterré au cimetière des assassins pour un crime que je n'avais pas commis.

Je sais simplement que *la Liberté est au prix de la vigilance éternelle.*

Ainsi se terminait l'article qui parut dans l'*Evening News* et qui fit sensation. Je trouvai plaisir à le lire. Mais il eut un effet plus pratique. C'était de la bonne publicité. J'aurais besoin de la sympathie et de l'appui du public.

Vous comprenez, mes amis, cette fois c'était moi qui attaquais l'État. Rien de plus fair-play. C'était à mon tour de jouer.

Je pris l'article et allai voir Ferras auquel je le montrai. Mais ayant de bonnes raisons de s'intéresser personnellement à mon cas, il l'avait déjà lu.

— C'est un bon article, dit-il en me regardant avec une certaine inquiétude, comme s'il commençait à soupçonner que j'avais derrière la tête une idée qui lui avait échappé malgré toute son expérience. Il est convaincant.

— C'est la vérité toute nue, dis-je.

— Il nous aidera dans notre procès contre l'État. Vous voulez de l'argent. Moi, je veux liquider ce District Attorney.

— Nous avons tous le droit de rechercher le bonheur, dis-je. C'est une loi de notre pays. Mais n'est-ce pas trop demander ?

— Nous n'aurions aucun intérêt à demander moins. Qui peut évaluer le prix de vos souffrances ?

L'État a le moyen de payer et il paiera. Il faut rappeler aux gens de temps à autre, qu'ils ont des responsabilités. En particulier, celle de nommer des hommes respectables aux postes officiels.

— C'est exactement mon opinion, déclarai-je. A bientôt. Tenez-moi au courant de la tournure des événements. Appelez-moi à l'hôtel s'il y a du neuf.

Il me promit de le faire et je descendis téléphoner dans une cabine d'un drugstore, où il n'y avait pas de table d'écoute.

J'appelai Dorothy Travis. La ligne était occupée. Je rappelai. Tout en attendant, je songeai à toute cette histoire fantastique, depuis le début. Et je me mis à transpirer. Rien que de penser à ce coup fumant, je me sentais faible. Si j'y avais pensé de la sorte avant de me lancer, je n'aurais jamais risqué ma peau.

La plupart des gens ne s'embarquent jamais dans de grandes entreprises parce qu'ils y réfléchissent d'abord et que la difficulté leur fait peur. Je le sais, car, toute ma vie, j'avais été une poire. Jusqu'à maintenant.

Voici donc comment les choses se sont passées véritablement. Voici l'histoire racontée par moi-même.

J'étais allé au restaurant *« Al's Diner »*, lundi en fin de soirée. C'était le lendemain du jour où Helen Logan avait été assassinée. Tout ce que je savais sur le crime, je l'avais lu dans le journal du lundi matin.

J'avais trouvé plaisir à bavarder avec Dorothy Travis jusqu'à une heure tardive. Le restaurant était généralement désert à cette heure-là et elle se sentait seule : comme moi, elle avait besoin de parler à quelqu'un. Elle avait à peu près mon âge, et elle était cynique, blasée, déçue de n'avoir jamais décroché la timbale. Son humeur s'harmonisait avec la mienne. Comme moi, elle voulait tenter une dernière chance de gagner le gros lot. Mais elle ne savait pas comment s'y prendre et elle avait abandonné tout espoir... C'est sur ce point que nous différions. Brusquement, j'avais trouvé la solution.

Ce soir-là Dorothy parla de l'assassinat de Mlle Logan. Elle me dit qu'elle était en compagnie d'un vieil ami et qu'ils avaient arrêté leur voiture dans Jonathan's Grove, tout près de l'endroit où le crime était censé avoir eu lieu. Elle avait la chair de poule à la pensée que tout s'était passé quelques instants avant qu'ils n'arrêtent leur voiture à cet endroit même.

C'est alors que l'idée me vint. Une idée de génie, la première et la dernière de ma vie, mais une seule suffit quand elle est géniale. Celle-là l'était et elle était folle par-dessus le marché, mais elle me fouetta le sang comme une piqûre d'héroïne. J'en parlai à Dorothy. Elle me dit que c'était de la démence, et elle parlait sérieusement, mais elle était aussi mordue que moi.

— De la démence ? Il faut agir en cinglé si on veut gagner gros, dis-je. Nous avons été timorés, nous n'avons jamais pris de risques et tu vois où nous en sommes.

— Mais il y a tant de choses qui peuvent mal tourner, dit-elle.

— C'est toujours possible, mais si on attend que ce soit du tout cuit, on peut attendre jusqu'à la mort. Après quoi, on n'a plus à se biler. Écoute, j'en ai marre des pourcentages minables.

Je lui expliquai comment l'idée m'était venue. Un type de ma ville natale, dans le Missourri, avait intenté un procès à l'État pour une injustice analogue et ce qu'il avait touché lui avait permis de prendre sa retraite.

— Le jeu en vaut la chandelle. En tout cas, c'est moi qui prendrai presque tous les risques. Le pire qu'il puisse t'arriver, c'est d'être traitée de menteuse. Tu pourras dire que tu étais soûle, que tu as eu des visions.

— C'est de la folie, de la folie, dit-elle.

Mais elle rigolait et je compris que nous allions tenter la combine. Dorothy accepta. Le lundi soir, elle téléphona le signalement à la police. Mon signalement. Elle connaissait par cœur l'histoire que nous avions mijotée. Une histoire avec une grosse brèche dedans, pour plus de sécurité. Les flics vinrent me chercher cette nuit-là, comme le décrivait en termes si dramatiques l'article à mon sujet. Sans quoi cet article dit la vérité. Il ne ment que par omission. Mais ce que les gens ignorent ne leur fait jamais de mal. Pas beaucoup. J'eus mes moments de doute dans cette cellule. Et, mes amis, croyez-moi, ce n'était pas drôle. Mais Dorothy s'en tira à merveille ! Si vous faites miroiter assez d'argent devant une femme, elle devient, en une seule leçon, la meilleure actrice du monde.

A présent, tout était fini, sauf qu'on allait toucher le gros lot.

Cette fois, j'obtins Dorothy au bout du fil.

— Ouais, dit-elle et j'entendis, à l'arrière-plan, des bruits de vaisselle du restaurant.

— Ici, Thompson, fis-je. Je viens de quitter Ferras. Tout va bien.

— Bon sang, fit-elle. J'en ai encore le frisson. Je ne recommencerais pas pour tout l'or de Fort Knox[1].

— Pourquoi le ferais-tu ? On n'a pas besoin de Fort Knox. Écoute. Ferras vient de remplir ma demande en dommages et intérêts, au bureau du contrôleur. Il les accuse de m'avoir arrêté injustement, incarcéré illégalement, inculpé sans preuves valables, fait perdre ma situation et ruiné ma réputation. Ça n'est pas fini. Il demande 50 000 dollars

1. C'est là qu'est stocké l'or du gouvernement américain.

de plus comme honoraires et 2 000 pour dédommagements. J'en ai vraiment bavé !

— C'est fou, chuchota-t-elle. Quand est-ce que je peux te voir ?

— Il nous faut être prudents, répondis-je. Jusqu'à ce que l'affaire soit réglée. Nous rattraperons le temps perdu, d'abord à Acapulco.

— Combien toucherons-nous ?

— Un million de dollars.

Je crois que le chiffre lui coupa la respiration. Elle ne répondit rien. Je raccrochai et, en quittant la cabine, je sentis comme un souffle froid sur ma nuque. Je me retournai, mais ne vis personne. Il n'y a jamais personne. Mais une question continue à me tracasser.

Qui a vraiment assassiné Helen Logan ?

The victim.
Traduction de Catherine Grégoire.

Table

Le Livre de Poche policier

Mystères 88

nº 6502

sous la direction de Jacques Baudou

Les dernières nouvelles du crime

Après *Mystères 86* et *Mystères 87*, voici ***Mystères 88,*** avec 24 nouvelles toutes inédites de Max Allan Collins, Didier Daeninckx, Ed. D. Hoch, Clark Howard, P.D. James, Hervé Jaouen, Arthur Lyons, Shizuko Natsuki, etc.

Un festival de grandes frappes à la française, d'escrocs à l'américaine, de psychopathes à l'anglaise, de natures très mortes à l'italienne et de chinoiseries à la japonaise...

Et si de plus vous voulez tout savoir sur l'actualité du polar, les chroniques du roman, du cinéma, de la télévision et des interviews d'auteurs.

Composition réalisée par C.M.L., Montrouge.

IMPRIMÉ EN FRANCE PAR BRODARD ET TAUPIN
Usine de La Flèche (Sarthe).
LIBRAIRIE GÉNÉRALE FRANÇAISE - 6, rue Pierre-Sarrazin - 75006 Paris.

ISBN : 2 - 253 - 04759 - 7

30/3006/1